MILES MORALES

ASAS DA FÚRIA

HOMEM-ARANHA

HOMEM-ARANHA

BRITTNEY MORRIS

MILES MORALES
ASAS DA FÚRIA

Tradutor: Gian Desiderio

:ns
SÃO PAULO, 2024

Homem-Aranha: Miles Morales – Asas da Fúria

Copyright © 2024 by Brittney Morris

Copyright © 2024 by Novo Século Editora Ltda.

MARVEL
marvel.com
© 2024 MARVEL

Spider-Man criado por Stan Lee e Steve Ditko
Marvel's Spider-Man: Miles Morales desenvolvido por Insomniac Games

Arte de capa por Insomniac Games
The Empire State Building image® é uma marca registrada de ESRT Empire State Building, L.L.C. e é utilizada com aprovação

Esta tradução de Spider-Man Miles Morales: Wings of fury, lançada a primeira vez em 2024, foi publicada mediante acordo com Titan Publishing Group Ltd.

EDITOR: Luiz Vasconcelos
GERENTE EDITORIAL: Letícia Teófilo
COORDENAÇÃO EDITORIAL: Driciele Souza
PREPARAÇÃO: Driciele Souza
REVISÃO: Paola Sabbag Caputo
ESTAGIÁRIA: Marianna Cortez
COMPOSIÇÃO DE CAPA: Ian Laurindo
PROJETO GRÁFICO E DIAGRAMAÇÃO: Manoela Dourado

Texto de acordo com as normas do Novo Acordo Ortográfico da Língua Portuguesa (1990), em vigor desde 1º de janeiro de 2009.

Dados Internacionais de Catalogação na Publicação (CIP)
Angélica Ilacqua CRB-8/7057

Morris, Brittney
   Homem-Aranha Miles Morales : asas da fúria / Brittney Morris ; tradução de Gian Desiderio. -- Barueri, SP : Novo Século Editora, 2023.
   240 p. ; 16 x 23 cm

ISBN 978-65-5561-692-7
Título original: Spider-Man Miles Morales: Wings of fury

1. Literatura norte-americana 2. Homem Aranha – Personagem fictício I. Título II. Desiderio, Gian

23-6098   CDD 813

Índices para catálogo sistemático:
1. Literatura norte-americana

Nota do editor: Por questões comerciais, optou-se por não traduzir o nome do herói na capa. Porém, conforme títulos anteriores, manteve-se o nome do protagonista em português.

<ns
uma marca do
Grupo Novo Século

GRUPO NOVO SÉCULO
Alameda Araguaia, 2190 – Bloco A – 11º andar – Conjunto 1111
CEP 06455-000 – Alphaville Industrial, Barueri – SP – Brasil
Tel.: (11) 3699-7107 | E-mail: atendimento@gruponovoseculo.com.br
www.gruponovoseculo.com.br

Para meus sobrinhos e sobrinhas, que são todos heróis:

KAYLA · JOHN IV
DAVID · SAMMY
AALIYAH · NOAH
TAYLOR · ABIGAIL
AARON · CHARLIE

Eu amo vocês!

CAPÍTULO

1

Finjo que a caixa com o equipamento de toca-discos é mais pesada do que realmente é. Flexionando os joelhos, seguro as duas bordas opostas e levanto, acrescentando alguns grunhidos extras para ser convincente enquanto subo a primeira escada. Mamãe acredita. Ela acena para mim em aprovação enquanto passa, dirigindo-se à porta da frente para pegar mais uma caixa do caminhão de mudanças.

— Abuelita! — chamo do alto das escadas ao perceber que a porta do apartamento 3 foi fechada novamente. — Você pode segurar a porta aberta, por favor?

Geralmente, minha avó é afiada como uma shuriken, mas, em algum momento durante o processo de mudança de hoje, ela desenvolveu o hábito de fechar a porta entre cada caixa, e isso aparentemente tem sido difícil de mudar.

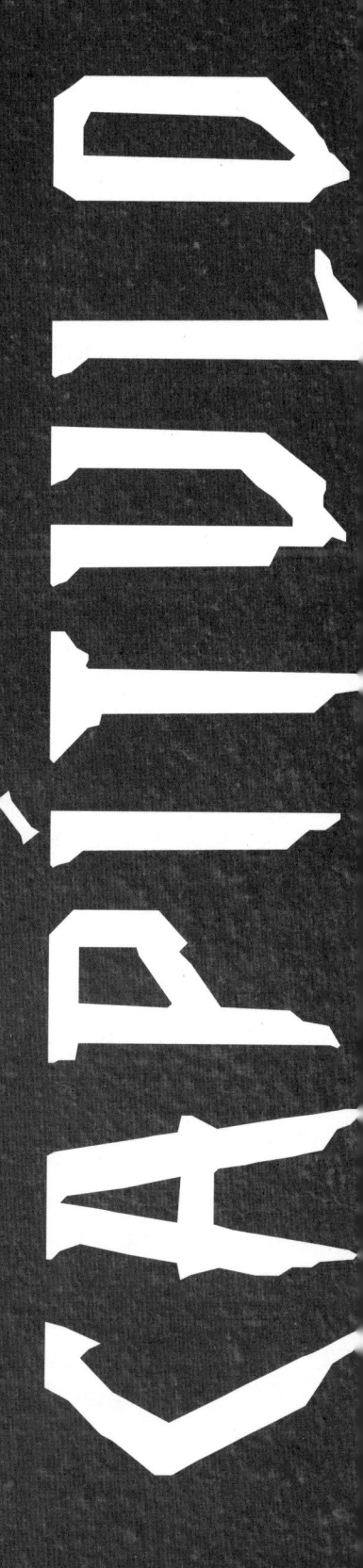

— Abuelita! — grito novamente. Sem resposta. A porta ainda está fechada. Meus sapatos rangem no último lance de escadas, e fico tentado a facilitar as coisas para mim mesmo. Se eu pudesse apenas lançar uma teia para prender a porta na parede de dentro...

Desejando ser o Homem-Aranha agora, suspiro e opto pela maneira segura, colocando a caixa cuidadosamente no chão que range e girando a maçaneta como um cara normal.

Como o Miles.

Entro no apartamento, que tem cheiro de móveis mais velhos do que eu, e de café fresco — a lata de Café Bustelo está bem ali no balcão —, e coloco a caixa cuidadosamente na cozinha. Coloco as mãos nos bolsos do meu moletom, pois está congelante aqui dentro. A maioria das pessoas em Nova York ligaria o aquecimento na primeira brisa do outono, mas a minha Abuelita? Balanço a cabeça. Ela se recusa a ligá-lo antes de 1º de dezembro. "É como colocar decorações de Natal nas lojas antes do Dia de Ação de Graças. Falta de respeito", diz ela. Olho ao redor. Fotos empoeiradas enfeitam quase todas as paredes deste lugar; uma foto da minha mãe com um capelo e beca, sorrindo muito. Uma foto dela me segurando quando eu era bebê.

Uma foto dela e do papai no dia do casamento deles.

Sorrio tristemente sentindo uma pontada de dor no peito, aceno e sussurro:

— Ela está aqui agora, papai. Estamos em boas mãos, os dois.

— Miles, é você? — chama uma voz velha e rouca lá do corredor, interrompendo meus pensamentos. Ouço-a arrastando os pés pelo corredor alcatifado com seus chinelos. — Ah, que bom, você está de volta. Essa é a última caixa então? — pergunta, contornando o canto e envolvendo meus ombros com os braços. Eu me inclino para baixo e a abraço de volta.

— Só falta uma. A mamãe está com ela. — Sorrio. — Oficialmente, mudamos.

Mal terminei minha frase e a Abuelita já está na cozinha, tirando panelas e frigideiras de debaixo do forno.

— Onde coloquei isso?

— É... — ofereço. — Precisa de ajuda?

— Não, não — ela insiste. Tudo o que consigo ver por cima do balcão é sua mão enxotando a minha. — Minhas costas podem estar velhas, mas sei fazer meus tostones tão bem quanto sempre fiz. Suas costas devem estar ocupadas desfazendo as caixas. Essa é a melhor maneira de ajudar.

Ela se ergue atrás do balcão com uma frigideira enorme e olha para cima, na minha direção.

— Obrigada. — Ela sorri calorosamente, apesar de estar tão frio aqui dentro. Ela levanta a mão para tocar meu rosto. — Meu doce menino.

Sorrio e coloco minha mão sobre a dela.

— Você se parece tanto com ele — ela diz, sua voz sonhadora e distante. — Você tem os olhos dele. — Ela move a mão para baixo e me cutuca suavemente no peito. — E o coração dele.

Assinto, sem saber muito bem o que dizer.

Desde que o papai morreu, as pessoas têm me comparado a ele.

Você é a cara dele.

Sua voz está ficando tão grave agora, parece a do seu pai.

À primeira vista, pensei que você fosse o Jeff.

Olho para a foto dele e da mamãe no casamento deles, com o uniforme e o quepe. Mesmo que ele esteja com uma expressão séria, parece orgulhoso de estar ali com a mamãe. Eles parecem tão felizes.

— Ótimo! — exclama minha mãe ao entrar pela porta da frente, lutando sob o peso de mais uma caixa. Me apresso em ajudá-la.

— Solta, mãe, eu pego — insisto, segurando a caixa com as mãos por baixo e assumindo todo o seu peso nos meus braços.

— Ufa! — ela suspira, entregando a caixa para mim e fechando a porta atrás dela. — Essa é a última caixa. Quem quer pizza?

— Rio, já coloquei o óleo na frigideira para os tostones! — Abuelita chama da outra sala.

— Também podemos comer tostones, mamãe. Tenho certeza de que o Miles aqui tem espaço para os dois.

Estou faminto. Meu estômago ronca ansiosamente ao ouvir falar em pizza, e aceno com entusiasmo enquanto me sento em um banco alto no balcão.

— Podemos ter os tostones como entrada, Abuelita. Prometo que consigo comer os dois.

— Bem — diz minha avó, enxugando as mãos no avental e suspirando, — sei que você ama pizza, Miles, e tenho certeza de que sente falta das coisas do Brooklyn. Mas o Harlem também tem suas próprias ótimas pizzas. Se você vai pedir pizza, Rio, peça no *Alessandro* na 3ª Rua.

Abuelita pega três bananas-da-terra enormes de uma tigela no balcão perto do forno e uma pequena faca no suporte de facas, e as traz para o balcão onde estou sentado. Minha mãe acena.

— O que vocês dois querem?

— Ahh! — Não consigo pedir rápido o suficiente — Pepperoni e azeitonas para mim, por favor! — Pizza sempre me faz sentir como uma criança novamente. Papai costumava trazer uma caixa de pizza de pepperoni e azeitonas da *Nonna* no Brooklyn sempre que eu tinha um dia difícil na escola ou se ele tinha tido um dia difícil no trabalho.

E como mudar de casa é um trabalho difícil, pizza definitivamente parece certo. Olho para minha mãe e me pergunto se ela está pensando a mesma coisa enquanto digita o número e faz a ligação. Então um pensamento passa pela minha cabeça e me viro para a Abuelita enquanto ela descasca a primeira banana, descartando a casca ao lado, e começando a cortar a banana-da--terra com a faca, pequenos discos caindo no prato abaixo.

— Abuelita, onde está o Ganke? — pergunto. — Ele não disse que estaria aqui há uma hora?

Minha avó enrola delicadamente as tiras de bacon em volta de cada bolinha, como pétalas de flores.

— Tenho certeza de que ele estará aqui em breve — ela diz quando ouvimos uma batida na porta da frente. Como minha mãe está ocupada no telefone, pulo do banquinho, olho pelo olho mágico e vejo Ganke segurando uma sacola plástica de compras e olhando de volta pelo buraco para mim.

— Senha? — pergunto.

— Trouxe Fizzies! — diz sua voz animada. Não é possível. Meus ouvidos ficam atentos e abro a porta rapidamente.

— Fizzies? — pergunto animado. — Onde você conseguiu Fizzies fora do Brooklyn? E... Não está um pouco frio para tomar refrigerante?

Ganke dá de ombros.

— Conheço um cara. — Ele sorri enquanto tira uma garrafa de laranja para mim e outra de cereja para a Abuelita. — E nunca está frio demais para tomar Fizzies. Dá para tomar Fizzies sempre. — Ele me estende a garrafa de laranja. Ambas as garrafas estão pingando pela condensação, ainda geladas ao toque.

— Valeu, cara — digo. Realmente estou agradecido. Ganke não precisava nos ajudar na mudança hoje, especialmente aqui para o Harlem, mesmo que ele só tenha chegado depois que trouxemos todas as caixas.

— Sem problema — ele dá de ombros, pulando para cima do outro banquinho no balcão. — Como cheguei aqui tão tarde, vou te ajudar a desembalar algumas coisas depois. Você tem a caixa que vai levar para o nosso quarto?

Ele se refere ao nosso dormitório no Brooklyn. Como ainda estamos indo para a Academia Brooklyn Visions, e agora moro no Harlem, finalmente vou precisar de um dormitório. E quem seria um companheiro de quarto melhor do que Ganke? Ele é reservado, sempre ouvindo música e lendo quadrinhos ou mexendo no telefone, criando um novo aplicativo ou algo assim.

Eu assinto.

— Sim, tenho duas caixas. Ambas estão no quarto da minha mãe.

A primeira caixa tem minha roupa de cama, incluindo meu novo conjunto de cama cinza que minha mãe insiste que vai "combinar perfeitamente com todas as partes do uniforme e cadernos e lápis que a escola me deu", produtos de higiene pessoal, creme para o cabelo e alguns quadrinhos. A segunda caixa tem minhas roupas, incluindo as partes do uniforme que a escola me deu para combinar com minha roupa de cama.

Quem combina suas roupas com sua roupa de cama?

Nerds fazem isso.

Olho para a segunda caixa. Minha caixa de roupas.

Isto é, minhas roupas de Miles. Meu equipamento de Homem-Aranha — minhas roupas esportivas, lançadores de teia e máscara — está seguramente escondido dentro da mochila da Academia Brooklyn Visions, o único espaço que minha mãe nunca abriria a menos que eu pedisse. Nós dois concordamos que é um pouco como se fosse a bolsa dela. Eu não mexo lá, e ela não mexe na minha mochila.

— A pizza deve chegar em uns vinte minutos — diz a mamãe. — Ganke, pedi uma pizza havaiana para você e para mim, porque somos as únicas pessoas cultas aqui que gostam de abacaxi na pizza. — Ela olha para mim e para Abuelita, e nós trocamos um olhar de desgosto com a ideia. Eu experimentaria bananas na pizza, ou talvez até pasta de dente, antes de colocar abacaxi em uma fatia de pizza. — E Miles e Mama, uma de pepperoni e azeitonas para vocês compartilharem.

— Obrigado, Sra. Morales — diz Ganke com sua voz melódica que ele só usa perto da minha mãe. Reviro os olhos. — Ah, ei, Miles, trouxe outra coisa para você também — ele diz, colocando a mão no bolso do casaco. — Olha o que consegui da nova linha de uniformes da Brooklyn Visions!

Desdobro o pequeno pedaço de tecido cinza e vejo o logo familiar.
— Você conseguiu dois gorros? Como?
— Novamente... — Ganke dá de ombros, colocando o seu na cabeça — conheço um cara.
Sorrio de lado para ele. Não acredito nem por um minuto nisso.
— Okay, usei um bot para pedir pelo site da escola assim que a nova linha foi lançada — ele diz.
— Sabia!
— Mas usei meus poderes para o bem, não foi? Agora somos os orgulhosos proprietários do cobiçado gorro de inverno da Brooklyn Visions. De nada.
— Parece uma boa ideia, já que o inverno parece ter chegado mais cedo — resmunga Abuelita enquanto coloca uma, duas, três fatias de banana-da-terra no óleo quente. Elas chiam e dançam na panela flamejante, o óleo lentamente dourando suas bordas diante dos meus olhos. Uma espirrada de óleo voa na minha direção, causando uma sensação de formigamento leve na nuca, atrás da minha orelha esquerda. Aparentemente, meu sentido aranha ainda está funcionando muito bem.
— Só lembrem — pondera a mamãe, — de escrever o nome na etiqueta para não perderem ou confundirem o gorro de vocês com o de outra pessoa.
— Obrigado, mamãe — digo, sabendo que não vou fazer isso, porque se alguém trocar acidentalmente de gorro comigo, não há chance de que me procurem para devolvê-lo, e se eles "encontrarem" acidentalmente o meu gorro, não há chance de que o devolvam. Além disso, novamente, quem realmente escreve o nome nas etiquetas das roupas? Nerds.
Hoje em dia, a maioria das roupas nem mesmo tem mais etiquetas. Elas vêm com aquele tecido colado na parte interna da gola, para que não arranhe seu pescoço.
— Você não vai fazer isso, né? — sussurra Ganke.

— Pareço uma criança do terceiro ano? — Dou uma risadinha baixa. Não escrevo meu nome no gorro. Mas faço uma pose para uma selfie com Ganke em nossos novos gorros, por que qual é o sentido de ter roupas tão cobiçadas se você não vai postá-las em algum lugar?

Depois de um tempo, a campainha toca e minha mãe atende, e logo todos nós estamos sentados no sofá, ou em um banquinho, ou apoiados no balcão, devorando a pizza e os tostones crocantes, salgados e doces da minha Abuelita.

UMA VEZ que todos estamos tão cheios que não conseguimos nos mexer, e a vista lá fora é apenas um prédio escuro do outro lado da rua pontilhado por brilhantes luzes amarelas nos apartamentos, e o que estávamos assistindo na TV agora é monótono e sem graça, solto um longo e profundo suspiro.

Esse novo apartamento é ótimo, não vou mentir. É espaçoso, os móveis são bem cuidados, macios e confortáveis — eu poderia dormir bem aqui — e agora tem cheiro de pizza de pepperoni apimentada e tostones doces, e vamos morar com a Abuelita, o que significa que nunca ficaremos entediados. Mamãe e eu não vamos nos sentir sozinhos. E no entanto, ainda sinto isso, esse vazio doloroso no peito sempre que olho ao redor para a família que me resta. Mesmo com a barriga cheia de pizza do *Alessandro* e depois de todos esses meses, continuo esperando que papai entre pela porta da frente com uma caixa da *Nonna* e me pergunte como foi meu dia. Ou, pelo menos, eu faria isso se estivéssemos em casa.

Aqui é outra coisa.

É bom aqui.

Mas não é minha *casa*.

No entanto, minha mãe deve ter notado que estou perdido em pensamentos, porque ela se levanta e começa a arrumar a bagunça. Abuelita boceja na cadeira. Ganke se levanta para se esticar, puxando a camisa para baixo para cobrir a parte inferior de seu estômago novamente.

— Bem — ele diz —, o trem A não espera por ninguém. É melhor eu ir se quiser estar de volta ao dormitório antes das 22h. É quando o porteiro do segundo turno fica de guarda na porta. Esse cara age como se nada de bom tivesse acontecido com ele desde que os Browns ganharam o Super Bowl.

Depois de uma longa pausa constrangedora, minha Abuelita diz:

— E os Browns não ganham o Super Bowl desde que eu cavalguei até Memphis a cavalo.

— O que? — pergunta a mamãe. — Você realmente fez isso?

— Rio, você deve ter herdado essa facilidade de acreditar nas coisas do seu pai — ri Abuelita, Ganke e eu sorrimos enquanto ela revira os olhos para todos nós.

— Na verdade, é fé. — Minha mãe sorri. — Confiança.

— Oh, não comece com essa conversa comigo — brinca Abuelita. — Agora, me ajude a desmontar essas caixas de pizza.

— Queria poder ficar e ajudar — diz Ganke, jogando sua mochila sobre o ombro e se dirigindo para a porta. — Mas tenho de ir. Ei, Miles, você quer que eu leve uma caixa para o dormitório?

— Você vai levar uma caixa inteira no metrô com você? — pergunta minha mãe. — Isso é uma boa ideia? É seguro? E se você for roubado?

— Sra. Morales — diz Ganke em um sotaque britânico que tenho certeza de que ele acha que é o mais chique, — já enfrentei as piores almas no pior clima carregando os pacotes mais extravagantes. Acho que vou ficar bem.

— Tudo bem, tudo bem, meu senhor seja-lá-quem-for — digo. — Vou pegar minha caixa de roupas.

— Agradecimento mais estranho que já recebi, mas vou aceitar! — ri Ganke enquanto vou até o quarto da minha mãe.

Tateio para encontrar o interruptor de luz assim que chego ao fim do corredor e, quando o encontro, giro a maçaneta do quarto da minha mãe e entro, imediatamente me sentindo estranho.

Todos os móveis do quarto da minha mãe estão aqui — sua cama, suas mesinhas de cabeceira, sua cômoda, até algumas de suas roupas estão desembaladas e arrumadas na cama. Mas não é o quarto dela. O quarto dela tinha uma mancha misteriosa na parede logo abaixo da janela e marcas de calor na parte inferior do radiador perto da cômoda, e deveria haver uma árvore do outro lado da janela com galhos que raspam o vidro porque "a cidade é desleixada demais para podar no verão".

Suspiro, porque sei que, não importa o quanto me sinta deslocado, este é meu novo lar. Quando digo a Ganke que estou indo para "casa" no fim de semana, quero dizer aqui. Então é melhor me acostumar.

Talvez uma caminhada ajude.

Encontro a caixa que preciso perto da cômoda e me inclino para pegá-la. É a mais leve das duas, então Ganke não deve ter problemas em carregá-la no trem. Nem é tão grande assim. Levo de volta para a sala de estar, onde encontro Ganke encostado na porta da frente assistindo TV.

— Aqui está, cara — profiro com um aceno. — Muito obrigado. Isso realmente me ajuda bastante.

— Não se preocupe, Miles — diz, pegando a caixa de mim. Está claro que ele está tendo mais dificuldade do que parece, e parte de mim deseja poder congelar o tempo, pegar a caixa e balançar com minhas teias até o Brooklyn. Eu poderia chegar lá em trinta minutos no máximo. Não parece justo fazê-lo carregá-la pelas escadas, pela rua, por mais escadas até o metrô, passar o cartão com uma mão enquanto luta com o peso, e depois levá-la no trem, mudar de trem, subir mais escadas e, finalmente, descer a rua até o nosso dormitório — mas acho que isso é o que o Peter quis dizer com "nem sempre é fácil manter uma identidade secreta em segredo".

Então, do meu lugar na varanda, observo Ganke descer as escadas para o próximo lance e começar a longa jornada de volta para o Brooklyn, o lugar que eu chamava de lar até ontem.

Literalmente.

— Até amanhã, cara! — digo.

— Até amanhã! — ele resmunga.

Entro de volta na casa e encontro a mamãe apoiada no balcão, sorrindo para mim, e Abuelita ainda sentada em sua poltrona favorita em frente à TV, também me encarando. Levanto uma sobrancelha. Da última vez que me olharam assim, disseram: "Achamos que seria bom para você consultar um terapeuta", depois que o papai morreu, então estou temendo o que elas vão me dizer agora.

Apoio o braço na parede para parecer despreocupado, como se não me importasse com elas me olhando assim.

— O que foi? — pergunto. — Por que estão me olhando assim?

— Assim como? — pergunta a mamãe, aproximando-se e passando a mão em meu rosto. — Estou te olhando como se você fosse meu filho e eu te amo. — Então ela me dá um beijo firme na testa.

O olhar que lhe dou mostra que sei que há mais coisas que ela não está dizendo.

— Eu e a mamãe estávamos apenas pensando... — ela diz rolando os olhos em rendição. — Seria bom para você sair um pouco esta noite. Sabe, explorar seu novo bairro. Ainda não está muito escuro. Fique dentro de cinco quarteirões, mantenha seu telefone por perto, volte em uma hora, mantenha seu capuz abaixado. Ah, e tire as mãos dos bolsos. E não fale com estranhos...

— Ótima ideia, mamãe — sorrio, e realmente falo sério. Um pouco de ar fresco me parece muito bom agora. E caminhar para gastar um pouco daquela pizza. Olho pela janela da sala de estar e respiro fundo enquanto penso em como seria bom mergulhar do topo da Ponte do Brooklyn, pegar o teto de um ônibus com minhas teias e me lançar de volta ao céu antes de voar pelos lugares onde costumava andar.

Mas decido que aqui no Harlem Hispano, com todas essas pessoas que nunca conheci, em um bairro que só visitei rapidamente, talvez uma caminhada tranquila seja uma escolha melhor. Pego meu moletom cinza no banquinho e calço meus tênis perto da porta, amarrando-os um de cada vez. Depois de outro beijo da minha mãe e de pegar a chave no balcão e um esperançoso último lembrete para ficar dentro de cinco quarteirões, manter meu telefone por perto, voltar em uma hora, manter o capuz abaixado, as mãos fora dos bolsos e não falar com estranhos, saio pela porta e desço as escadas para o meu novo território.

CAPÍTULO 2

Pego minha mochila na porta da frente, um pouco surpreso porque não me lembro de ela estar tão pesada. Penduro-a no meu ombro, aceno para me despedir da minha mãe e da Abuelita, desço as escadas e saio pela porta da frente para o ar da noite. Puxo as mangas do meu moletom sobre as mãos e fecho o zíper. Está bem mais frio aqui fora do que me lembro. Mas não vou ficar aqui por muito tempo. Apenas o suficiente para clarear minha mente. O cheiro é fresco, com um leve toque de detergente forte e... Talvez óleo de motor? Algo áspero e provavelmente cáustico. Isso me lembra do Brooklyn. Na verdade, talvez seja assim na maior parte de Nova York. Começo a caminhar pela calçada e imediatamente noto um novo mural em uma parede de tijolos à minha esquerda, é uma imagem de Martin Luther King, Rosa Parks e outro homem negro importante que não reconheço, com óculos e bigode, com uma aparência de professor. Todas as três figuras são compostas por várias palavras em espanhol. Algumas eu reconheço, como *amor*, *paz*, *esperanza* e *paciencia*, e outras não, como *grandeza*, *cambio* e *derechos civiles*.

Ele deve ter sido alguém incrível, decido, e continuo caminhando.

Ouço alguém recuar e soltar uma risada profunda e gutural, como meu avô costumava fazer — uma daquelas risadas que certamente faz todo mundo na sala rir junto. Viro-me para a origem do barulho; dois homens do outro lado da rua jogando dominó, um mais velho e outro da minha idade. O homem mais velho bate uma peça na mesa, levanta-se apoiando as mãos nos joelhos daquele jeito carregado que os idosos fazem, e ri novamente.

— Achou que me pegaria desprevenido, não é? — ele gargalha. — Tente novamente, sangue jovem. Eu jogo esse jogo há mais tempo do que você tem de vida.

Sorrio, sentindo falta do meu avô. Costumávamos sentar no Parque Prospect e jogar damas a tarde toda, muitas vezes perdendo a noção do tempo e deixando o pôr do sol iluminar o céu ao nosso redor. Papai e eu costumávamos fazer a mesma coisa quando o vovô morreu. Achamos que ele seguiria com a tradição.

Meu celular vibra duas vezes no bolso e eu o tiro para ler as mensagens. A primeira é da minha mãe.

> MÃE: Seu casaco pesado está perto da porta agora, caso esteja muito frio para usar só o moletom lá fora.

Sorrio e respondo a mensagem.

> EU: Obrigado, mãe, mas estou bem. Na verdade, está bem agradável aqui fora.

E não estou falando apenas do clima. Alguém está tocando alguma coisa com uma linha de baixo incrível de uma sacada em algum lugar acima de mim. Já vi um mural de um homem que se parece comigo e dois jogadores de dominó que me lembram eu e meu avô. Agora estou passando por uma garota com gorro e luvas sem dedos arranhando uma guitarra e soltando uma voz que parece quase grande demais para ela. Sinto falta do Brooklyn. Acho que sempre vou sentir falta de morar no Brooklyn. Mas este lugar? Está tudo bem.

Então vejo algo mais — uma parede inteira de arte de rua. Cores do arco-íris do chão ao teto por toda a extensão dos tijolos. Consigo identificar algumas palavras, principalmente nomes. Mas não consigo ler a maior parte; não porque seja ilegível ou porque seja grande demais à minha frente, mas porque bem no centro do prédio há um anúncio em branco hospitalar novinho, colado sobre a maioria das letras bem formadas com a palavra "Terraheal". Um logotipo está no centro, azul e dourado, com um símbolo de um kit de primeiros socorros vermelho saindo do topo. Parece deliberado, como se alguém tivesse vindo, visto a arte de rua e pensado: "Nojento" e depois tentado limpá-la com esse grande cartaz branco superlimpo e superchique, que parece pertencer a uma estação espacial. Se alguém achou que essa parede precisava ser esterilizada, poderia ter escolhido um cartaz maior. A arte ainda é a primeira coisa que noto nessa parede, espalhando-se por todos os lados em protesto silencioso, debaixo desse cartaz.

Nunca ouvi falar de Terraheal, mas está claro que eles não são daqui do Harlem hispano. Há uma nota de "pedido de patente" no canto inferior direito, com letras miúdas tão pequenas que tenho de me aproximar e inclinar o rosto para ver.

Meu celular vibra e lembro da segunda mensagem. Abro minha caixa de entrada e encontro duas mensagens do Peter.

PETER: E aí, cara, está ocupado esta noite?
PETER: Pensei em fazer um treino mais tarde.

Sorrio e não quero nada além de dizer a ele SIM, em caixa-alta, itálico, negrito e rodeado de emojis. Mas olho rapidamente por cima do ombro para a pequena janela aberta no quinto andar do prédio entre a lavanderia e a mercearia da esquina, e sei que naquela pequena sala estão duas mulheres que precisam da minha ajuda esta noite. Que precisam ver o meu rosto. Que precisam saber que estou em segurança.

> EU: Não dá, Peter, desculpe. Acabei de ajudar minha mãe a se mudar e estou meio cansado. Talvez amanhã?

Meu telefone acende com uma chamada surpresa dele, atendo.
— Alô?
— Ei, Miles, o dia da mudança foi hoje?! Desculpe, gostaria de ter passado para ajudar.
— Não, tudo bem! Tenho certeza de que você tinha coisas de combate ao crime para fazer.
— É verdade. Houve uma briga no Parque Prospect entre dois donos de cachorros que se desentenderam depois que seus cães se envolveram. Virou uma verdadeira briga de rua.
Eu sorrio. O bom e velho Peter, nenhum problema é grande demais ou pequeno demais. Acho que é isso que ser o Homem-Aranha significa. Ajudar a todos, mesmo quando não parece ser algo importante. Viro a esquina no fim do quarteirão e continuo andando. Aqui, as luzes da rua são um pouco mais escassas e há mais lixo ao redor dos meus pés. Começo a sentir pequenos cristais de neve nas minhas bochechas e no nariz.
— Nossa — digo. — Como você lidou com isso?
— Mandei eles para lados opostos do parque. — Dou uma risada.
— Como crianças de castigo? Isso é cruel.
— Mais como adultos que tiveram um dia ruim — ele afirma. — Todo mundo precisa se acalmar em algum momento, Miles. Falando

em se acalmar, que temperatura essa aqui fora, não é mesmo? Talvez eu precise forrar meu traje com um tecido por dentro.

Ouço um barulho que me tira dos meus pensamentos — o som de vidro quebrando adiante.

— O que foi isso? — pergunta Peter.

— Não tenho certeza. Parece problema.

Um grito segue o barulho de vidro, junto com o som de sapatos escorregando nos cacos quebrados no concreto. Adiante, vejo um lampejo de luz ao redor da esquina, para onde me encaminho e espio. Uma pequena mercearia com luzes fluorescentes está no meio do quarteirão — a única loja iluminada em ambos os lados desta rua — com um grande painel de vidro quebrado na frente, e um pedaço grande balançando para frente e para trás na abertura antes de cair em um estrondo e se despedaçar completamente. Não sei o que está acontecendo, mas sei que as pessoas não quebram as próprias janelas da loja. E, então, um grito confirma que algo está terrivelmente errado — um grito ensurdecedor, e o som de um grande estrondo. Sinais de uma luta. Alguém está em apuros lá dentro. Instintivamente, me esquivo para o beco próximo e me escondo atrás de uma lixeira.

— Preciso ir, Pete — digo, e desligo antes que ele possa responder e me dizer para ter cuidado ou esperar até ele chegar. Se o Peter consegue lidar com uma briga no Parque Prospect sem me chamar, então consigo lidar com um arrombamento de loja sem chamá-lo.

Pego minha mochila. Miles está aqui agora, mas isso é trabalho para o Homem-Aranha.

Abro o compartimento principal e levanto a aba superior, esperando encontrar minha máscara do Homem-Aranha bem no centro, me lembrando de quem eu represento e do que sou capaz. Aquela que o Peter me deu, depois que fiz ele prometer que lavaria pelo menos três vezes. De certa forma, não importa onde estou ou como me sinto, quando coloco aquela máscara, me sinto em casa.

Mas, em vez disso, encontro... Uma pilha de quadrinhos?

Meu coração bate forte em meu pescoço enquanto os examino.

— Não, não, não! — rosno. — O que aconteceu? O que é isso?

E é aí que percebo — uma única palavra escrita com caneta na etiqueta no topo da mochila.

Lee.

Como, *Ganke Lee*.

Levanto e dou um passo para trás, relutante em acreditar que peguei a mochila errada ao sair pela porta. Meu coração está batendo forte em meu peito quando ouço outro grito de algum lugar dentro da loja.

— Não, não, não, isso não pode estar acontecendo — murmuro, colocando as mãos atrás da cabeça e andando em círculos, chutando um copo de isopor vazio no chão.

O que eu faço?

O que eu faço?

O que eu faço?

Preciso ser o Homem-Aranha, mas agora tudo que posso ser é o Miles. Ganke foi embora há muito tempo, não tem como alcançá-lo antes que toda essa confusão na loja acabe e o ladrão escape. Fecho o zíper da mochila e a coloco sobre o ombro. Então corro de volta para o canto e olho ao redor novamente. Um barulho como algo pesado caindo no chão ecoa, espero que tenha sido um objeto e não uma pessoa. Engulo o medo e percebo que preciso agir rápido. Com máscara ou não, alguém está sendo roubado agora, e sou o único por perto para impedir isso. Penso em mandar uma mensagem para o Peter, mas não posso fazer isso toda vez que surge um problema. Que tipo de super-herói eu seria se tivesse de chamar meu mentor sempre que vejo uma janela quebrada? Ele é meu babá?

Minhas mãos estão úmidas sob as mangas do meu moletom, mas as palavras que meu pai disse no dia em que ele fez seu discurso na Prefeitura voltam à minha mente e me dão força renovada.

— Não sou um super-herói — ele me disse antes de virar e subir as escadas para o palco —, sou apenas um cara que não desiste.

E é assim que serei esta noite, decido. Sem máscara. Sem teias. Sem o Peter.

Apenas eu.

Escolhendo não desistir.

E com esse medo transformado em energia correndo dentro de mim, saio de trás da esquina e mantenho os olhos fixos na loja enquanto me aproximo. Meus tênis começam a esmagar as partículas de vidro espalhadas pelo chão, posso senti-las ficando cada vez maiores à medida que me aproximo. Pedaços de vidro ainda caem esporadicamente da abertura da janela de vidro. Algo grande se move lá dentro, e então um estrondo perturbador! Eu pulo e paro imediatamente. E então outro estrondo! Em seguida, uma prateleira inteira sai voando pela outra janela de vidro na frente da loja.

O que esse ladrão está fazendo lá dentro? Jogando boliche? E apenas alguns segundos depois, lamento ter perguntado.

O suspeito — um cara surpreendentemente baixo, da minha altura — vem se precipitando pela janela da frente estilhaçada e tropeça na borda, indo de cabeça contra o pavimento coberto de vidro. No início, me encolho — esquecendo que deveria estar tentando pegar esse cara — e então entro em ação, correndo para frente. Salto e mergulho nele pela cintura, e nós rolamos pelo chão. Seu moletom cinza deve ter alguma seda entrelaçada, porque ele se contorce quase escapando do meu domínio antes que eu consiga pensar. Raspei minha mão no pavimento cheio de vidro, mas não posso me preocupar com isso agora. Primeiro, tenho de me preocupar com ele.

Boom!

Um flash branco em meu rosto. O cheiro de sangue. Após um momento, a figura do cara que acabou de me chutar há alguns segundos, agora de costas e com sua bolsa de viagem sobre o ombro, fica em foco. De perfil, posso ver que sua pele é da mesma tonalidade média que a minha, embora seu nariz seja um pouco mais estreito e seus olhos mais saltados. Suas sobrancelhas estão franzidas no meio e seu rosto está torcido em uma careta de raiva enquanto olha para todos os lugares, exceto diretamente para mim. Luzes vermelhas e azuis iluminam seu rosto, ele entra em pânico e corre rua abaixo. Forço-me a levantar, apesar de tudo estar girando e minha cabeça latejando, e enquanto ouço o som de seus passos se afastando pela estrada e me levanto de joelhos, sinto um chute forte na minha lateral.

— Aqui está você, bandido sem valor!

Num piscar de olhos, vejo o cabo de uma vassoura voando em direção ao meu rosto, e instintivamente levanto os antebraços para bloquear a chuva de palha e poeira do chão.

— Eu te disse que você não ia escapar de mim! Acha que pode simplesmente invadir a minha loja no meu bairro e sair impune?!

— Não, não! — grito, enquanto mais e mais pancadas com a vassoura me atingem. Rolo para o lado conforme os golpes continuam. — Não fui eu! Foi... Ahhh!

Outra pancada entre as minhas palavras.

— Juro — pancada — que não fui eu — pancada —. Foi — pancada — aquele cara que — pancada — escapou!

Meu sentido de aranha está formigando intensamente em meu pescoço, tão forte que quase consigo ouvi-lo; um zumbido na minha cabeça.

Finalmente paro de ver estrelas o suficiente para ficar sobre minhas mãos e joelhos e olhar nos olhos do meu agressor. Vejo uma mulher com a altura aproximada da minha e a aparência física da minha Abuelita, com olhos faiscantes e cabelo preso num coque tão apertado que fico surpreso que ela não tenha uma dor de cabeça. Ou talvez tenha, e isso seja parcialmente o motivo de ela querer me matar agora.

As luzes vermelhas e azuis estão por toda parte agora, e quando estou prestes a continuar explicando que tudo isso é um terrível mal-entendido, ouço o gemido baixo de uma sirene atrás de mim. Me viro rapidamente e cubro os olhos das luzes vermelhas e azuis, aliviado por ver os caras que ajudam o tempo todo Peter e eu a pegar criminosos como o que escapou. Agora que estou em pé, sinto um fino fio de sangue escorrendo sob o meu nariz, e a dor na minha cabeça se espalha pelo pescoço.

Graças a Deus esses caras estão aqui. Eles vão atestar por mim.

— Oficiais, é esse o garoto! — diz a voz atrás de mim. E então me lembro que, agora, não estou com meu traje.

Agora, não sou o Homem-Aranha. Esses oficiais não me conhecem, não sabem que sou o garoto que realmente pegou o verdadeiro ladrão.

Sou apenas um garoto negro de moletom com uma janela quebrada à minha frente.

As armas são sacadas e as travas são desativadas, apontadas diretamente para mim.

— Deite no chão! Mãos para cima, garoto!

E assim, me torno apenas um "garoto". Apenas um cara comum. Eu deveria ser um cara comum que não desiste. Mas, à medida que levanto as mãos para o alto e engulo as lágrimas que surgem em meus olhos e caio de joelhos, isso parece muito com desistir.

Pelo menos eles são gentis ao segurarem meu ombro, me pressionarem contra o chão e colocarem algemas nos meus pulsos. Mas as algemas estão apertadas, cortando minha pele, e depois de alguns momentos respirando com força contra o pavimento — e tentando não me mexer caso meu rosto esteja em cacos de vidro que não consigo ver — sinto uma bota pesada no meio das minhas costas.

— Qual foi o problema aqui, senhora? — indaga a voz do policial. Sei que eles têm de fazer isso; me manter contido até reunirem os fatos. Mas, no momento, é a palavra da comerciante contra a minha, e sou o cara de moletom cinza, com o rosto ensanguentado e um álibi frágil. Para eles, mesmo que eu não seja o criminoso, poderia estar trabalhando com ele.

— Bem — diz a mulher enquanto bate a vassoura no chão bem na frente do meu rosto, para me lembrar do que ela é capaz, — eu estava aproveitando a minha noite, policial, me preparando para o turno da madrugada, quando esse garoto arromba a minha janela da frente e entra como um raio...

— Não fui eu! — grito. — Foi outro garoto...

— Filho, chegaremos às suas perguntas em breve, tudo bem?

Tudo bem. Quero dizer, acho que tem de estar tudo bem. Mas esse pavimento machuca meu rosto e meu peito está pesado.

— Posso só me sentar? — pergunto timidamente. Depois de uma pausa, continuo. — Juro que não estou armado. Só quero me sentar na calçada.

Sinto a bota se afastar das minhas costas, e duas mãos fortes me levantam por baixo dos braços. Inclino-me para trás até que meu quadril encontra o meio-fio, e me levanto para poder sentar um pouco mais confortável. Pelo menos agora meu rosto está longe dos cacos de vidro e esfrego meu ombro contra a minha bochecha para remover quaisquer pedaços que possam estar presos.

A dona da loja continua falando por uma eternidade, e começo a me perguntar se vou para a prisão esta noite. Ela fala sobre como tem imagens de um garoto negro de moletom cinza em suas câmeras, e como sou um infrator reincidente, mas nunca fui tão violento antes, e quanto mais ela fala, mais estou convencido de que a próxima vez que minha mãe e a Abuelita ouvirem falar de mim será de dentro de uma cela de prisão.

CAPÍTULO 3

Minha mandíbula arde de tanto segurar as lágrimas; suspiro e ajusto minhas pernas para sentar em posição de lótus para que elas não adormeçam. Justo quando começo a pensar que essa senhora nunca vai parar de falar, ouço um som familiar. Um som sibilante e estalante vindo do céu, e meu coração dispara. Olho para o policial e para a senhora, e me pergunto se eles também ouviram, mas ele chega rápido demais para eu poder dizer.

— Vocês prenderam o cara errado, policial — diz a voz familiar do Peter enquanto ele desce do telhado em sua teia e pousa suavemente no chão. Ele olha por cima do ombro para mim, e não consigo dizer se sua expressão é de decepção, pena, confusão ou todas as três; mas de repente, embora eu não tenha feito nada de errado, sinto algo muito distinto, algo que não estou acostumado, subindo pela minha garganta e ameaçando me sufocar.

Vergonha.

O policial olha de mim para a dona da loja, para o Homem-Aranha, cruza os braços sobre a prancheta e transfere todo o seu peso para um dos quadris.

— Homem-Aranha, ele se encaixa na descrição. Garoto negro, moletom cinza, na cena do crime...

— Ah, é? — pergunta Peter, apontando para cima. — Então quem é aquele cara?

Todos olhamos para cima e vemos um garoto embrulhado em teias se contorcendo, suspenso entre os prédios a cerca de trinta metros de altura. Tudo o que está exposto é o seu rosto e o capuz pendurado, balançando enquanto ele se mexe.

— Bem... — diz o policial, olhando para cima para o garoto.

Suspiro e reviro os olhos. O que esse policial não sabe é que o outro Homem-Aranha acabou de dizer que ele prendeu o cara errado também, mas como não estou uniformizado, minha autoridade foi embora.

Depois de alguns minutos, estou sem algemas e de pé, removendo os cacos de vidro das minhas roupas e tendo minha mão esquerda machucada limpa com um lenço umedecido com antisséptico da loja, e meu nariz ensanguentado sendo pressionado com um lenço de papel. A dona da loja não diz nada para mim, mesmo depois de revelado que não sou o cara que invadiu a loja, mas sim o que estava tentando parar o cara que o fez. Ela só me encara, como se estivesse convencida de que ainda sou cúmplice de alguma forma, e se não sou, não deveria estar na área, e se estava, por que estou vestido assim? Ela diz tudo isso com o olhar que me dá, estreito os olhos para ela e então encaro o chão enquanto as últimas cortesias são trocadas.

Enquanto caminho em silêncio pelo beco ao lado do Peter, penso no que dizer.

Passo. Passo. Passo.

Está tão quieto aqui em Harlem. Ouço a sirene ocasional ao longe e o tilintar de uma panela ou frigideira em um apartamento próximo, provavelmente de alguém que está cozinhando o jantar.

Felizmente, Peter começa a falar para que eu não precise.

— Ei, cara... — ele começa, descansando a mão no meu ombro — Eu não sei o que aconteceu lá atrás, mas... Você está bem?

Sua voz é sempre tão calma. Bem diferente da minha enquanto tento responder. Limpo a garganta e me esforço, embora tremendo um pouco, — Sim. Sim, estou bem.

Ele para de andar e se vira para mim agora que estamos longe o suficiente do Oficial Carrancudo ali.

— Então — ele diz, os braços cruzados sobre o peito como se estivesse um pouco desconfortável com toda essa situação, — quer falar sobre isso?

Forço-me a olhar para cima, e embora Peter Parker nunca me faça sentir inferior a ele, ou como se eu estivesse em apuros ou fosse uma decepção, neste momento me sinto especialmente pequeno.

Como um filhote sendo perguntado por que fez cocô nas petúnias. Dou de ombros e desvio o olhar.

Não. Não, não quero falar sobre isso. Não realmente. O que quero fazer é encontrar Ganke, trocar as mochilas para pegar meu equipamento de volta antes que ele descubra, e sair balançando por toda a cidade, sem me importar com o que acabou de acontecer.

— É... — começo, sabendo que apesar do que quero, devo uma explicação a Peter sobre por que seu pupilo quase foi preso por roubo há alguns minutos. — Bem, vi aquele cara arrombar a loja e... Eu não estava com minha máscara, então... Quando o derrubei, ele escapou e a dona da loja achou que eu era igual a ele, então... Me algemaram.

Peter olha por cima do ombro para o policial novamente antes de me afastar um pouco mais e sussurrar.

— Espera aí, por que você não estava com sua máscara?

O calor sobe às minhas bochechas e arranho a parte de trás do meu pescoço.

— É uma longa história. Mas vou pegá-la agora.

Peter está me olhando perplexo, e parece que estou explicando a um dos meus professores por que não tenho uma tarefa de casa completa para entregar. Preciso de uma desculpa melhor. Não, preciso da verdade. Suspiro e balanço a cabeça com o quão bobo é todo esse episódio. Quão evitável.

— Ganke estava me ajudando na mudança hoje e, por acidente, pegou minha mochila em vez da dele.

Pego minha mochila do chão, abro o zíper e mostro a ele as histórias em quadrinhos.

— Mas tudo bem — continuo rapidamente depois que Peter põe a mão na testa, exasperado — porque sei que o Ganke só vai para dois lugares, a casa dos pais dele e nosso dormitório. Ele não deixaria a mochila com os pais em uma noite de aula, então tenho certeza de que vou encontrar minha mochila em nosso dormitório. Vou pegá-la hoje à noite.

Peter respira, e espero que seja um suspiro de alívio.

— Tudo bem. — ele diz — Isso parece um plano. Mas como você planeja chegar ao Brooklyn rápido sem usar seus poderes? Quer que eu vá em vez de...?

— Não. — interrompo rapidamente. — Isso é minha culpa. Estraguei tudo. Deixa eu consertar isso. Por favor?

Ser acusado de roubo por estar no lugar errado na hora errada? Tecnicamente pode acontecer com qualquer pessoa. Esquecer completamente a posse mais importante que tenho — meu equipamento de Homem-Aranha — e acidentalmente deixá-lo em casa com meu colega de quarto? Inaceitável. Eu ficaria envergonhado se deixasse meu uniforme em casa se trabalhasse no Burger Bunker, quanto mais... Você sabe... Homem-Aranha.

— Claro — ele pondera, dando um tapinha no meu ombro. — Admiro isso em você, Miles. Sua noção de propriedade. De responsabilidade. Só... Você sabe... Tenha cuidado para não estar no lugar errado na hora errada. — Ele olha por cima do ombro para o policial que está prendendo o outro cara que realmente cometeu o crime.

Alguma coisa sobre a maneira como Peter diz isso, embora eu saiba que ele quer o melhor para mim, parece impossível, pelo menos para mim. Eu estava tentando impedir um crime. É isso que devemos fazer, certo? Ter cuidado para não estar no lugar errado na hora errada?

Sou o Homem-Aranha. Supostamente, devo estar no lugar errado na hora errada. Mas é ainda mais perigoso para mim sem meu traje, e não deveria ser. Meu sangue está fervendo sob minha pele. O que diabos eu deveria fazer?

— Se eu estivesse uniformizado, aquilo teria sido o lugar certo na hora certa — resmungo. No momento em que digo isso, porém, meio que me arrependo. Saí como um garoto mimado, e definitivamente não era essa a intenção. Estou apenas... Tão frustrado com tudo isso.

Ele suspira.

— Eu sei — diz, apoiando a mão no meu ombro novamente e me encarando diretamente nos olhos. — Fomos apenas azarados dessa vez. Aquele cara se parece muito com você. Vocês estão até vestidos iguais. Tente não guardar ressentimentos contra o oficial Cooper, tudo bem? Ele cometeu um erro honesto.

Então, o que Peter está dizendo é que, se eu não parecesse como pareço, se parecesse com o Peter fora do traje, também teria estado no lugar certo na hora certa. A raiva ferve dentro de mim, e decido que seria melhor se eu apenas me concentrasse em pegar meu traje de volta.

— Tenho de ir — murmuro, me afastando e caminhando pelo beco em direção ao local onde o trem M passa na Rua 116ª.

— Miles? — chama Peter atrás de mim. Mas realmente não consigo lidar com nada disso agora. É tudo demais. Eu deveria ser um super-herói, mas posso realmente ser se sou visto como um vilão por causa da cor da minha pele? Enquanto corro em volta da esquina, sem me importar com a aparência, sem me importar com quem me vê como um vilão correndo porque "provavelmente roubei algo" e não porque pessoas como eu gostam de correr às vezes, meus olhos começam a se encher de lágrimas novamente.

— Desculpa, pai — sussurro quando chego à estação e me balanço em volta da grade e desço os degraus, para a escuridão e o cheiro de urina, poeira e mofo de décadas, — eu tentei.

CAPÍTULO 4

Nosso dormitório fica bem no meio do Brooklyn, apenas a duas quadras da Academia Brooklyn Visions. É pequeno, mas é minha casa. Bem, minha segunda casa, de qualquer maneira. Por muito tempo, pensei que meu único lar seria a casa dos meus pais no Brooklyn, mesmo quando me mudei para o dormitório. No começo, parecia estranho. Diferente. Frio. Pouco acolhedor. Quase como uma prisão. Mas depois de algumas sessões de estudo tardias com o Ganke, algumas tigelas de ramen, alguns filmes e conversas sobre nada, ele acabou se tornando mais acolhedor. Agora? Parece mais meu lar do que a casa da Abuelita.

Pelo menos por enquanto.

É uma longa viagem de trem desde a casa da minha Abuelita — cerca de uma hora, enquanto com a teia do

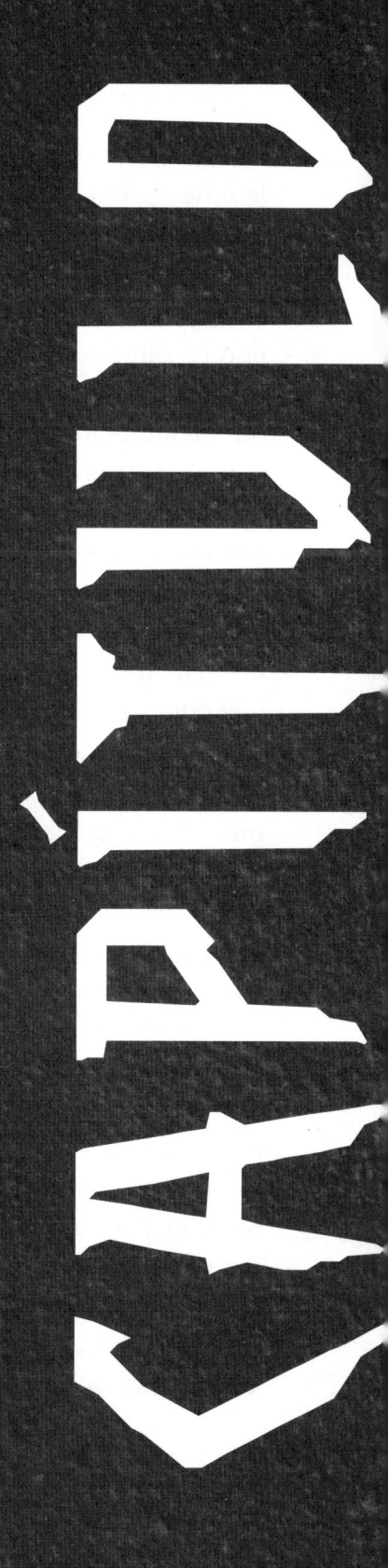

Homem-Aranha é a metade disso. Mas, como estou sem meu traje e não posso ser o Homem-Aranha, sou apenas o bom e velho Miles, sentado aqui no trem A, depois de fazer transferência na linha M, com os fones nos ouvidos e o celular na mão. Estou tentando não mexer a cabeça, mas essa música é demais. Fecho os olhos e sou transportado para minha cama, onde posso imaginar cada batida na minha cabeça como uma luz piscando ou um lampejo de cor. O quarto está escuro e imagino luzes estroboscópicas ao meu redor, piscando no ritmo enquanto deixo meu espírito solto e danço como se fosse o único naquele lugar. Porque, na minha imaginação, eu sou.

Mas essa sensação não dura muito.

— Próxima parada: Clinton-Washington — anuncia a voz áspera do trem, me trazendo de volta à realidade. Abro os olhos e levanto, jogando a mochila do Ganke sobre o ombro. Quando desço do trem na estação e as multidões se movem ao meu redor, começo a me perguntar se o Ganke já abriu a mochila. Se sim, e agora? Suspiro e tento ignorar esse pensamento e me concentrar na música, mas não adianta. Meus pensamentos já estão a mil. Se o Ganke já abriu a mochila, ele sabe que sou o Homem-Aranha. Vou ter estragado minha identidade secreta e quase fui preso na mesma noite. E ainda estou apenas em treinamento! Como pude errar tão feio?!

Faço uma careta e chuto o pavimento com frustração enquanto caminho, e alguns adolescentes, crianças apenas alguns anos mais novas do que eu, passam por mim e correm escada acima, esbarrando no meu ombro enquanto sobem. A princípio, fico frustrado porque eles poderiam ter facilmente dito "desculpe" ou "com licença" ou algo assim, mas então me distraio pensando em como seria mais fácil ser apenas uma criança normal, sem me preocupar com quem esbarro nos trens, sem me preocupar com roupas especiais e poderes e vilões, e tendo de correr para o caos em vez de fugir dele.

Não me entenda mal, ter superpoderes é incrível. Quem não quer sacudir o pulso e voar pela cidade, escalar prédios ou sentir o perigo por perto? Mas, também, às vezes é difícil.

Como agora.

Estou parado do lado de fora do nosso prédio de dormitórios, sabendo que Ganke disse que o porteiro do turno da noite é... Rabugento. Com certeza ele não me deixará entrar sem minha identificação, que está presa na parte interna do compartimento frontal da minha mochila, porque não achei que viria para o meu próprio dormitório hoje à noite pegar minha própria mochila. Ganke sempre prende a identificação dele em sua calça jeans, seja um dia de aula ou não, porque é exatamente o que alguém que escreve seu nome nas etiquetas de todas as roupas faria com uma identificação escolar.

— Chame-me de paranoico — ele diz o tempo todo, — mas é sempre melhor estar preparado.

Porque é exatamente o que alguém que sempre prende a identificação em sua calça jeans diria sobre prender a identificação em sua calça jeans.

Bem, agora aqui estou, parado do lado de fora deste prédio, no meio da noite, com as primeiras gotas de chuva caindo no meu rosto, sabendo que não há como passar por esse porteiro a não ser que eu cave por baixo ou voe por cima dele, e a aranha que me mordeu não pode fazer nenhuma dessas coisas. Por que minha aranha não poderia ter habilidades de camuflagem ou algo assim? Eu me esgueiro pelo beco ao lado do nosso prédio, que é feito de tijolos, e espero que Ganke esteja dormindo com a janela aberta, apesar da chuva. Ele sempre verifica a previsão do tempo também.

É claro que ele faz isso.

Olho ao redor com cuidado, pelo beco na direção de onde acabei de vir, ao redor de cada esquina e até o outro lado. Ninguém. Então, estendo a mão e toco a parede à minha frente e fecho os olhos. Sinto a leve atração da minha mão contra ela, como se estivesse coberta de fita adesiva dupla face ou como se meus dedos tivessem ímãs por dentro.

Ímãs que grudam em tijolos, eu acho.

Uma mão se prende, e depois a outra. Depois o meu pé esquerdo. Em seguida, o direito. Logo, estou escalando a parede tão naturalmente quanto se estivesse rastejando pelo chão, um pé e uma mão após o outro. Mantenho meus olhos na janela do quinto andar — a unidade de canto mais próxima da rua à minha esquerda. Estou a cerca de três andares de altura quando ouço uma inspiração brusca e violenta, como se alguém tivesse inalado uma tigela inteira de ziti assado pelo nariz. Estremeço e paro, mas não caio. Em vez disso, prendo a respiração e olho ao redor, mãos ainda grudadas na parede, pés ainda grudados na parede.

O que foi isso?

Ouço o som próximo de cobertores se mexendo, e sigo o barulho por cima do ombro até a janela do prédio atrás de mim, onde fico horrorizado ao ver um cara da minha idade sentado na escuridão, sem camisa, olhando diretamente para mim. Olhos perfurando minha alma. Não me mexo. Estou petrificado. Esse cara está me observando subir pela parede agora? Será que ele agora sabe que sou o Homem-Aranha? Será que ele pode ver meu rosto mesmo com a luz atrás de mim? Devo esperar ou devo correr para sair daqui?

E então vem minha resposta, enquanto ele oscila um pouco e pergunta ao vazio:

— Barbara, você deixou o gato na suíte nupcial de novo?

Continuo congelado contra a parede, confuso para caramba com o que ele está falando. Se ele não está falando comigo, talvez esteja ao telefone? Então as coisas ficam ainda mais estranhas.

— A dama de honra é o gato! — bem devagar e com os olhos revirando na cabeça, ele oscila e inclina para trás até cair de volta na cama.

Respiro aliviado como nunca antes e continuo escalando a parede. Tenho de me lembrar de contar para o Ganke que, se eu falar dormindo assim, essa notícia nunca deve sair do nosso quarto. Alcanço a nossa janela e olho para dentro, descobrindo que... Sim! Ganke deixou ela bem aberta! E ele está dormindo profundamente na cama de baixo, um grande monte sob os lençóis se inflando e esvaziando, me permitindo pegar a mochila em silêncio. E é melhor eu ficar em silêncio também. Se eu acordar esse cara e ele me vir trocando as mochilas, minha identidade estará em perigo. Engulo em seco e reúno coragem, olhando ao redor do quarto antes de atravessar a janela. Mas, se eu apenas conseguisse encontrar... Ali está!

No chão, ao lado da escrivaninha, fechada, apoiada contra outra pilha de histórias em quadrinhos quase tão alta quanto a escrivaninha. Como um cara pode ler tantos quadrinhos? E por que ele precisa de todos eles no seu quarto? Reviro os olhos e sorrio. E então me preparo para a Operação Recuperar-Meu-Traje. Me levanto até o peitoril, apoiando um pé na borda assim que Ganke solta um ronco alto e vira de bruços com um único movimento rápido como uma panqueca humana. Em seguida, entro silenciosa e delicadamente como um gato e deslizo pelo quarto. Estou impressionado com o quão silenciosos estão meus pés, considerando que meus sapatos são feitos de borracha e estão encharcados, mas suponho que aranhas também sejam silenciosas, mesmo na chuva.

Não conheço muitas aranhas que usem tênis com solas de borracha, mas, enfim, vamos em frente.

Alcanço a mochila e cuidadosamente coloco a que estou usando no chão, e então percebo que minha mochila está muito mais escura porque está encharcada de chuva. E então entro em pânico em dobro, porque me lembro da mochila do Ganke, que estive carregando na chuva todo esse tempo, cheia de quadrinhos.

Quadrinhos feitos de papel.

Com cuidado, o mais silenciosamente possível, abro o zíper do compartimento grande e toco a capa superior por dentro. Suspiro aliviado silenciosamente.

Seco como as piadas do J. Jonah Jameson.

Fecho a mochila, coloco a minha no meu ombro e vou em direção à janela. Ganke solta mais um ronco ensurdecedor enquanto dorme, e eu congelo, olhando para ele na escuridão. Ele vira de lado e se acomoda sob as cobertas, respiro fundo e começo a me aproximar da janela lenta e suavemente. Estou quase atravessando o quarto quando...

Estrondo!

Um flash de luz irradia pelo quarto, vidro voa para todos os lados, um abajur acerta meu rosto em cheio, caio de costas no chão e a mochila escapa da minha mão. Ganke grita, se encolhe sob as cobertas, joga o corpo com um pouco mais de força e cai da cama no chão, ainda envolto firmemente no lençol solto e nas cobertas, rolando até bater na escrivaninha com um baque. De alguma forma, acabei no chão com o abajur na cabeça, e ouço ele gritar "Quem está aí?!", ele grita como se tivesse visto (ou ouvido) um fantasma. Levanto o abajur delicadamente e olho para cima, na direção dele. Sua mão esquerda está no interruptor de luz, e sua mão direita segura firmemente uma pá apontada ameaçadoramente na minha direção.

— Oi, Ganke, — rio nervosamente, — sou só eu.

Tudo bem, Miles, você vai precisar de uma boa explicação para se livrar dessa.

— É só você?! — ele grita. — Você sabe como minha asma fica! O que você está fazendo aqui no meio da noite, me assustando a essa hora?

— Ok, posso explicar — digo, dando um passo à frente com as mãos levantadas como se estivesse tentando acalmar um urso selvagem. Segunda vez hoje à noite, na verdade.

— Nós trocamos nossas mochilas — explico, pegando a minha de novo e jogando-a sobre o ombro. Me levanto e pego a vassoura do armário enquanto Ganke me observa como se eu fosse uma pessoa completamente diferente. — Eu queria entrar, pegar a mochila e sair antes de você acordar, mas eu... Eu tropecei.

— Entendo — ele diz, coçando a cabeça e esfregando os olhos sonolentos. — Mas por que isso não podia esperar até amanhã? Nós nos veríamos na escola e poderíamos trocar as mochilas. — Ele estica as mãos sobre a cabeça e boceja.

— É... — digo, dando a mim mesmo tempo para pensar em uma explicação, — Quer dizer, minha carteira está na minha mochila. Você sabe que não gosto de pedir dinheiro para minha mãe. Não queria preocupá-la com uma mochila perdida, sabe? Ela está passando por muita coisa com a mudança, achei que poderia resolver isso sozinho.

Ganke está me olhando como se estivesse pensando, e pela primeira vez, a última coisa que preciso é que ele esteja pensando. E se ele juntar tudo isso? E se ele descobrir quem realmente sou? Rapidamente penso em mudar de assunto.

— Sei que você guarda suas histórias em quadrinhos na mochila — continuo. — Como um cara pode ler tantos quadrinhos, aliás? Onde estão seus livros escolares, cara? — Pergunto rindo. Isso arranca um sorriso dele.

Então ele olha da porta para a janela aberta. Em seguida, tenta abrir a porta.

— Espera um minuto, se todas as suas coisas estão na mochila, como você pegou suas chaves para entrar aqui, ou sua identificação para passar pelo porteiro? Ou... — Seus olhos se fixam na janela atrás de mim, e eu congelo com a vassoura no meio do movimento, olhando para ele.

— Você subiu pela janela? — ele pergunta, abaixando a voz para sussurrar e se aproximando de mim, olhando ao redor do quarto para garantir que ninguém esteja ouvindo, mesmo que sejamos os únicos aqui.

— Sim! — digo, um pouco rápido demais. Vamos lá, Miles, pense em uma saída sólida para isso. Você poderia ter mentido! Esse era um momento perfeito para mentir! Mas, por outro lado, se tivesse mentido, o que teria dito? Atravessei a parede? Os dutos de ar? O vaso sanitário do banheiro como um palhaço selvagem? — A escada estava lá embaixo e a janela estava aberta. Conveniente, né?

Ganke passa correndo por mim e quase se joga pela janela para olhar rapidamente para baixo. Quando ele volta a me olhar, ele diz: — Lá embaixo tem uma queda de uns três metros. Você está me dizendo que você subiu por aí?

— O quê? — pergunto, olhando pela janela e fingindo estar tão chocado quanto ele. — Cara, juro que tinha uma caçamba lá embaixo. Alguém deve ter movido.

Depois de vários segundos de Ganke me encarando com os braços cruzados, me avaliando, fazendo-me suar, varro o restante do vidro para a pá e despejo no pequeno lixo no canto do quarto, com a cesta de basquete pintada do lado de fora, e me dirijo para a porta do nosso quarto.

— Nos últimos cinco minutos? — ele pergunta. — Você está me dizendo que alguém levou um caminhão de lixo inteiro para esse beco, baixou as presas, levantou a caçamba, esvaziou no compactador de lixo, e colocou de volta... Para outro lugar... Nos últimos cinco minutos?

— Quer dizer, é tão absurdo assim? É... Meio assim que os caminhões de lixo funcionam, né? Eles têm de ser rápidos. Quantos caminhões você acha que tem no Brooklyn? Provavelmente muitos, certo? Certo?

— À 1 da manhã?

Agora posso sentir o suor se formando na minha cabeça, mas estou mantendo minha história.

— Tem menos caminhões na rua agora, — encolho os ombros, lançando um olhar pela janela para dar mais convicção. — Olha, Ganke, não sei por que nem como alguém moveu a caçamba, mas tudo que sei é que subi aqui pela caçamba, e agora ela sumiu.

Os braços do Ganke estão cruzados sobre o peito e ele está batendo o pé, olhando para mim como minha Abuelita faz quando insisto que tirei o lixo e não tirei — não porque não queira tirar o lixo, às vezes a gente simplesmente esquece. O ceticismo está estampado em seu rosto. Ele não acredita em mim, e sinto a primeira gota de suor descendo pelo meu pescoço.

Hora de ir embora.

— Melhor eu pegar as escadas desta vez — digo, limpando a garganta e passando por ele no corredor, evitando contato visual o tempo todo porque simplesmente não suporto ver aquele olhar de desconfiança de perto e pessoalmente.

— Miles? — ele sussurra, me congelando onde estou. Me viro cuidadosamente.

— Sim?

Por favor, não me pergunte mais nada.

Por favor, não me pergunte mais nada.

Por favor, não me pergunte mais nada.

— Se houvesse alguma coisa... Errada. Algo com o que você está lidando... Você me contaria, certo? — ele pergunta, olhando para cima para mim como o bom amigo preocupado que é.

Uma pontada de culpa me aperta lá no fundo do estômago, e meio que arrasto meus pés um pouco, porque é isso que faço quando estou nervoso, e mentir me deixa nervoso.

— Claro, cara — digo com um sorriso que espero seja convincente, dando um tapinha em seu ombro para dar uma boa impressão. — Vamos lá, somos amigos! Eu te conto o que está rolando, você me conta o que está rolando.

Dou um toque de mão nele e me viro de volta pelo corredor.

— Até segunda, tudo bem? — pergunto.

— Tudo bem — ele diz, o tom me dizendo que ainda não está convencido de que está tudo bem. — Até segunda.

Quando chego à escada, sinto um zumbido no quadril e percebo que é uma ligação da minha mãe, respondendo minha mensagem dizendo que Ganke pegou minha mochila por acidente e que vou pegá-la. Respiro fundo na escadaria, encosto na parede e atendo o telefone.

— Alô?

— Miles Gonzalo, você tem sorte de eu ter adormecido neste sofá — ela diz, sua voz frenética, mas não com raiva.

— Desculpe, mãe! Percebi que meu livro de história estava lá e tenho lição de casa neste fim de semana.

— Poderíamos ter ido juntos amanhã! Tenho o dia todo de folga! Miles, você precisa se manter seguro. Já está tão tarde! Onde você está? Vou buscar você com um carro de aplicativo, será mais rápido.

— Mãe, estou com o Peter, está tudo bem.

O que estou fazendo? Por que acabei de mentir assim? Nem estou com muita vontade de ver o Peter hoje à noite depois do que aconteceu naquela loja. Mas só preciso de tempo. Tempo para tudo. Tempo para pensar. Tempo para relaxar. Tempo para extravasar.

Preciso de tempo.

— Tenho de ir, tá bom? — pergunto. — Mas prometo que estou bem.

Ela suspira.

— Só volte para casa, Miles.

E eu sei o que ela quer dizer. Ela disse um parágrafo inteiro naquela única frase. Ela disse: "Preciso de você". Ela disse: "Eu te amo". Ela disse: "Não posso te perder também".

E ela não vai.

Eu me despeço e faço o caminho todo até o térreo e saio pela escada para o saguão principal, acenando timidamente para o porteiro para não parecer muito suspeito, como o cara que nunca entrou, mas definitivamente está saindo. Então saio correndo pela porta da frente e, quando estou prestes a virar a esquina de volta para o mesmo beco que supostamente abrigava uma caçamba apenas alguns minutos atrás, congelo. A cabeça do Ganke está lá na janela, olhando para onde a "caçamba" deveria estar. Suspiro, esperando que minha história seja convincente o suficiente para ele parar com as perguntas.

Fico esperando que ele se recolha com hesitação, antes de me arrastar até a parede mais escura deste beco onde estou seguramente escondido. Ajoelho-me sobre minha mochila e respiro aliviado, agora que finalmente posso abrir minha mochila em paz e me tornar quem realmente quero ser esta noite.

CAPÍTULO 5

A máscara está fresca e suave contra minha pele — super-respirável e quase impossível de rasgar, uma borracha esticada realmente resistente, isolada do frio. Como sempre, coloco a máscara primeiro, porque se alguém me vir colocando-a, pelo menos não verá meu rosto e descobrirá quem sou. Em seguida, coloco as leggings e shorts, visto a jaqueta à prova d'água e deslizo os lançadores de teia nos meus pulsos, apreciando o peso deles em minhas mãos por um momento.

Respiro fundo e olho para o céu, para a chuva ainda caindo em minha máscara, e mal posso esperar para subir lá. Meus sapatos vão para dentro da mochila, meu moletom vai em volta da mochila para esconder o logo da Academia Visions, todas as minhas coisas estão guardadas atrás de uma caixa elétrica, e meu pulso sobe.

Zing! A teia dispara e agarra o canto superior do meu prédio de dormitório, me lançando para cima no ar até que eu possa dobrar as pernas e me empoleirar na borda.

Muito mais rápido do que escalar a parede.

De fato, assim que mergulho e começo a balançar, estou no centro do Brooklyn em um instante, sentindo as gotas de chuva escorrerem pela minha jaqueta enquanto balanço de prédio em prédio, exatamente como Peter me ensinou. *Thuiz*, e soltar, *thuiz*, e soltar, exatamente como ele me disse para fazer. E funciona, como sempre. Só tenho de lembrar de dobrar os joelhos antes de cada soltura. Isso me faz ir muito mais rápido. É como imagino que dirigir uma Lamborghini pelas ruas de Manhattan seria se você fosse o único carro na estrada e não houvesse limites de velocidade.

Estou muito alto para representar um perigo para veículos e muito baixo para ser uma ameaça para o controle de tráfego aéreo.

Os únicos que precisam se preocupar comigo são os pássaros.

Voo pelo ar na velocidade da luz, sentindo aquela sensação de elevação subir em meu peito enquanto penso em algo novo para tentar.

Avisto uma árvore particularmente alta na minha frente, no meio do Parque Prospect, e me aproximo dela. A teia prende. Agarro a linha com as duas mãos e dobro os joelhos o mais alto que posso, me fazendo girar e girar e girar. O mundo está girando tão rápido ao meu redor que tenho medo de ficar tonto, então fecho os olhos e deixo o instinto assumir, sentindo a força da terra abaixo de mim enquanto balanço para baixo, e o impulso da subida para o ar.

Solto uma risada, algo que não fazia há muito tempo, e estendo meus braços e pernas em um mergulho perfeito antes de despencar em direção à terra como um torpedo e encontrar algo para lançar minha teia.

O Brooklyn parece menor agora que tenho esses poderes, mas igualmente mágico. Especialmente à noite. Voo sobre o lago onde costumava alimentar os patos com minha mãe quando eu era criança, e passo pelas quadras de basquete onde jogava com meu pai.

Paro de balançar assim que chego na próxima árvore.

E sento.

E observo.

Porque ali, em um banco sob um enorme guarda-chuva preto, está um pai negro com o braço ao redor de seu filho pequeno, bem perto das cestas de basquete. Esse garoto está olhando para esse homem como se ele não pudesse fazer nada de errado. Como se ele soubesse que tudo vai ficar bem porque seu pai está aqui. E reconheço esse olhar, porque costumava tê-lo o tempo todo. Tenho certeza de que meu rosto era assim para o meu pai quando ele olhava para mim do pódio na Prefeitura enquanto eu estava bem no meio. Mesmo com todas aquelas pessoas lá, todos aqueles rostos olhando para ele, havia dois que importavam mais, e ele deixou isso claro assim que subiu as escadas e se virou. Percebo que meus olhos estão se enchendo de lágrimas; pisco para segurá-las sob a minha máscara e saio voando novamente para a noite antes que eu desmorone completamente. Agarro a minha teia na esquina do correio e a contorno, agarrando-me a um caminhão de dezoito rodas e viajo pela noite por um tempo, observando as luzes da rua piscarem e os corredores noturnos saindo de suas casas para um pequeno exercício da meia-noite, smartwatches prontos.

Não demora muito para eu encontrar um telhado tranquilo para descansar — um dos prédios de apartamentos mais altos da região, com vista para a maior parte da cidade. Sento na borda de tijolos, trago meus joelhos até o peito e suspiro. Minha mãe diz que o luto tem uma maneira de fazer tudo parecer sem esperança. Sem propósito. Acho que é por isso que ela me incentivou a ser voluntário na F.E.A.S.T. com o Peter. E assim eu poderia sentir que ainda tenho um motivo para continuar. Uma razão para me levantar de manhã além da escola.

E tenho de admitir, é bom ter uma distração de... Bem... Tudo isso. Todos esses pensamentos acelerados. Todas essas lembranças. Elas estão escondidas em todos os lugares, em lugares inesperados. Cruzo as pernas na borda do prédio e suspiro enquanto olho para o céu nublado.

Meu telefone vibra no bolso e vejo uma nova mensagem do Ganke.

> GANKE: Ei, cara, não consegui dormir depois do que disse para você. Sei que fiz muitas perguntas. Não era minha intenção te interrogar. Só queria ter certeza de que você está bem.

Eu sorrio. Bom e velho Ganke, sempre me apoiando. Puxo meus pés para cima, mais perto dos joelhos, e meus dedos voam pela tela.

> EU: Ei, não se preocupe com isso. Prometo que estou bem. Só precisava de um pouco de ar fresco hoje à noite.
> GANKE: Certo, se você diz que está bem, acredito em você. Só saiba que pode contar comigo para qualquer coisa, tá? Desculpa se pareço sua mãe, mas todos precisam de um ombro amigo de vez em quando.
> GANKE: E aí, o que você está achando do novo bairro? É legal, né? Não é tão estiloso quanto o Brooklyn, mas tem o seu charme próprio.

Suspiro e penso. Como respondo a isso? O que estou achando do novo bairro?

Quer dizer, o Harlem hispano é bonito à sua maneira — os cheiros, a música, as escadas, a sensação de que as pessoas viveram ali por gerações e construíram o bairro.

EU: É legal.
GANKE: Tenho certeza de que vai levar um tempo para se sentir em casa. Explore um pouco, me ajudou quando nos mudamos para cá. As pessoas são legais. Sabe a Sra. Mak, a dona da loja de quadrinhos na esquina de onde você mora? Ela é legal. Sempre me dá desconto, já que pego os jornais para ela. O entregador joga muito forte e sempre acaba caindo no alpendre acima da loja dela, então só subo lá e pego para ela, e pronto, metade de desconto em qualquer gibi na loja.

Por um lado, é reconfortante saber que uma pessoa da minha idade conseguiu se adaptar tão bem ao Harlem hispano. Por outro lado, Ganke está aqui há anos. Ele teve tempo para se acostumar, o que eu ainda não tive, me pergunto e meio que temo quanto tempo isso vai levar.

GANKE: Enfim, cara, o que estou dizendo é que, enquanto eu estiver aqui, você nunca estará realmente sozinho. Não deixe a novidade te abalar. Ela não será nova para sempre.

Sorrio agradecido.

EU: Valeu, mano.
GANKE: Sem problemas. Agora que discutimos a parte importante do porquê te mandei mensagem, dá uma olhada nisso.

Ele mandou uma foto. Ela está escura e bastante granulada, e quem tirou a foto tinha gotas de chuva na lente da câmera, mas é claramente uma foto de um beco. Aproximo o telefone dos olhos, franzindo o rosto e tentando identificar a estranha massa preta à esquerda. Ao lado da lixeira, há um amontoado que parece um manto preto no chão. Não parece algo muito notável. Quer dizer, tem o tamanho de uma pessoa. É grande, mas parece o lixo que vejo nos becos o tempo todo no Brooklyn.

>EU: Alguém perdeu uma fantasia de Halloween?
>GANKE: Um pouco cedo para o Halloween. Além disso, é muito grande para ser uma fantasia. Parece uma pessoa gigante.

Ok, então algum cara exagerou um pouco e desmaiou em um beco vestido a caráter? Ainda parece um fim de semana comum para mim.

>EU: Parece que alguém deveria ajudá-lo. Você tirou essa foto?
>GANKE: Com certeza não. Estou no meu pijama do Homem-Aranha debaixo de várias cobertas com uma xícara de chá quente no nosso dormitório. Mas alguém tirou essa foto. E fez um vídeo. Meu Deus, olha isso!

Um novo arquivo é enviado com um botão de reprodução no meio, clico nele e me preparo para qualquer estranheza que esteja prestes a ver. Como esperado, o beco começa vazio. Apenas a lixeira na chuva. Mas, então uma figura grande e encapuzada entra em cena. Na verdade, menor do que eu tinha imaginado inicialmente, talvez com a mesma altura da lixeira. Do tamanho de uma criança. Mas olho atentamente para a forma como essa pessoa caminha, curvada na cintura e inclinada para um lado.

>GANKE: Olha as pernas.

Olho para os tornozelos aparecendo por baixo da massa do manto preto e percebo que as pernas são finas. Tipo, anormalmente finas. Finas como lápis.

Literalmente da grossura de galhos.

EU: Essa pessoa está usando pernas de pau?
GANKE: Com uma fantasia de pássaro?

Fecho a janela de mensagem e olho para o vídeo novamente, percebendo que o manto preto — bem, o que eu pensava ser um manto — na verdade é segmentado em tiras. Tiras longas e com aparência de penas, mantidas no lugar pelo peso da chuva caindo ao redor dessa pessoa. Então, eles param. Se não fosse pela chuva, eu pensaria que o vídeo estava travando. Não há nem mesmo som, como se eu estivesse assistindo a imagens de segurança.

E elas se viram.

A visão me assusta. Essa... Pessoa... Pássaro... Coisa... tem um bico mais longo do que a largura da cabeça, e agora que ele virou a cabeça para a esquerda, posso ver o quão longo, afiado e ameaçador ele parece. E justamente quando penso que pode ser uma máscara, ou alguma outra explicação lógica para isso, ele abre o tal bico e vejo uma língua se mexer ligeiramente lá dentro.

Então, ele se vira novamente, dá um passo à frente no beco e vai até o contêiner de lixo. Ele se ajoelha lentamente, aos poucos, desabando no chão antes de se encostar no contêiner e cair como um monte de penas, pernas finas ainda sobressaindo por baixo de sua volumosa plumagem.

Limpo minha garganta e franzo a testa.

Aquilo definitivamente não parecia uma pessoa. Ele não se movia como uma pessoa, não parecia uma pessoa e tinha um bico! E penas!

EU: Isso foi... Arrepiante. Aquilo era humano?
GANKE: Não sei! Parecia uma avestruz com um bico de corvo do tamanho de uma motosserra. Seja o que for, fico feliz que você não tenha esbarrado nisso enquanto escalava a janela hoje à noite.

Um pouco de terror corre por mim com isso. Se esse vídeo for real (e quem pode saber se é, dada a situação da internet e o tédio que as pessoas podem ter), eu poderia ter encontrado essa coisa-pássaro em um beco qualquer. Não há como dizer em qual beco esse vídeo foi gravado. Se foi em algum lugar no Brooklyn, eu poderia ter estado muito perto disso hoje à noite. Poderia ser algo hostil ou ter tentado me matar.

EU: Parece um experimento científico que deu errado.
GANKE: Verdade. Falando em aula de ciências, se você me der licença, temos escola amanhã.
EU: Ei, cara, foi você que trouxe isso à tona!

Sorrio e guardo meu telefone no bolso. Ele está certo, mas não pretendo ir para casa tão cedo, muito menos para a cama. Ainda tenho de relaxar aqui em cima.
— Ei, cara — vem uma voz de trás de mim. Eu dou um salto tão grande que quase me lanço para fora do prédio, me segurando com meu braço direito e minha perna esquerda. O coração acelerado, todos os pelos arrepiados, olho para cima e vejo Peter caminhando despreocupadamente em minha direção, com as mãos levantadas defensivamente. — Calma, calma — ele ri —, não pensei que eu cheirasse tão mal.

Respiro fundo, reviro os olhos e aceito a mão dele para me levantar, sentando-me novamente onde estava antes. Ele se senta ao meu lado, descansa as mãos nos joelhos e limpa a garganta.

— Então — ele diz —, eu estava pensando sobre o que aconteceu mais cedo, no beco em frente àquela loja, e... Só queria saber se você... Sabe... Quer conversar sobre isso? E ter certeza de que está bem?

Suspiro e puxo meus joelhos para mais perto do peito, apoiando meu queixo entre eles. Eu achava que não queria nada além de ficar sozinho, mas ouvir Peter soando tão preocupado... Sinto que devo a ele pelo menos um "'estou bem'".

Mas estou mesmo? Suspiro.

— O que te faz pensar que não estou bem? — pergunto em vez disso. Gosto disso. Enigmático. Honesto. Jogo a bola de volta para o campo dele.

Peter se vira para mim e ri.

— "Pessoas que estão" — ele diz usando os dedos como aspas, — geralmente não ficam sozinhas em telhados à noite, suspirando melancolicamente diante de uma vista da cidade na chuva.

O cara tem razão, e isso me arranca um meio sorriso.

— Estive pensando muito — afirmo. — Quero dizer, recuperei o traje antes que alguém visse, mas foi por pouco. Muito pouco. Eu só... Quero ser o Homem-Aranha como você. Mas sinto que acabei... Errando feio esta noite.

— Miles, até o Homem-Aranha erra. Somos humanos debaixo desses trajes. Cometemos erros.

— Sinto que não posso me dar ao luxo de errar — digo. — Já estou muito atrás de você. Pense na dona da loja de hoje à noite. Como posso ser um dos mocinhos quando algumas pessoas me veem como o padrão de vilão?

— Eles... — Peter começa. — O que você quer dizer? Por que eles te veriam como um vilão como Homem-Aranha?

— Não como Homem-Aranha — respondo, olhando diretamente para ele. — Como Miles.

Há uma longa pausa em que Peter fica em silêncio, seus olhos se arregalam e eu desvio o olhar. E então o ouço.

— Ah...

É.

— Isso é difícil — ele pondera. — E não posso dizer que entendo tudo isso. — Eu o vejo se virar para mim pelo canto do olho. — Mas sei como é ser julgado antes mesmo de te conhecerem.

— Você está falando de J. Jonah Jameson, não está?

Todos nós já ouvimos as calúnias sobre o Homem-Aranha no programa do JJ, sobre como ele é uma "ameaça" e um "prejuízo para a cidade" e como ele não deveria estar "fazendo o trabalho dos policiais". Mas meu pai era policial, e se há uma coisa que sei sobre as limitações do trabalho dele é que os policiais não podem estar em todos os lugares ao mesmo tempo. Até eles são limitados pelas leis da física. E pelas estradas. Eles não podem atravessar Nova York em linha reta, balançando-se por toda a cidade em alta velocidade como eu posso. E eles não são treinados em táticas de desescalada como as que vêm naturalmente para o Peter e para mim.

É assim que somos.

Talvez seja porque não estamos armados, então nossas palavras são nossa primeira linha de defesa?

Não sei.

Não consigo entender qual é o problema do JJ conosco. Ajudamos quando podemos, de graça, sem esperar sermos reconhecidos por nossos esforços, ou mesmo agradecidos.

Às vezes, penso que, se o JJ ficar sem coisas controversas para gritar, seu programa de rádio vai cair no esquecimento, e ele também vai cair no esquecimento, então ele fala sobre o Homem-Aranha sem parar e tenta transformar isso em um tópico controverso.

Se há uma coisa que um homem barulhento odiaria ser mais do que qualquer outra, é irrelevante. Escolher um tópico sempre atual como o Homem-Aranha, que parece que não vai cair no esquecimento tão cedo, e transformar nosso papel em Nova York em um dilema moral acalorado?

Isso é simplesmente bom para os negócios.

— Sim — concorda Peter, — mas ele não é o único. Eu precisaria de oito mãos para contar o número de artigos sobre mim no *Bugle* falando sobre o quanto custei à cidade em danos materiais.

— Certo — digo, lembrando. Sei todas as histórias. — Como aquela vez que você derrubou aquela torre de controle de tráfego aéreo no cais enquanto perseguia o Doutor Octopus?

— Sim, teve isso.

— Ou quando todo o prédio judicial desabou enquanto você lutava contra o Enxame e suas bactérias rebeldes o devoravam por dentro.

— Também — recorda Peter, coçando a nuca.

— Ou quando você desarrumou todo o sistema de metrô lutando contra o Senhor Negativo...

— Ei, ei, — ele ri, com as duas mãos para cima, — há muitos exemplos por aí, eu estava lá para todos eles.

— Desculpe. — O constrangimento deixa meu rosto vermelho. Pensei que me tornar o Homem-Aranha mudaria como me sentia em relação ao Homem-Aranha, mas uma vez fã, sempre fã, eu acho. — Eu... Eu li todas as histórias que fazem parecer que o Homem-Aranha é uma esponja de dinheiro ambulante. Mas nunca tive a impressão de que alguém acreditasse nelas.

— Ah — ele suspira, — você ficaria surpreso. MJ foi convidada a escrever um artigo, uma "exposição", se preferir, sobre por que o Homem-Aranha era um risco muito grande ao continuar combatendo o crime em Brooklyn, e por que "suas atividades deveriam ser regulamentadas, como qualquer outro serviço sancionado pela cidade".

— Serviço sancionado pela cidade? — pergunto, sentindo-me desconfortável por dentro.

Peter suspira novamente.

— Algumas pessoas — ele diz, — se preocupam mais com a cidade perdendo dinheiro do que com a segurança de todos os seus cidadãos. Essas pessoas, é assim que elas sempre nos veem. Caros. Elas esquecem que somos humanos por baixo dessas máscaras, e que somos apenas humanos ajudando outros humanos.

Me fale sobre isso.

Se JJ soubesse sobre o tio Ben do Peter, ou da tia May, ou o quanto ele se importa com a MJ, talvez ele não fosse tão rápido em classificar o Homem-Aranha como um "serviço sancionado pela cidade" a ser regulamentado, mas como um cara que está apenas tentando fazer a coisa certa.

Alguém que não desiste.

Lembro-me da imagem do meu pai subindo aqueles degraus em direção ao microfone. Nunca vou esquecer de vê-lo ir, mesmo que eu tenha sido nocauteado na explosão. Nunca vou esquecer.

E talvez, se eles soubessem que o outro Homem-Aranha é o garoto que perdeu seu pai policial em um ataque terrorista na prefeitura, ou que acabou de se mudar para o outro lado da cidade para um mundo totalmente novo com sua mãe e avó, me veriam de forma diferente.

Talvez eles tivessem um pouco mais de compaixão.

No momento em que acabei naquele beco sem minha máscara, eles assumiram que eu era outra pessoa.

— Ei — diz Peter com um tapa na coxa. Ele se levanta e estica os braços acima da cabeça. — O que você acha de darmos umas balançadas? Vai ajudar a clarear sua mente, ficar acima dessa névoa... E tem um programa de rádio que diz que a terapia do balanço está em moda em Manhattan.

Devo ter feito a expressão mais vazia possível, porque ele começou a fazer diagramas com as mãos.

— Sabe, terapia do balanço? Quando as pessoas se penduram em alças de tecido assim — ele explica, lançando o braço para cima e prendendo sua teia em um poste acima de nós duas vezes, formando um laço resistente no ar, — e então elas ficam de cabeça para baixo, assim. — Ele pula nele como um balanço, gira para trás e deixa o tronco e a cabeça pendendo para baixo.

— Oh, na verdade... — Ele gira o tronco para frente e para trás até que vários estalos são ouvidos pelo ar. Eu me encolho com o som. Isso não pode ser confortável. — Ahhhhh, alivia mesmo a pressão. Experimente!

Eu hesito. Colunas vertebrais não deveriam fazer esse som. — Vamos, ahhhh — ele insiste, apontando para o céu atrás de mim. — Há postes suficientes para dois.

Sigo o dedo dele e avisto o segundo poste. Descubro que fazer um laço de rede é superfácil e logo tenho minha própria "terapia do balanço" para me balançar de cabeça para baixo. Imediatamente, a tensão nas minhas costas, que eu nem sabia que estava lá, desaparece completamente.

— Uau, isso é bom — tenho de admitir.

— Não é?

— Mas sabe o que seria ainda melhor? — Faço um segundo laço, conectando o poste do Peter ao meu, e pulo nele como se fosse uma espreguiçadeira, com as mãos atrás da cabeça, como se estivesse relaxando em uma praia em Cancún. — Agora só preciso de uma bebida de coco com um guarda-chuva de papel.

Peter ri.

— Também funciona! Desde que você esteja relaxado, cara.

Olho para o céu noturno, que está principalmente nublado. A chuva cai no meu rosto mascarado e no peito, fecho os olhos e respiro profundamente o ar fresco — ou pelo menos o ar mais fresco que poderíamos encontrar em Nova York.

— Ei, Miles — diz Peter, com uma voz mais gentil desta vez. Olho para baixo para ele.

— Sim, Peter?

— Ser o Homem-Aranha é um trabalho difícil. — Eu concordo.

— Com todo o tempo que você gasta cuidando dos outros, lembre-se de reservar um tempo para si mesmo também. Reserve um tempo para respirar, tá?

De repente, estou de volta ao local da explosão, abrindo os olhos entre a fumaça e os fragmentos brilhantes de destroços que flutuam pelo ar. O rosto da minha mãe está pairando sobre mim, me instigando a acordar, mas sua voz está abafada. Distante. Como se eu estivesse em outro lugar. Estou confuso. A última coisa de que me lembro é do meu pai subindo aquelas escadas. Um pedaço de vidro está alojado na minha bochecha logo abaixo do olho. Meu peito está pesado. Olho para o que costumava ser o palco, reduzido a destroços fumegantes, e vejo meu pai deitado de bruços.

Tudo o que me lembro de pensar foi: quão rápido eu poderia chegar até ele? Quão rápido eu poderia consertar isso?

E não consegui.

Não consegui consertar as coisas.

Olho para Peter e sei que ele deve sentir o mesmo quando se lembra do tio Ben.

— O que você disse sobre... Ser visto primeiro como um vilão. Nunca vou saber como é isso em roupas comuns, baseado apenas na cor da minha pele. Não tenho nenhum conselho para você nesse sentido. Mas posso aconselhá-lo a se conhecer. Tire um tempo e aprenda como ser o Homem-Aranha será igual e diferente para você.

Ele está certo. Peter só pode me ensinar como ser o Homem-Aranha. Ele não pode me ensinar a ser o Homem-Aranha Negro.

Lembre-se de respirar, ele disse.

Mesmo quando as coisas ficarem difíceis. Mesmo quando os tempos forem difíceis. *Respire, Miles*, penso comigo mesmo. Descanso minha mão na aranha vermelha brilhante no meu traje, que parece grande demais para o meu peito, e penso em como ser o Homem-Aranha será diferente para mim. De qualquer forma, minha aranha era totalmente diferente, geneticamente modificada, não radioativa como a do Peter.

Quem sabe se até tenho os mesmos poderes que ele, ou se posso fazer... Mais?

Suspiro diante da tarefa assustadora à minha frente.

Peter está certo. Ser o Homem-Aranha é um trabalho difícil. Não espero que fique mais fácil. Mas depois de conversar com ele aqui em cima, com a chuva e as nuvens, e o baixo estrondo do trovão no céu, sinto um lampejo de esperança de que vou descobrir meu lugar no traje e me adaptar eventualmente.

Ah, me adaptar.

MAIS TARDE naquela noite, de volta à casa da minha Abuelita — minha casa agora, tecnicamente — subo as escadas com o capuz e as calças jeans encharcados, tudo grudado em mim. Mal posso esperar para colocar shorts limpos e uma camiseta e me aconchegar em minha cama quente para a noite. Mas quando tiro a chave metálica do meu bolso, a coloco na fechadura e giro a maçaneta suavemente para não acordar ninguém, encontro minha mãe sentada sozinha na sala sob a luz do abajur no canto. Um livro repousa de cabeça para baixo em seu colo, aberto na metade. O título diz "*Zen político: como trabalhar na política sem se tornar um político*". Eu levanto uma sobrancelha, mas decido perguntar sobre isso mais tarde.

— Mãe? — sussurro, decidindo que é melhor acordá-la agora e deixá-la saber que estou em casa, em segurança, e que ela pode dormir tranquilamente esta noite. Mas então me sinto mal. Sua cabeça está apoiada contra a cadeira, a boca levemente entreaberta enquanto seu peito se expande e contrai suavemente. Ela está em um estado de felicidade, partindo para o mundo dos sonhos, onde não precisa se preocupar comigo. Eu não deveria perturbar isso. Penso em outra coisa. Uma mensagem de texto a acordaria. Talvez o bom e velho papel e caneta sejam a melhor opção.

Encontro um bloco de notas ao lado do telefone fixo na cozinha — sem ideia do porquê a Abuelita ainda mantém isso. Todo mundo tem um celular, até ela. Por que ter um segundo telefone mais suscetível a telemarketing, que você não pode enviar mensagens e que só pode ser atendido quando está em casa?

Geração diferente, suponho.

Encontro uma caneta ao lado do bloco de notas e começo a escrever:

"Estou em casa agora, mãe. Desculpe por ter ficado fora até tarde. Por favor, não se preocupe."

Por um lado, sou grato que ela se preocupe. Muitos jovens da minha idade não têm ninguém cuidando deles. Ninguém perguntando quando vão voltar para casa. Ninguém perguntando se estão bem. Por outro lado, desejo, por seu bem, que ela possa sempre presumir que estou bem. Como Homem-Aranha, nem sempre serei capaz de dizer a ela onde estou ou quando voltarei para casa. Meu turno no F.E.A.S.T. só abrange as horas diurnas, então não posso usá-lo como desculpa para estar fora à noite. Mais uma coisa para resolver, suponho.

Deixo o bilhete em seu colo e sorrio quando ela solta um ronco e vira a cabeça para o outro lado.

— Boa noite, mãe — sussurro, virando-me para seguir pelo corredor em direção ao meu quarto. Assim que estendo a mão para pegar a maçaneta, ouço um sussurro vindo da sala de estar atrás de mim.

— Miles? — vem a voz da minha mãe.

Eu me viro para vê-la olhando para mim, espiando por cima da cadeira para distinguir minha silhueta no corredor escuro.

— Ei, mãe — murmuro de volta para não acordar Abuelita. O quarto dela é bem ao lado do meu. Volto para onde minha mãe está sentada e enfio as mãos nos bolsos. — Desculpe por chegar em casa tão tarde. Eu... Me perdi um pouco.

Isso é uma mentira. Meu celular tem GPS e eu poderia ter ligado para ela.

Antes que ela possa falar qualquer coisa sobre isso, já digo algo para distraí-la.

— Então, me encontrei com o Peter e pensei que seria fácil ir voando até o dormitório do Ganke para pegar minha mochila de volta. — Uma pontada de pânico me atinge pelo fato de ter usado a palavra "voando" na frente dela, mas tenho quase certeza de que ela acha que foi usada figurativamente. — Achei que você saberia que eu estava seguro se estivesse com ele.

Ela estica os braços acima da cabeça, esquecendo completamente que o livro está no colo. Ele cai no chão, e eu o pego para ela, virando-o na mão.

— Para que é esse livro? — pergunto. — Você está interessada em política de repente?

— Um pouco — ela diz com um sorriso fraco. — Você sabe que adoro fazer o que posso pela comunidade. Enquanto estávamos no Brooklyn, eu tinha lugares onde podia ser voluntária. A biblioteca, nas escolas e no F.E.A.S.T. Mas agora que estamos em um novo bairro, estou... Me sentindo um pouco perdida.

Pisco em surpresa. Minha mãe? Perdida? De jeito nenhum.

Minha mãe encontraria uma maneira de fazer a diferença se estivéssemos em um trem desgovernado em direção ao caos em um cenário congelado pós-apocalíptico.

— Sério? — pergunto. — Mas... A Abuelita mora aqui há anos. Ela não conhece algum lugar onde você possa ser voluntária? — Ela assente.

— Sim, conhece. Ela me apresentou a organizadora da filial do F.E.A.S.T. aqui. Mas mesmo assim... Só não consigo deixar de me perguntar se posso fazer mais.

É exatamente o que eu estava pensando mais cedo sobre os meus poderes. Odeio como isso faz com que me sinta, me corroendo — o sentimento de que não estou fazendo o suficiente para ajudar. Que sou eu quem precisa ser ajudado. É como me senti ao lado do caixão do meu pai, quando todos estavam batendo nas minhas costas e me assegurando que ficaria tudo bem, que isso também passaria, e que a dor desapareceria com o tempo. Foi o dia em que conheci o Peter.

Bem, não foi o primeiro dia em que conheci o Peter.

Foi o dia em que conheci o Peter à paisana. Não tinha ideia de que já tínhamos nos encontrado sob circunstâncias muito diferentes, quando eu estava tentando impedir que dois bandidos espancassem outro cara em um beco. Mesmo quando está me ajudando, Peter nunca me faz sentir como se eu fosse alguém a ter piedade, acarinhado ou tratado como uma criança.

Ele sempre faz com que eu sinta que posso fazer mais, que posso ser mais, que há mais em mim do que eu mesmo descobri até agora. Mamãe boceja e olha para mim.

— Eu me preocupo com você, Miles. Este bairro é ótimo, mas é novo. Eu apenas... — ela se aproxima e passa a mão em minha bochecha, e eu coloco minha mão sobre a dela e sorrio — Realmente não sei o que faria se algo acontecesse com você. Você é o meu mundo. Está bem?

Concordo com a cabeça e digo sinceramente:

— Está bem.

— Agora, vá para a cama. *Andale* — ela orienta, se levantando da cadeira. — Ambos temos um dia importante amanhã.

Sei que amanhã é meu primeiro dia de aula em um novo período, mas porque o dia dela é importante amanhã?

— O que você tem planejado? — pergunto com um sorriso por cima do ombro.

— Amanhã é o dia em que me candidato a vereadora — ela responde. Posso ouvir o sorriso em sua voz.

— Isso é incrível!

— Shhh — ela pede. Ops, esqueci que estamos bem ao lado do quarto da Abuela agora.

— Desculpe — sussurro. — Mas, quero dizer... Isso é incrível!

Mamãe seria perfeita entre todas aquelas pessoas políticas e elegantes que vejo na TV. Ela fica melhor de terno, de qualquer maneira. Normalmente, até agora, ela está usando um cardigã e uma saia ou calças, parecendo muito acolhedora. Mas coloque-a em um blazer, e ela se transforma em alguém que parece que poderia dominar o quarteirão inteiro.

— Sei que vai se sair muito bem, mamãe. E... Eu sei que o papai estaria orgulhoso.

Ela se inclina para frente e beija minha testa.

— Eu te amo, Miles — declara ela. — Nunca se esqueça disso, tá?

— Também te amo, mãe — digo.

E ambos vamos para nossos quartos. Eu me enrolo debaixo das cobertas na cama, olhando pela janela para a lua enquanto meus fones enviam remédios melódicos pelos meus ouvidos e profundamente em meu cérebro, me embalando em um sono profundo no qual sonho em balançar pelo céu.

CAPÍTULO 6

A Academia Visions fica a uma caminhada confortável de duas quadras do dormitório, mas Ganke saiu há vinte minutos, após tomar seu café-da-manhã de um ovo quebrado sobre um macarrão instantâneo. Nós deveríamos nos encontrar bem em frente à escola assim que eu saísse do metrô, o que é exatamente agora. Eu me movimento entre as pessoas que se esquivam de mim em direção às escadas e algo chama minha atenção no canto do olho. Todos os anúncios nesta estação foram substituídos por novos — todos da mesma empresa. Todos brancos. Todos estéreis como um hospital. Com aquele nome e logotipo no centro.

Terraheal.

Novamente.

Quem são esses caras e por que estão literalmente em todos os lugares de repente? Primeiro o cartaz no Harlem, e agora nos metrôs? O que será o próximo? Um dirigível?

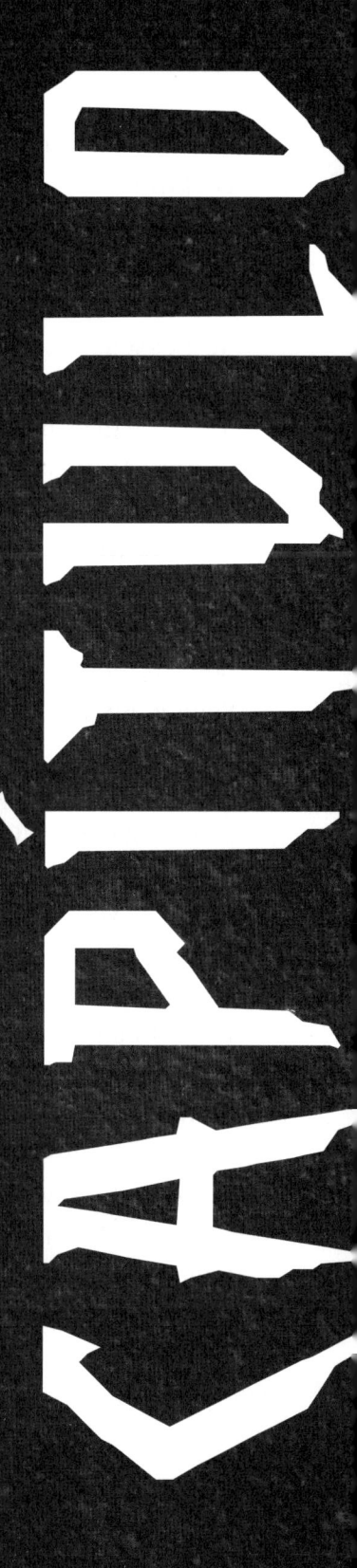

Bem, atribuo isso à inevitável tomada lenta da publicidade corporativa e continuo a minha manhã. Dou uma mordida em um barra de granola frutada e me afundo na música que toca nos meus fones de ouvido enquanto subo os degraus em direção à não tão quente luz do sol do outono. A calçada já está lotada de pessoas, até mesmo para os padrões do Brooklyn. Um cara na esquina está agitando um jornal na frente de uma banca de jornais e gritando para as pessoas comprarem e lerem as notícias do dia. Ao passar, dou uma olhada rápida e vejo a manchete da primeira página: "Homem-Aranha avistado de shorts e jaqueta".

Sinto meu espírito se elevar. Alguém tirou uma foto minha no meio do balanço no Parque Prospect ontem à noite, e estou ótimo. Os dois braços estão bem acima da cabeça, segurando a teia, com os joelhos dobrados contra o peito, e estou girando em uma velocidade incrível. Apenas me divertindo.

Sendo apenas um garoto normal.

Mais ou menos.

Um garoto normal com poderes de aranha geneticamente modificada.

— Ei, Miles! — chama uma voz familiar do turbilhão do ruído branco fora do oásis sonoro dos meus fones de ouvido. Vejo Ganke logo do outro lado da rua, me chamando com a mão, o braço erguido levantando sua camisa da Academia Visions o suficiente para mostrar um pouco de sua barriga por baixo. Meus olhos se movem do rosto dele para a outra mão. Parece que ele está segurando um smartphone com um rádio CB enfiado na entrada do fone de ouvido. O que diabos é isso?

— E aí? — respondo. — O que é esse pager, cara? — Ganke balança a cabeça com um sorriso de conhecimento.

— Você não vai mais rir de como ele parece quando descobrir o que pode fazer.

Atravesso a rua, cercado por vários outros estudantes da Academia Visions que estão descendo do trem M — acho que também são de fora do Brooklyn — e me preparo para a demonstração inevitável que Ganke preparou para mim. Quando ele tem um novo equipamento, é melhor o mundo ficar atento. Ele estende o aparelho para mim, e levo cerca de cinco segundos para olhar para ele antes de devolvê-lo imediatamente com um:

— Cara, você vai ter de me explicar. O que é?

— Bem, a parte de cima se chama amplificador de Wi-Fi. Ele...

Faço um barulho com os dentes e aceno a mão entre nós.

— Cara, você sabe que sei o que é um amplificador. — Eu rio. — Para de brincadeira. Qual é o aplicativo?

— É algo novo em que estive trabalhando — ele diz, mas seus olhos escuros estão brilhando de alegria, olhando para a esquerda e para a direita para garantir que ninguém ao nosso redor esteja ouvindo. Ninguém se importa com o que um bando de nerds está conversando. Eles passam por nós como se não existíssemos. — Apenas um protótipo. Mas... — Ele avança e estende o celular para mim. — Isso se chama Friendly Neighborhood App (Aplicativo da Vizinhança Amigável).

— Foi assim que você oficialmente nomeou? — Eu não poderia dizer tudo o que estou pensando sobre ele, mas... Ele não poderia ter pensado em um nome menos básico?

Nem mesmo um acrônimo decente. FNA?

— Mais uma vez. Protótipo. Pense comigo. Nem cheguei à parte legal ainda.

— Tudo bem, cara, me desculpe. Qual é a parte legal?

— Bem, você sabe como, desde que chegou aqui, tem se sentido um pouco perdido? Não sabia o que tinha ao seu redor? Não conseguia encontrar um lugar para conseguir Fizzies mesmo que seus toca-discos dependessem disso?

Eu assinto.

É exatamente como me senti, mesmo depois de caminhar pelo Harlem ontem à noite. Novato. Confuso. Perdido.

— Bem, este aplicativo — explica, rolando a tela — divide o East Harlem em uma grade. Consegue ver? Com coordenadas. Você mora na E14. Minha mãe mora na F31. Se você precisar encontrar qualquer coisa (mecânico de carro, lavanderia, coisas grátis ou até mesmo o melhor lugar para conseguir sopapillas) você tem o Friendly Neighborhood App.

Levanto uma sobrancelha.

— Mas como você sabe que encontrou as melhores sopapillas da cidade?

Como alguém que é meio porto-riquenho, sou especialista em sopapillas e ninguém vai me convencer de que um aplicativo sabe melhor do que eu onde encontrá-las. Todos os aplicativos de avaliação de restaurantes que já vi criticam restaurantes com comidas que têm "sabor em excesso" ou com menus "desorganizados" ou até mesmo cozinhas que parecem "velhas e desmoronando".

São nesses lugares que você encontra as melhores comidas. A pizzaria Nonna no Brooklyn parece que não limpa seus fornos desde os anos 1980, o que significa que você tem décadas de sabor em cada mordida.

Ele sorri para mim e levanta o dedo pedindo paciência enquanto trabalha. Ele começa a digitar no teclado por um tempo. Distraído, olho para cima justo quando uma sirene de polícia toca atrás de mim. Olho instintivamente por cima do ombro, esperando ver o rosto sorridente do meu pai ao volante, levantando o chapéu para mim como se dissesse "vá para a aula". Mas meu coração afunda ao perceber que isso nunca vai acontecer novamente.

A motorista nem está olhando na minha direção. Seus olhos estão fixos no carro à frente dela, que está sendo parado pela polícia ao fazer a curva no semáforo.

— Tudo bem, consegui! — exclama Ganke, me puxando de volta para o presente, enquanto estudantes estão passando por nós em todas as direções, e ele está me mostrando o celular. Afasto as lembranças e me concentro no que ele está me explicando. — Viu essas avaliações? — ele pergunta. — Todas elas mencionam a palavra "sopapillas", ou cinquenta e três erros de ortografia de "sopapillas", em suas avaliações. Olhe todas essas com cinco estrelas.

Ele começa a rolar a tela e vejo cinco estrelas douradas após mais cinco estrelas douradas após mais cinco estrelas douradas.

— Também é possível pesquisar por palavras-chave como "sabor", "ambiente" e por adjetivos positivos ou negativos como "longa", "espera", "terrível" ou "delicioso". De qualquer forma, ainda não está pronto, mas já estou orgulhoso dele.

— Parece ótimo, cara — digo. E realmente falo sério. Seria útil ter tido um pouco de orientação ontem à noite. Talvez algumas sopapillas teriam me feito bem. Ou até mesmo um banco público para sentar e apenas absorver tudo. — Você vai colocar onde encontrar Fizzies no Harlem?

— Ah, não, não — ele hesita com um aceno de dedo no meu rosto. — Um mágico nunca revela seus segredos, e um contrabandista nunca revela seus contatos.

Dou uma risada e reviro os olhos, dando um soco brincalhão no braço dele.

— Bem, de qualquer forma, Fizzies ou não, o aplicativo parece legal!

— Obrigado — ele diz, com um sorriso que ocupa todo o rosto.

A testa dele ficou um pouco vermelha, provavelmente de empolgação. Então me lembro de algo mais no que ele disse estar trabalhando e que meio... nunca mais ouvi falar depois de ele ter me contado pela primeira vez. Ou melhor, algo sobre o qual eu nunca mais lhe perguntei. Talvez eu devesse perguntar agora.

— E o que aconteceu com o... Speedmon... Speednoma...

— Speednonagon — ele brilha, lembrando a si mesmo. — Ainda estou trabalhando nisso, mas leva um tempo para fazer um videogame. Além disso, meu tempo tem sido dividido entre a escola e outras coisas.

— Entendo.

Como entendo. Sei muito bem o que é dividir meu tempo entre a escola e "outras coisas".

"Outras coisas", ou seja, "se balançar pela cidade, lutar contra o crime e evitar problemas", mas é a mesma ideia geral.

— Ah, ei, Miles, queria te perguntar... — ele diz, deslizando o celular no bolso de trás. — Uma pergunta a mais que eu tinha. Sobre a noite passada.

Ah, não.

Engulo em seco, mas sorrio, desejando que ele não perceba o quanto estou desconfortável agora. Espero que ele não insista demais.

Mas ele insiste.

— Sei que disse que não iria te interrogar mais, porém... Fiquei pensando... Quando você entrou — ele avalia — você disse que tinha uma lixeira embaixo da escada de incêndio lá fora. Mas... A cidade não coloca lixeiras embaixo de escadas de incêndio. É contra as regulamentações da cidade.

— Talvez aquele morador de rua tenha movido? — pergunto, dando de ombros convincentemente. — Você sabe, o Earl? O cara que mora no nosso beco e que nós concordamos em não contar para o porteiro? O cara que estive tentando fazer vir para a F.E.A.S.T. para pedir ajuda? Talvez ele tenha movido, não sei. Não faço ideia de como a lixeira foi parar lá. Mas parecia conveniente o suficiente.

— Mais conveniente do que simplesmente me ligar? — ele pergunta.

— Você uma vez dormiu durante um treinamento de incêndio inteiro. Ninguém dorme durante treinamentos de incêndio nos dormitórios. Você sabe que não tinha chance de ouvir eu te ligando.

Ganke sorri com um aceno de concordância, e isso parece acalmá-lo por enquanto. Mas então suas sobrancelhas se unem e ele pergunta:

— Mas você não poderia ter...

O sinal interrompe a pergunta, e ambos olhamos para cima, para os dois portões de entrada onde alguns estudantes estão passando. Ganke e eu suspiramos juntos — ele percebendo que suas perguntas terão de esperar, e eu aliviado que suas perguntas terão de esperar. Eu sei que ele disse que não estava tentando bisbilhotar, mas ele estava. As perguntas simplesmente o deixam curioso demais, eu acho. Ele não consegue deixar uma pergunta sem resposta em sua cabeça, mas só por uma vez, gostaria que ele pudesse.

— Biologia primeiro — digo, aproveitando a deixa. — Te desafio a ver quem chega na melhor cadeira!

— Qualquer cadeira além da fileira quatro é uma boa cadeira na aula do Sr. O'Flanigan! — ele grita atrás de mim enquanto subimos as escadas.

— Por quê? — tenho de perguntar. Novo semestre, novo professor de Biologia. Não faço ideia de quem seja o Sr. O'Flanigan, nem por que as fileiras quatro em diante são as cobiçadas, mas tenho certeza de que Ganke leu avaliações online de fontes confiáveis. Acima de qualquer outra pessoa que eu conheça, confio em sua inteligência.

— As fileiras de um a três são a zona de respingo! — ele grita.

Arrepio-me ao perceber o que ele quer dizer, e enquanto corro pelo corredor principal e entro na Ala Leste de salas de aula, encontrando a sala 202 praticamente vazia na frente, exceto por duas cadeiras na fileira quatro — a nova fileira um — me sento na carteira mais próxima, com Ganke entrando na sala logo atrás de mim.

Ambos conseguimos pegar lugares na aula do Sr. O'Flanigan antes do segundo sinal tocar, e ainda bem, porque os três estudantes que entraram três segundos atrás de nós foram prontamente penalizados ao entrar, e eles têm de sentar na "zona de respingo". Um deles sussurra para o outro: "*Qué demonios*", o que entendo completamente e tenho de sorrir.

Rapidamente descubro que uma coisa é certa: quem quer que seja esse "Sr. O'Flanigan", não está aqui para brincar conosco.

Ele está em pé na frente da sala, em silêncio total, observando todos nós como um fazendeiro selecionando um de seus frangos para o jantar de hoje à noite. Suas mãos estão descansando solenemente atrás das costas. Ele é um daqueles caras que usa todas as camisas que possui abotoadas até o último botão. Ele deve fazer isso. Ele parece tão confortável com isso, usando cardigã ou não. Seus óculos são retangulares e elegantes, e sua barba tem o alinhamento mais perfeito que já vi. Tudo nele é arrumado, na verdade. Não apenas sua camisa. Fico pensando se ele vai manter essa aula tão bem organizada.

Logo descubro.

Depois de cerca de trinta segundos de silêncio vindo dele, a classe se acalma para combinar com seu volume; ele pigarreia e ajusta os óculos.

— Assim é melhor — ele diz. — A primeira coisa que devem saber sobre mim é que não vou desperdiçar o tempo de vocês se vocês não desperdiçarem o meu.

Ele é magro, e seus dedos são estranhamente finos e longos. Ele pega um marcador de quadro e começa a escrever seu nome no quadro branco.

— Meu nome é Sr. O'Flanigan. Devido a um infeliz ferimento na mandíbula, tenho um pouco de dificuldade na fala. Isso também faz com que haja uma expectoração salivar involuntária quando falo.

Olhares confusos são trocados por toda a sala, incluindo o meu.

— Alguém pode me dizer o que isso significa?

A mão de Ganke se levanta, e o Sr. O'Flanigan acena para ele.

— Isso, é... — diz Ganke quietamente. — Significa que você cospe quando fala.

Gargalhadas explodem pela sala, e isso meio que me decepciona. Aqui está o Sr. O'Flanigan sendo sincero e honesto sobre o seu... Problema conosco, e ele ainda está sendo silenciosamente ridicularizado. Ele parece ser um cara tranquilo. Eles já estão julgando-o, e nem o conhecem ainda.

Mas ele parece estar acostumado a isso.

— Correto — ele confirma. — Vi as avaliações online sobre mim, como tenho certeza de que muitos de vocês também viram. Caso se sintam mais confortáveis sentados no fundo da sala, não me importo, contanto que se sentem retos e prestem atenção no conteúdo discutido, respondam às perguntas e entreguem seus trabalhos de casa no prazo. Falando nisso, vou recolher as tarefas agora.

O pânico toma conta do meu corpo, e começo a olhar ao redor para todos os outros rostos em pânico nesta sala que se assemelham ao meu. Tem lição de casa? No primeiro dia? Será que perdi um e-mail?

— Estou só brincando. Uma pequena piada do primeiro dia — diz o Sr. O'Flanigan. Ninguém na sala parece estar se divertindo, e todos suspiramos aliviados. Pelo menos esse cara tem algum senso de humor, eu acho. — Agora que estamos todos despertos — ele continua, — por favor, abram seus livros na página quinze. Vamos começar nosso primeiro segmento, que abrange insetos, artrópodes e aracnídeos, alguns dos quais também cospem. A família das aranhas que cospem, por exemplo, contém mais de duzentas e cinquenta espécies em cinco gêneros, mas chegaremos a isso mais tarde. Nosso primeiro segmento de aprendizado abordará os aracnídeos. Verdadeiro ou falso, os caranguejos são aracnídeos?

Sento e conto silenciosamente se os caranguejos têm oito patas ou não... Isso os torna aranhas? Aranhas aquáticas talvez? Por que não sei disso? Sinto que deveria saber, dada a minha... Profissão.

O dedo de Ganke se ergue novamente, e o Sr. O'Flanigan olha para ele antes de dizer:

— Obrigado, Sr. Lee, mas gostaria de ver se alguém mais na sala sabe a resposta primeiro. — A mão de Ganke abaixa, assim como seu olhar. Sei que ele adora responder perguntas na aula. Normalmente, ele sabe todas as respostas, e se não sabe, geralmente, responde com perguntas próprias para descobrir a essência verdadeira do assunto em questão. Dessa vez, ele me olha, sussurrando a palavra "artrópodes" para mim.

O que isso significa mesmo?

Caranguejos são artrópodes, então? Isso significa que não são aracnídeos? Ou os aracnídeos são um tipo de artrópodes?

Alguém no fundo da sala responde antes de mim. — Falso — diz. — Ao contrário das aranhas, os caranguejos têm um exoesqueleto rígido. Eles são artrópodes.

O Sr. O'Flanigan agradece ao aluno e assente em aprovação. — Correto, Jesse — diz ele. — As características definidoras dos aracnídeos são, como você provavelmente sabe, que eles têm oito patas (caranguejos têm dez, aliás) e não têm antenas, garras ou asas...

Fico sentado em minha cadeira, com o queixo apoiado na mão, ouvindo o segmento inteiro sobre aranhas, surpreendentemente desinteressado.

Estou entediado.

Quero um pouco de aventura.

A cidade tem estado tranquila ultimamente. Acho que todos os vilões devem ter recebido o memorando de que o segundo Homem-Aranha está ocupado se mudando e enfrentando um pouco de ansiedade com o novo local e realmente precisando de um tempo livre.

Mas o que realmente preciso é de uma distração.

Enquanto luto contra a vontade de divagar olhando pela janela, o Sr. O'Flanigan coloca centenas de palavras no quadro, e por um breve momento, acho que vejo a teia do Peter subindo no ar ao longe, mas percebo que é apenas uma corda pendurada em um guindaste.

— Senhor Morales, não é? — vem a voz do Sr. O'Flanigan por cima de mim. Ele está em pé bem na minha frente, olhando para baixo com uma expressão neutra. — Se importaria de responder minha pergunta? Ou gostaria que a repetisse para você?

Ah, droga. Meu corpo inteiro fica quente de vergonha, e ajusto minha cadeira na mesa, apoiando ambas as mãos nervosamente sobre meu bloco de anotações.

— Desculpe, se você puder repetir, seria ótimo.

Risadas eclodem na sala, mas o Sr. O'Flanigan parece surpreendentemente não irritado comigo. Parece mais que ele está me convidando de volta para a discussão. Não que eu estivesse realmente presente. — Claro — ele diz. — Perguntei se alguém pode me dizer por que a maioria das aranhas não come suas presas inteiras, e em vez disso escolhem injetar enzimas digestivas em suas presas para liquefazê-las primeiro.

Penso por um minuto. Não estive acompanhando no livro. Na verdade, ainda estava preso na página quinze, na qual todos os outros começaram. Olho ao redor. Os estudantes à minha esquerda e à minha direita têm seus livros abertos em uma grande imagem de uma viúva-negra, em vez de "Capítulo 1" em letras grandes e em negrito, como na minha página.

Mas eu sou o Homem-Aranha, afinal de contas. Tenho certeza de que posso elaborar um palpite educado para uma pergunta sobre aranhas. — É... — eu começo, sentando-me mais ereto na cadeira e apoiando-me na minha mesa, — Bem, como as aranhas frequentemente capturam presas muito maiores do que elas, suponho que liquefazer a presa primeiro seria muito mais conveniente. Também é realmente difícil comer coisas inteiras se elas já estão envolvidas em seda, que é... Você sabe... Como a maioria das aranhas captura suas presas.

Há uma pausa antes que o Sr. O'Flanigan volte ao quadro sem dizer uma palavra. — Um palpite excelente — ele diz. — E correto.

Respiro aliviado e viro as páginas do meu livro até chegar à página com a viúva-negra no lado esquerdo. — Imagine que você é uma aranha enfrentando um inimigo enorme, como a aranha comedora de pássaros, por exemplo, imagine o quão difícil seria superar um inimigo desses sem primeiro aprisioná-lo em sua teia e depois derrotá-lo de dentro.

O Sr. O'Flanigan fala pelo resto da aula, e centenas de palavras adicionais vão para o quadro.

O restante do dia na escola é igualmente sem emoção, embora a aula de música não seja ruim. Todos somos designados a instrumentos, e meu toca-discos conta! Então, agora posso fazer a minha coisa favorita no mundo para o dever de casa — criar batidas.

Depois da aula, no entanto, assim que começo a caminhar de volta para o dormitório, é quando as coisas ficam interessantes. Estou rolando a tela do meu telefone, cuidando dos meus próprios negócios, com minha mochila pendurada em um ombro, quando uma leve sensação de formigamento começa na parte de trás do meu pescoço, tão fraca que parece que um inseto está rastejando em mim. Dou um tapa, mas minha mão sai limpa. O formigamento fica mais forte e sobe até a minha cabeça e orelhas, e até mesmo até minhas têmporas.

O que é isso?

E então ouço, do outro lado dos fones de ouvido batendo em meus ouvidos, gritos, berros, suspiros de confusão. Tiro os fones e viro em direção ao som — dezenas de pessoas pararam na calçada ao meu redor e do outro lado da rua. Todos estão olhando para cima e diagonalmente em direção ao imponente prédio prateado que é a altamente segura instalação da S.H.I.E.L.D. do Brooklyn. Alguns espectadores alarmados apontam até mesmo para o prédio em horror. Dou um passo à frente e sigo sua atenção para a visão do que parece ser um pombo gigante — e quero dizer gigante, do tamanho de uma minivan — escalando verticalmente o lado do prédio.

— A última coisa que Nova York precisa — murmuro. — Mais abutres.

Duas asas vermelhas brilhantes estão dobradas atrás dele, mas olho mais de perto, protegendo os olhos do sol, e percebo que não é um pássaro.

É uma pessoa em um traje de pássaro de metal.

Uma pessoa inteira está escalando o lado da instalação da S.H.I.E.L.D. à plena luz do dia com asas vermelhas brilhantes. Não parece nenhum vilão que já vi antes — o Abutre é provavelmente o mais próximo, embora sua roupa seja verde, — mas seja lá o que ele quer com os materiais altamente secretos da S.H.I.E.L.D. trancados em segurança máxima, não pode ser bom.

Finalmente.

Tenho ansiado por ação (de forma um tanto egoísta, eu sei, já que "ação" para mim geralmente significa "perigo" para a cidade) o dia todo, e agora finalmente a tenho. E como esse cara parece ser alguém novo, não devo ter problemas para detê-lo, ou pelo menos prendê-lo em minha teia o tempo suficiente para Peter chegar aqui. Isso é perfeito! Ele está bem no meu bairro. Bem, meu antigo bairro. E a apenas um quarteirão de distância de onde estou agora! Devo ter tempo suficiente para acabar com a palhaçada dele e chamar a polícia para prendê-lo antes que Peter até fique sabendo que há uma confusão no centro da cidade.

Entro em ação.

Dobro à esquerda e corro pela calçada, entrando na primeira ruela. Agacho-me atrás de uma lixeira assim que me certifico de que a área está limpa e abro minha mochila da Academia Visions para revelar o polido logotipo vermelho de aranha no peito, reluzindo agora sob a luz do sol do fim da tarde. Meu coração dispara como sempre antes de ser a hora de agir, e sorrio confiante. Eu consigo fazer isso.

Hora do Sr. Pombo conhecer o Sr. Homem-Aranha Come-Pássaros.

CAPÍTULO 7

Saio voando pela viela tão rápido que consigo sentir o ar vibrando através das minhas roupas enquanto atravesso a interseção como um raio.

— Homem-Aranha! — diz a voz de alguém que lá embaixo me notou. Mais vozes surpresas seguem, uma após a outra.

— É o Homem-Aranha!
— O Homem-Aranha está aqui!
— O Homem-Aranha vai pegá-lo!

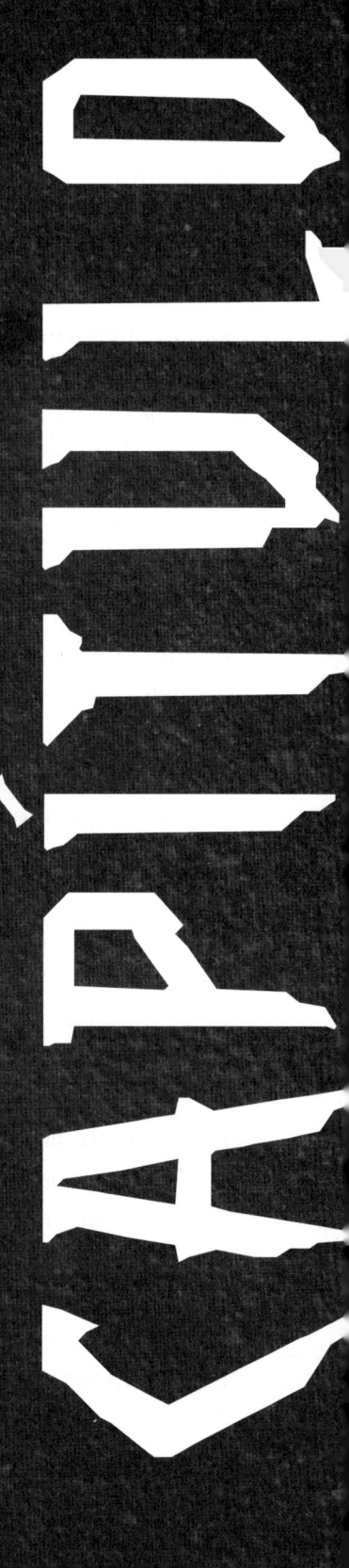

Essas pessoas acham que sou o Peter, o que provavelmente significa que pensam que sei quem é aquele a que elas se referem e a melhor maneira de pegá-lo. Não sei nenhuma dessas coisas. Mas sei que chegar ao fundo dessa situação significa primeiro chegar ao topo daquele prédio. Se eu tentar entrar pela porta da frente, não há como saber quantos pontos de verificação de segurança vou encontrar — scanners oculares, fios de detecção, lasers, armas de rede... Armas de rede a laser... sso existe? Não sei, mas se existir, a S.H.I.E.L.D. com certeza as tem. Estico minha teia para me impulsionar e me lanço vários andares acima do prédio da S.H.I.E.L.D., que é noventa por cento janelas e dez por cento aço reforçado, grudando minhas mãos e pés firmemente no vidro e começando a escalada. Olho para cima para a confusão de asas vermelhas que agora vejo brilhando sob a luz do pôr do sol, como se fossem feitas de metal.

Espere, elas são!

Consigo ouvi-las, fazendo um tilintar constante, como se as asas estivessem em atrito umas contra as outras.

Quem é essa pessoa pombo?

— Ei! — o chamo. Isso está indo devagar demais, então estico minha teia e a prendo no pé dele, me impulsionando pelo ar para encontrá-lo. Ele se assusta com a sensação de peso em seu pé e novamente quando chego ao lado dele, ouço um suspiro superficial antes dele lançar um gancho, enviando enormes garras vermelhas voando diretamente em direção ao meu rosto.

— Ei! — grito enquanto me impulso fora da borda da janela mais próxima e faço um mortal para trás, minha mão esquerda se apoiando no vidro para me ajudar no impulso. Observo o gancho passar rente, a poucos centímetros da ponta do meu nariz, enquanto um pé e depois o outro voam sobre minha cabeça para trás. Quando completo o mortal para trás, tenho impulso suficiente para estender as duas pernas para frente e plantá-las firmemente em suas costas.

Ele solta um som horrendamente alto de um grasnido e tomba para o lado do prédio, raspando uma garra contra o vidro enquanto cai.

O *soooooooom* estridente ecoa, desvanecendo à medida que se afasta de mim, deixando três distintas marcas de garras em seu rastro. Em seguida outro gancho voa e se prende no topo do prédio, cerca de seis andares acima de mim.

— Te desafio a uma corrida! — Provoco-o, balançando minha teia e subindo rapidamente até ficar empoleirado no topo do prédio da

S.H.I.E.L.D., olhando para baixo, observando-o subir à moda antiga. Será que essas asas são apenas para exibição, ou o quê?

— Vamos trocar nomes ou não? — Grito. Não sei bem por que ele não simplesmente usa ganchos como uso teias. Muito mais rápido. De qualquer forma, tenho um vilão para enfrentar antes que o Peter chegue aqui. — O tipo forte e silencioso, hein? — Pergunto dando de ombros. — Tudo bem.

Ele está perto o suficiente para eu ver que está olhando para cima, finalmente compreendendo a ideia dos ganchos. Um segundo gancho vermelho gigante se fixa na borda do prédio, muito próximo aos meus dedos. Dou um passo para trás enquanto ele se lança para cima e fica exatamente onde eu estava dois segundos atrás. Ele se ajoelha na beirada do prédio onde acabou de pousar e, em seguida, aos poucos, com o sol atrás dele e tudo mais, se levanta até a altura máxima.

Sinto um arrepio interior. Quem quer que seja essa pessoa, ela é alta.

Me levanto, mas ele tem pelo menos alguns centímetros a mais. E quando começa a marchar na minha direção, um pé após o outro, com o que devem ser botas de ferro, e estender suas asas vermelhas, percebo contra o que estou lutando.

Ka-thunk. Ka-thunk. Ka-thunk.

Ele se aproxima ainda mais.

— Agora olha, cara — digo, dando alguns passos para trás. — Você pode me dizer o seu nome e por que está aqui em cima, e pode sair sem causar mais danos a este lugar, ou podemos fazer isso do jeito difícil.

De repente, sinto meu pé pegar em algo atrás de mim — apenas um leve toque no meu calcanhar de Aquiles — e o instinto, acho, me faz abaixar no chão, exatamente quando uma enorme rede de metal com pontas voa em minha direção, se alojando na porta do telhado à minha direita.

Essa é uma medida de segurança que esqueci de antecipar, mas que não deveria me surpreender — redes de captura.

Ele para. Suas asas tremulam, o sol reluzindo em cada pena de metal. Ele estende as mãos para os lados, projetando uma garra afiada de cada dedo, tão afiadas quanto facas de carne.

— Tudo bem, vamos pelo jeito difícil. — Engulo em seco, olhando para a variedade de coisas afiadas que terei de desviar em um minuto. Firmo meus pés contra o telhado de metal na posição de luta que Peter me mostrou, um pé na frente do outro para ter apoio e ambos os punhos erguidos, e me preparo para enfrentar essa figura de um metro e oitenta, feita de metal vermelho com garras e uma atitude ruim.

As garras afiadas como navalhas rasgam o ar entre nós enquanto o Pombo avança em minha direção. Sinto meu coração batendo forte no peito, mas me lembro: Ele é apenas um pombo, Miles. Ele é apenas um pombo! Você consegue fazer isso.

Corte, zumbido, swish! Mas ele não é rápido o suficiente. Eu me esquivo para a esquerda e depois para a direita, me agachando e mergulhando em sua direção, lançando-o para trás no chão, ecoando um estrondo metálico ao nosso redor.

O impacto arranca um grunhido profundo de sua barriga.

— Sabe — digo depois de dar um mortal para trás do peito dele e disparar uma teia, grudando-o no chão, — para um pássaro, você não é o vilão mais gracioso que já conheci.

Ele olha furiosamente para cima, não consigo ver todo seu rosto, apenas os olhos através de uma fenda em sua máscara preta. Ele inspira profundamente antes que seu rosnado se transforme em um grito de raiva, uma confusão de garras e penas afiadas corta e retalha minha teia em pequenos pedaços flutuantes e delicados.

Meus olhos se arregalam e meus braços ficam moles ao meu lado. Ele consegue cortar minha teia tão facilmente assim?

— Isso não estava no manual de "Como ser o Homem-Aranha" — sussurro para mim mesmo enquanto ele avança em minha direção novamente. Desta vez, prendo minha teia na parede do outro lado e me jogo para fora do prédio, mantendo-me nivelado com o topo. Sinto o ar em meu rosto enquanto giro e prendo uma segunda teia na mesma borda. Então, as solas dos meus pés voam para a frente, e me transformo em um projétil de cinquenta quilos que acaba de atingir a velocidade do som.

BAMMM!

Ele voa para trás, com a cabeça em direção à borda, mas suas garras o seguram antes que possa cair completamente. Ouço um estilhaçar de vidro abaixo dele e um tilintar de pedaços de vidro descendo pelo lado do prédio. Não consigo imaginar que botas de ferro resultem em um impacto suave contra as janelas, e sorrio, agradecido por meus pés estarem ágeis dentro desses calçados elegantes.

— Ainda não vai falar, uh? — Pergunto.

Ele se ergue novamente sobre a beirada e firma os pés no telhado. Ficamos em silêncio nos encarando por um momento, antes dele olhar para o chão e se agarrar diretamente ao piso. Ele puxa para cima e faz um buraco no telhado, tão largo quanto minha altura, espalhando destroços de gesso e vidro em todas as direções, me obrigando a proteger meu rosto. Então, ele salta, com as asas recolhidas contra o corpo e os braços cruzados no peito como uma múmia, mergulhando direto no buraco, ativando uma tempestade de luzes vermelhas e sons de alarme ensurdecedores de dentro do prédio.

Ótimo. Ativaram o sistema de segurança. Talvez a polícia seja notificada e chegue em breve. Mas assim que começam, eles desaparecem rapidamente, enquanto um som crepitante de curto-circuito irrompe na vizinhança.

Devem ter desativado o sistema de segurança. Bem, essa esperança foi divertida enquanto durou.

Depois de me apressar e olhar para o abismo escuro que ele criou, percebo que o buraco faiscante e aberto se estende por andar após andar, indefinidamente, por pelo menos dez andares. E, então, não consigo distinguir os detalhes dos andares inferiores. Não há como descer lá para persegui-lo. Hora de enfrentar esse cara de uma nova forma.

E tenho um plano.

Corro para o lado oposto do telhado e mergulho direto. Lá embaixo, a corrente de ar fresco faz meus olhos lacrimejarem. Observo o prédio, olhando pelas janelas, pegando vislumbres de vermelho enquanto o Pombo rasga andar após andar. Quando estou alguns andares à frente dele, disparo minha teia até o teto e me lanço através do vidro, atacando seu corpo vermelho maciço pelas janelas do lado oposto.

Nós nos transformamos em uma confusão de vidro, spandex preto e metal vermelho enquanto rolamos para fora do prédio, e mal consigo ver alguma coisa. Destroços atingem meu rosto enquanto caímos, e ouço vidro se quebrando, e uma onda de suspiros de cidadãos preocupados em algum lugar abaixo de nós. Outro gancho é lançado de algum lugar, exceto que este é vermelho brilhante e se agarra a uma das vigas de aço do prédio, e eles voltam voando na direção de onde viemos, mas não antes de eu prender minhas mãos em sua bota de metal brilhante e pegar uma carona de volta para o lado do prédio.

Isso não era para acontecer desse jeito.

Um clarão de luz domina minha visão e, quando pisco para afastá-lo, percebo que estou deitado com o corpo colado contra o lado do prédio, espalhado contra o vidro. Tudo está embaçado. O mundo está girando. E há uma massa brilhante de penas de metal vermelhas escorregando para dentro do buraco aberto pelo qual acabamos de voar, alguns andares acima de mim.

Aff, penso comigo mesmo, como o deixei escapar DE NOVO?!

E onde diabos estão os seguranças?! Pensei que este lugar fosse extremamente protegido!

E então aquela voz de incerteza fica mais alta em meus ouvidos.

Talvez seja hora de ligar para o Peter, sugere ela.

Rosno de frustração. Não. Não há como desistir tão facilmente. Ainda não tenho certeza de que tipo de Homem-Aranha quero ser, mas sei que não é o tipo que desiste depois de ser arremessado de um prédio algumas vezes. Especialmente porque os seguranças devem chegar a qualquer minuto. Claro, desativaram o sistema de alarme, mas não antes dele disparar. Alguém deveria ter recebido o alerta, certo?

Certo?

Mas com ajuda ou sem ajuda, tenho um trabalho a fazer. Puxo-me novamente pelo lado do prédio, uso minha teia para subir até o buraco por onde ele acabou de escapar e entro rastejando.

Segundo round, Pombo. Olhando ao redor, percebo que estou agora em um espaço que costumava ser um escritório. Digo "costumava" porque o que estou vendo é quase irreconhecível. Cadeiras de escritório estão deitadas de lado com as rodas girando no ar. As paredes das cabines estão tombadas umas sobre as outras como dominós. Almoços pela metade estão sobre as mesas que ainda estão de pé. Escombros cobrem o chão, tanto que até mesmo minhas botas de aranha — que estou usando agora — fazem barulho ao caminhar pelo cômodo, como se eu estivesse usando botas de aço. Olho ao redor por um momento, me perguntando para onde ele poderia ter ido, e então...

BAM!

Voo para a frente com um grito tão estridente que é constrangedor, e então... CRASH!

Pela janela eu vou.

Uma janela diferente. Reflexos de um cara normal entram em ação, e esqueço que tenho poderes do Homem-Aranha por um segundo. Então, olho para cima e vejo o Pombo voando sobre mim, disparo minha teia e seguro um dos pés dele.

Zás!

Um punhado de garras desce cortando minha teia, mas sou rápido demais. Thuiz! Pego o outro pé antes de cair.

Suas garras destroem rapidamente a teia, mas outro "thuiz" vindo de mim me coloca de volta nesse trem caótico de asas de metal vermelho. Estou muito alto para agarrar qualquer outra coisa, e não vou cair de cinquenta ou mais andares para o chão sem oferecer uma luta como o Pombo nunca viu. Justo quando penso que posso manter essa farsa e cavalgar nos pés do Pombo até a vitória — onde quer que isso seja — ou retardá-lo o suficiente para deixar a polícia chegar com seus helicópteros, há outro flash branco.

Mais estrelas. Tenho quase certeza de que desta vez vejo passarinhos vermelhos voando em meus pensamentos, e enquanto abro os olhos para perceber que fui arremessado para o outro lado do prédio, gemo de dor. Meu peito todo dói. Minha cabeça dói. Mal consigo enxergar direito. Agora ouço o som do helicóptero se aproximando, sinto o vento passando por mim e suspiro aliviado. Eles estão aqui, pelo menos, e não um momento antes. Mas quando olho para cima, vejo o nome estampado na lateral.

Canal 7 News.

O que um helicóptero de notícias está fazendo aqui antes da polícia? JJ tem a audácia de reclamar sobre eu e Peter lidarmos com todo esse controle de danos enquanto esperamos os homens de farda azul se apressarem e chegarem aqui. Falando em controle de danos, vidro se quebra em algum lugar próximo, e desta vez, sinto uma chuva de estilhaços cair sobre mim. Levanto um braço para proteger minha cabeça, e quando a chuva de vidro termina, vejo que o Pombo abriu caminho de volta por um novo buraco no prédio.

Suspiro, percebendo que esse é um problema maior do que apenas eu. Em breve, não restará uma instalação da S.H.I.E.L.D.

para proteger. Quão seguro pode ser um prédio se cada andar tem um buraco enorme? E onde estão os seguranças de verdade quando preciso deles? Onde estão os lasers de detecção de movimento? Onde estão as sirenes? Por mais que doa ter que fazer isso, sei que é hora de chamar o Peter.

Eu me encolho só de pensar nisso. Eu deveria ser um cara que não desiste, e isso parece muito com desistir.

Novamente.

Suspiro. Talvez eu possa apenas... Sabe... Ligar e pedir conselhos? Posso manter a conversa hipotética e talvez ele não suspeite de nada? Sim, isso vai funcionar! Pego meu celular e seguro-o perto do peito para que a multidão crescente de espectadores abaixo — e os helicópteros de notícias — não possam ver o que estou fazendo. Já consigo ver as manchetes:

Homem-Aranha: Mandando mensagens durante uma luta? Nem mesmo o Homem-Aranha consegue resistir a uma mensagem.

Ou pior ainda, JJ vomitando sua sujeira na câmera, "Viram?! Eu disse que nosso principal auxílio na aplicação da lei não deveria estar nas mãos de um adolescente! Nem consegue ficar longe do celular tempo suficiente para combater o crime adequadamente!"

Mas em questão de segundos, meu fone de ouvido começa a tocar com uma ligação do Peter, e meu celular é guardado de volta no bolso. Um estrondo ensurdecedor ecoa de algum lugar no interior do prédio, e sei que estou ficando sem tempo. Puxo-me andar após andar, vidro após vidro, até que estou rastejando pelo buraco cheio de fios soltos, faíscas e poeira de concreto, e entro em outro escritório quase todo escuro. Uma única luz fluorescente balança do centro da sala, piscando tão fracamente quanto uma lanterna de acampamento.

— Miles? — sussurra a voz do Peter pelo telefone. Ao fundo, ouço... Algo... Parece... Uma música suave. É um violino tocando lá atrás?

— E aí, Peter! — digo, não tendo realmente tempo para perguntar onde ele está. — Você tem um minuto?

— Agora não é realmente o melhor momento. Estou na Galeria Gala de Fotojornalismo com a MJ. Ela ganhou um prêmio! Consegui um segundo para conversar, embora ... Oh, o que é esse prato? — Ele deve estar perguntando algo para outra pessoa. — Ooh, eu amo patê de pato, obrigado... Miles, desculpe por isso. Acabaram de trazer comidinhas em pratos pequenos, e me distraí. *Chomp!* — Eu me encolho e recuo do meu próprio fone de ouvido ao som da mastigação (odeio isso) antes que ele continue falando com a boca cheia de comida. — O que está acontecendo?

— É... — Sou interrompido por uma explosão de metal vermelho surgindo do chão na minha frente. A força me derruba no chão. — Ahh!

— Miles? — vem a voz do Peter, agora em pânico, embora ainda em um sussurro fraco. — Não, senhor, não tenho um rolo adesivo comigo, desculpe. Miles, onde você está? Vou aí imediatamente.

— Não! — digo, em pânico. Não há como deixar o Peter pensar que não consigo lidar com isso sozinho. Essa é a minha chance! Minha primeira grande caçada, minha graduação de filhote para membro adulto da matilha. — Não, não, estou bem — insisto, tentando relaxar minha voz enquanto o Pombo focaliza seu rosto mascarado em mim e se aproxima. Percebo que tenho de falar rapidamente, e tenho quase certeza de que tudo o que eu digo a seguir sai como uma palavra só, então espero que o Peter esteja ouvindo atentamente.

— Escuta-hipoteticamente-falando-se-um-cara-superalto-aparecesse-vestindo-um-grande-traje-de-metal-vermelho-e-atacasse-o-prédio-da-S.H.I.E.L.D.-no-centro-da-cidade-e-ele-usasse-uma-máscara-e-fosse-alto-cerca-de-dois-metros-e...

— Você quer dizer Tony Stark? — ele pergunta.

Antes que eu possa responder, um gancho é disparado e agarra meu tornozelo, grito e arranho o chão enquanto sou arrastado pelo carpete, passando por grampeadores e bolas antiestresse e um cupcake meio comido. Percebo que talvez tenha de abordar essa situação de um novo ângulo.

Em vez de lutar contra o Pombo, o que sei que vou perder, viro de costas, agarro o teto com minha mão esquerda para me apoiar e disparo uma teia em direção a uma geladeira do outro lado da sala com minha mão direita. O Pombo percebe tarde demais o que estou fazendo e, quando ele olha na direção em que estou estendendo a teia, a geladeira está vindo em sua direção a trezentos quilômetros por hora. Ele sai voando através de uma parede de cubículos, depois outra, e outra, até sair do prédio.

O pânico toma conta de mim.

Meu Deus.

Meu Deus, será que acabei de matar esse cara?

Instintivamente, mergulho através do buraco no lado do prédio pelo qual o lancei e caio bem atrás dele. O vento força meus lábios a se abrirem, batendo contra minhas gengivas, mas tenho de alcançar o Pombo antes que ele atinja o chão. O Homem-Aranha faz muitas coisas para machucar vilões, mas ele não os mata.

— Miles? — Vem a voz do Peter pelo telefone, agora totalmente em pânico. Tenho certeza de que ele já está colocando metade do seu traje e vindo me encontrar. Isso é, até que eu ouça um som de metal batendo do lado dele, através do telefone.

— Peter?! — grito. — O que está acontecendo aí?

Percebo que não vou chegar a tempo de alcançar o Pombo, então lanço minha teia para baixo, tentando pegá-lo como um último esforço desesperado para salvar sua vida. Mas no último minuto, ele estende suas enormes asas vermelhas e desvia para a esquerda, e de repente sou eu que estou voando em direção a uma folha de concreto.

Lanço minha teia em qualquer coisa acima do chão e me agarro, balançando tão rápido que não tenho tempo para evitar pessoas no chão, árvores e cachorros. Por pouco não acerto um caminhão dos correios e passo direto por uma cerca de madeira no quintal de alguém, espalhando lascas de madeira por toda a rua.

— Com licença! Saiam do caminho! Homem-Aranha desgovernado passando!

Esses poderes me fazem desejar que a gravidade tivesse freios! Ouço uma voz no telefone que não reconheço.

— Homem-Aranha, nos encontramos novamente, em circunstâncias um pouco mais glamorosas.

— Peter?! — Pergunto novamente, conseguindo evitar um poste de luz e mergulhando em um monte de arbustos no quintal de alguém.

Sinto como se o mundo estivesse girando, então aproveito esse momento para deitar nos arbustos e sacudir minha cabeça latejante antes de me levantar. Agora ouço gritos ensurdecedores do lado dele e fortes estrondos vindos de todas as direções. Agora sou eu quem está em pânico. — Quem é esse? O que está acontecendo?

— Não posso falar, Miles, tenho de ir, ok? Você tem certeza de que está bem aí?

— Na verdade, estava esperando conseguir um conselho — digo, abrindo meus olhos com tontura e vendo uma enorme mancha vermelha e borrada subindo novamente pelo lado da S.H.I.E.L.D. — O que faço com esse cara? Hipoteticamente, quero dizer. Se ele tivesse... Enormes asas, ganchos e parecesse estar tendo um dia muito ruim...

— Parece com o que está acontecendo aqui! — grunhe Peter, indicando que ele pode estar no meio de um balanço. — MJ, leve essas pessoas para um lugar seguro e espere por mim lá, — ouço ele dizer. — Miles, o Abutre está de volta.

Congelo, petrificado, mas não por causa do que Peter disse.

É porque estou sendo encarado. A fonte? Um homem idoso com cabelos grisalhos, um chapéu, óculos e um bigode que se mexe enquanto me olha fixamente. Estranhamente, ele está usando bermuda e uma camiseta. Pensei que estávamos chegando no outono, mas esse cara parece acreditar que ainda está calor o suficiente para estar em seu quintal de bermuda, regando as plantas como se estivesse entrando em um florescer de verão com elas.

— Uh... — digo me erguendo dos arbustos espinhosos com o máximo de dignidade que consigo recuperar. — Desculpe — falo, estendendo as mãos. — Desculpe por isso. — Seus olhos se deslocam de mim para sua grama, onde vejo uma grande marca marrom atravessando sua paisagem perfeitamente verde, tão larga quanto eu e duas vezes mais longa do que eu. Ele olha de volta para mim com a boca séria e sem humor. — Sinto muito mesmo — sussurro — Eu vou apenas... Eu vou embora.

Sigo para longe dali, direto para o telhado, para o próximo telhado, e de volta para o lado do prédio da S.H.I.E.L.D., colando minhas mãos e pés na lateral novamente.

Terceiro round.

"Parabéns, Miles", penso comigo mesmo. "Graças a você, o *Homem-Aranha: portador da justiça* agora é *Homem-Aranha: destruidor de jardins*". Parecia que para aquele pobre homem seu jardim era a única coisa que ele se importava no mundo, e aqui estou eu estragando todo o seu dia. Suspiro e decido que se puder levar o Pombo à justiça, pelo menos posso justificar isso. Mas quando finalmente volto para dentro do prédio, a uns trinta andares de altura acima da cidade, o Pombo não está em lugar algum.

— Sei que você está aqui! — Grito, sem ter ideia se ele está lá dentro.

Mas espero que esteja. Porque se eu tiver deixado ele escapar enquanto estava ocupado me arremessando por cercas e rolando por arbustos, não vou dormir esta noite. O barulho tem ecoado pelo telefone o tempo todo, sons de vidro quebrando e vento soprando e batidas ocas como se alguém estivesse sendo socado.

— Peter? — sussurro. — Você está bem? Você disse que o Abutre está de volta?

— É... Sim — ele responde. — De volta como um burrito de feijão de posto de gasolina.

— O que fazemos? — pergunto. — Meu cara, — tenho chamado ele de Pombo —, quer alguma coisa nas instalações da S.H.I.E.L.D. Ele está destruindo tudo por aqui.

Falando nisso...

Um barulho estrondoso ecoa de algum lugar profundo no prédio, em um dos andares inferiores. Não posso perdê-lo de novo.

Mergulho primeiro com os pés pelo buraco de vários andares que o Pombo fez no chão, voando por cima de mesas, cadeiras e fios faiscantes e eletrônicos em curto-circuito. E que sorte, o Pombo decide espiar do andar onde aterrissou, com um braço em volta de uma maleta, e olha para cima do buraco. Sorrio.

Te peguei.

Lanço meus braços em volta do pescoço dele e o arrasto pelo buraco comigo até sentir uma força contra minhas costas como um trem de carga, que me tira o fôlego, junto com minha alma, e me deixa deitado ali tossindo no meio da poeira e dos destroços que levantamos agora que estamos em um andar sem um buraco bem no meio. O Pombo se ergue sobre mim, prendendo meus ombros ao chão, mas estou pronto. Salto com meus pés para cima e o chuto firmemente em suas costelas, jogando-o por cima da minha cabeça até o chão com a força de mil lutadores, levantando-me e pulando para cima e para baixo como um boxeador.

Tenho de admitir — para o meu primeiro mês como Homem-Aranha, isso foi bem impressionante.

Mas a alegria não dura muito. O Pombo se senta tonto, segurando a cabeça, e é aí que ele percebe... O capuz dele caiu.

Revelando seus afro-puffs.

Respiro fundo.

O Pombo é... Uma mulher?

— É... — começo a dizer no telefone, esperando que Peter ainda esteja disponível para me ouvir. — Uau, ei, esse cara é uma garota.

— Sim? — vem uma voz leve, suave e ainda assim afiada de trás da armadura de metal vermelha que eu conheço como Pombo. — O que tem isso?

Aquelas garras saem novamente e de repente estou desviando de facas de dedos de todos os lados. Um estrondo, mais alto do que qualquer outro que eu tenha ouvido do lado do Peter, ecoa.

— Você está bem? — pergunto, incapaz de dizer o verdadeiro nome dele em voz alta já que a Pomba ainda está bem aqui.

— Abutre! — ele grita. — Droga... O Abutre escapou. Estou preso aqui.

— Você está bem?

Whoosh! A Pomba ainda vem atrás de mim, me empurrando por este andar, mas ainda estou desviando. Pergunto-lhe outra coisa desta vez. — Precisa que vá te ajudar a sair?

Cara, isso foi bom. E todo esse tempo pensei que seria eu a pedir ajuda.

— Não, a polícia estará aqui em breve, mas... O Abutre levou uma das exposições. Eu... Não consegui pegá-lo. Ele estava muito preparado, e eu não... Estava muito despreparado.

Deslizo!

— Você está tão surpreso por eu ser uma garota por causa da minha altura ou porque estou chutando a sua bunda estreita?

— Ei, minha bunda não é estreita — argumento, desviando de outro golpe, — e estou surpreso por você ser uma garota porque até mesmo o Homem-Aranha não é imune a preconceitos internos, e eu provavelmente deveria tirar um tempo para entender isso. Desculpe!

Outro golpe com aquelas garras e estou encurralado contra uma parede sem saída. Antes que eu possa sequer desviar, um dos ganchos está em volta do meu braço superior, com as garras fincadas na parede. Firmemente. Exatamente na altura suficiente para que meus pés balancem a alguns centímetros do chão. Thud! Crash!

Lá está o outro gancho, em volta do meu braço esquerdo, me prendendo no lugar.

A Pomba se aproxima até ficar a poucos metros de distância. — Permita-me fazer uma pergunta, Homem-Aranha — ela diz amargamente. — Quantas vezes você pensou no Abutre nos últimos seis meses enquanto ele apodrecia em sua cela de prisão?

Bem, agora que penso sobre isso... Nem um pouco.

Na verdade, por que pensaria? Depois que o Abutre se aliou ao Doutor Octopus e ao Sexteto Sinistro e acabou em sua própria miséria na prisão, ele embarcou em uma longa jornada aguardando uma data de julgamento, provavelmente antes de ser enviado para a prisão, porque ele é uma ameaça à sociedade, e graças a boa libertação.

Mas claramente essa garota está trabalhando com ele, então não posso dizer nada disso sem levar uma garra na cara. Em vez disso, engulo nervosamente.

— É... — afirmo — Quer dizer, acho que poderia ter escrito um cartão para verificar ou algo assim...

— Porque eu — ela diz, apertando um botão em seu ombro esquerdo — pensava nele todos os dias.

Cerro os dentes enquanto os ganchos apertam meus braços tão forte que parece que meus ossos podem quebrar. Grunho e puxo meus braços contra eles, mas é inútil. Estou preso aqui em cima, condenado a ouvir o monólogo dela pelo tempo que ela achar necessário.

Ou o tempo suficiente para eu pensar em um plano de fuga.

— Cada longo dia dos cento e oitenta que ele passou em Rykers antes de eu e meus corvos aparecêssemos. São quatro mil, trezentas e vinte horas. Duzentos e cinquenta e nove mil e duzentos minutos. — Ela faz uma pausa, seus olhos desviam para o teto antes de retornarem para mim. Ela parece um pouco abalada de repente, perdida. Decido ajudá-la.

— Quinze milhões...

— Quinze milhões de segundos! — ela interrompe, como se tivesse chegado a esse número sozinha. — Você sabe como isso deve ser para um homem idoso? Não saber onde está sua família, sabendo que pode não ter minutos restantes neste planeta?

Acho que não tinha pensado nisso dessa forma. O Abutre está envelhecendo, e imaginar ele sentado sozinho em um bloco de concreto em Rykers, talvez até em confinamento solitário, sabendo que não estará mais na Terra por muito tempo, é bastante sombrio. Mas talvez ele devesse ter pensado nisso antes de se tornar uma ameaça para o Brooklyn e colocar vidas em risco.

Ambos os ganchos apertam meus braços, e luto contra eles, em vão, ficando cada vez mais frenético a cada minuto, sentindo meus próprios segundos escapando. Conheço a rotina da luta. Esta é a parte em que o vilão fala e fala sobre suas queixas pessoais em relação ao meu comportamento passado, e minha chance de procurar uma saída.

Vamos lá, Miles, pense!

— Mas veja — ela continua — não posso ficar com raiva de você. Você e eu não somos tão diferentes. Ambos sabemos como é as pessoas olharem para nós como se fôssemos monstros.

Isso me pega desprevenido e faz eu parar de lutar contra os ganchos por um momento. Lembro do rosto daquele homem idoso enquanto regava suas plantas, olhando para mim como alguém olharia para um cachorro perdido que vagou para o seu gramado. Ou no meu caso, que caiu no gramado dele como um asteroide. Ele me olhou como se não soubesse se deveria gritar, chamar a polícia, me borrifar com a mangueira ou tudo isso junto.

— E ser atacado por fazer o que é certo — ela diz.

A expressão no rosto da dona da loja estará eternamente gravada em minha mente, e uma dor de mágoa se espalha pelo meu peito quando me lembro de ser golpeado repetidamente com a vassoura e das palavras amargas que saíram da sua boca: vândalo sem valor, ela me chamou. Já me chamaram de coisa pior.

Mas ser chamado disso pela pessoa que eu estava tentando proteger... Ser odiado tão profundamente por alguém que eu estava tentando defender... Isso machucou.

— E odiado por não ser perfeito — diz a Pomba, sua voz quase um sussurro desta vez.

Agora ela está falando sobre JJ.

Agora ela está falando sobre as manchetes.

— Com uma imagem pública assim, as pessoas devem pensar que sabem tudo sobre você. Mas não sabem, não é mesmo, Homem-Aranha? Nem mesmo seus amigos mais próximos. Ninguém realmente te conhece, exceto você.

Odeio o sorriso de satisfação que se espalha pelo rosto dela, e isso acende uma nova chama de determinação dentro de mim para resistir às suas palavras. Regra número um dos monólogos dos vilões: não deixe que te afetem.

— Sei que você ainda está longe de se juntar ao lado certo, comigo e com meu avô.

Meus ouvidos ficam atentos a isso.

Avô? Essa garota não é apenas cúmplice do Abutre, mas também... Sua neta?

— Mas quando você finalmente perceber — ela continua — que o único que cuida de você é o número um... Quando você perceber que não pode confiar em ninguém além de você mesmo... Me ligue.

Rrrrrrip!

Os ganchos rangem ao sair da parede de gesso, me deixando cair no chão. Ao mesmo tempo, uma pequena pena branca flutua até o chão na frente do meu rosto, pousando entre minhas mãos no chão enquanto recupero o fôlego. E então percebo que não é uma pena, mas sim um cartão de visita em formato de pena branca que traz apenas um número de telefone e, em seguida...

Uma asa vermelha.

A Pomba pega a maleta que estava segurando antes, de onde tínhamos caído, e corre em direção ao buraco na parede. Assim, vejo a vilã escapando, com o que quer que tenha vindo buscar. Nem mesmo tive a chance de descobrir o que é o tal "isso", ou impedi-la de passar pelos scanners de segurança, cofres de aço ou detectores de movimento que precisou contornar para pegá-lo. Seja lá o que for, ela o tem, e agora está prestes a escapar com ele.

— Não, espere! — chamo, o pânico tomando o lugar do choque.

Eu me balanço com minha teia pela sala e para fora na beira da janela.

Mas ela já se foi.

Agora a vejo ao longe.

Ela é uma massa vermelha de asas de metal que está diminuindo cada vez mais, voando tão alto no céu e sobre a baía que sei que não há como alcançá-la. Nem mesmo se eu balançasse por toda Nova York. Minha esperança afunda como uma pedra no meu estômago, e me apoio na abertura que costumava ser a janela desse andar, esfregando meus braços doloridos. Dobrei uma perna e deixei a outra balançar para fora, chutando o pé. Droga. Tão perto. Eu estava tão perto de pegá-la. Se não tivesse sido tão lento em descobrir uma maneira de escapar daqueles ganchos. Mas não, Miles, você teve de esperar e deixá-la terminar de falar. Você esperou para escapar por tanto tempo que ela realmente te deixou ir!

Suspiro.

— Pete, você ainda está aí? — pergunto fracamente no meu fone de ouvido.

— Sim, Miles — ele geme, sua voz fraca e triste desta vez. — Alguma sorte do seu lado?

O que quer que a Pomba veio buscar, conseguiu. E agora estou sentado no meio de uma zona de guerra de escombros, olhando para a lua subindo no horizonte. A metade superior da instalação supersegura da S.H.I.E.L.D. está quase destruída. E é tudo culpa minha.

Seguro as lágrimas.

— Não — digo. — Nenhuma sorte mesmo.

CAPÍTULO 8

Estou de pé na cozinha da F.E.A.S.T., assistindo a cafeteira pingar e engasgar, gradualmente enchendo a jarra de vidro abaixo com o líquido de energia escuro como a noite. Fazer café é terapêutico de certa forma. Distrai. Leva o tempo certo — o suficiente para respirar e relaxar, sem demorar tanto a ponto dos convidados começarem a se perguntar para onde fui. Suspiro enquanto observo as últimas gotas do líquido caindo e tento não repassar o que deu errado na noite passada. Tantas coisas que poderia ter feito melhor. Tantas decisões que gostaria de desfazer. Tantas outras decisões que tomaria, mais rapidamente e com mais determinação. Mais certeza.

Deveria ter sido mais decidido.

Eu não deveria ter quebrado tantas janelas da S.H.I.E.L.D. Não deveria ter permitido que a Pomba atravessasse tantos andares. Deveria ter ligado para o Peter mais cedo. Não deveria ter deixado meu orgulho me convencer a não ligar para ele antes.

Não deveria ter deixado a Pomba escapar, sob nenhuma circunstância, nem mesmo com suas informações de contato.

Tiro o cartão em formato de pena branca do bolso da calça e o viro na mão. Ele é tão brilhante que quase parece prateado sob as luzes fluorescentes. E aquelas asas vermelhas no meio refletem tão intensamente que parecem feitas do mesmo verniz que reveste as asas dela.

Quem sabe o que ela levou consigo? Plantas tecnológicas, soros como o Sopro do Diabo, diagramas médicos do Doutor Octopus, planos detalhados das maneiras malucas que os vilões já tentaram tomar conta do Brooklyn antes e poderiam tentar novamente se tiverem alguma ideia, mapas de bunkers subterrâneos e esconderijos secretos, planos de fuga de prisões, você pode escolher. Tudo o que importa está armazenado naquela instalação, e embora eu esteja certo ao dizer que uma entidade chamada *Superintendência Humana de Intervenção, Espionagem, Logística e Dissuasão* deveria ter seus materiais mais preciosos e altamente classificados trancados atrás de portas protegidas por senhas, com scanners de retina, teclados com bloqueio por impressão digital e cofres protegidos por lasers e fechaduras de porta ativadas por voz, certamente não ajudei. Ela levou o que veio buscar e, por minha causa, teve tempo de sobra para fazer isso.

Que tipo de herói é arremessado contra o lado de um prédio três vezes seguidas?

Olho para o número no cartão e pego meu telefone para enviar uma mensagem. É a minha única chance. O único meio que ela me deixou para recuperar aquela maleta.

EU: Ei. Você disse para ligar, né?

Curto, simples e direto ao ponto. Vamos ver o que ela responde agora.

Ping. Ping. Ping.

Suspiro e cruzo os braços no peito. Ontem, eu deveria ter sido a aranha que come pássaros. Mas fui uma aranha contra um falcão. Não, algo maior.

Um avestruz.

Não. O maior pássaro que voa, acho. O que seria?

Um condor gigante.

Sim, vamos com isso.

— Oi — vem a familiar voz do Peter à minha esquerda, interrompendo meus pensamentos. Rapidamente, enfio meu celular no bolso. Não há necessidade de envolver Peter nisso agora. Eu me meti nessa confusão ao deixar a Pomba escapar. Pelo menos posso tentar me virar sozinho. Peter entra na cozinha com sua mochila pendurada no ombro e o cabelo castanho escuro colado na testa. — Tá chovendo bastante lá fora, mas você está todo seco. Já está aqui faz um tempão?

Aceno com a cabeça, meus olhos ainda fixos na cafeteira, esperando sentir uma vibração no meu bolso a qualquer momento.

— Você tá bem? — ele pergunta.

Olho para ele com um aceno como que dizendo "é claro que estou bem", por reflexo. Estou tão acostumado a pessoas perguntando se estou bem, entre perder meu pai, começar um novo ano escolar e me mudar, que esse aceno já se tornou algo natural para mim. Mas será que estou realmente bem? Quero dizer, estou chateado com o que aconteceu ontem, mas... Acho que ficarei bem. Contanto que possa rastrear aquela garota pombo e recuperar o que roubou da S.H.I.E.L.D.

— Sim — respondo.

Peter balança a cabeça e tira o casaco. — Só estou dizendo — ele afirma — "pessoas que estão bem" não...

— Encaram fixamente cafeteiras pingando — completo para ele, retirando a jarra da cafeteira. — Eu sei, cara. — Suspiro em concordância. — Você tem razão. Não estou bem. Estou incomodado. O que aconteceu ontem...

Sou interrompido por outra pessoa virando a esquina e se juntando a nós nesta pequena cozinha. Uma jovem com olhos azuis, usando uma camisa xadrez, com cabelos avermelhados presos num coque, entra e começa a abrir os armários.

— Oi, MJ — diz Peter. — Procurando alguma coisa?

— Ei, vocês dois... — ela diz, apoiando as mãos nos quadris e se afastando para ter uma visão melhor do armário aberto à sua frente. — Vocês viram os talheres de plástico?

— Debaixo da pia à esquerda — declaro na esperança de que minha voz soe normalmente animada.

— Obrigada, Miles — diz ela, segurando cerca de dez colheres em cada mão antes de voltar em direção à porta. Antes que ela possa sair, limpo a garganta e dou um passo à frente.

— Ei, MJ? — pergunto. Ela se vira e me olha curiosa.

— Sim, Miles? O que foi?

Um calor sobe pelo meu pescoço com o meu próprio constrangimento em relação a toda a situação, mas sei que pedir desculpas é o movimento certo aqui.

— Desculpe por, é... Interromper sua festa ontem com aquela ligação. Sei que você e o Peter estavam provavelmente aproveitando a noite e... Eu meio que arruinei tudo.

Ela sorri calorosamente e dá de ombros. — Ei, não se preocupe com isso. Dez minutos depois, o Abutre já estava sobrevoando o lugar mesmo. Não teríamos tido muito mais tempo ininterrupto juntos. Não se preocupe com isso.

É um peso que sai dos meus ombros. Acho que ela está certa. — Mas obrigado pelo pedido de desculpas — ela diz, saindo para o saguão do F.E.A.S.T.

— O que aconteceu ontem — continuo, me virando novamente para Peter — nunca deveria ter acontecido. Não teria acontecido se eu não fosse tão descuidado. Estraguei tudo, Peter. De novo.

— Ontem foi apenas mais uma parte do trabalho — ele diz com convicção em seus olhos castanho caramelo. — Mesmo o Homem-Aranha não pode vencer todas as batalhas. O ponto é vencer a guerra. Tanto o Abutre quanto o Abutre 2.0...

— Só tenho chamado ela de Pomba.

— É um ótimo apelido — sorri orgulhoso. — Lições básicas de super-heróis: pense em bons apelidos para os vilões. Você está indo muito bem.

Não posso deixar de sorrir com isso.

— Tanto o Abutre quanto a Pomba vieram em busca de algo. Ambos saíram apressados depois de pegar o que precisavam. Eles têm um plano maior em andamento, tenho certeza disso. E quando mostrarem suas faces feias e emplumadas novamente...

Um homem mais velho, com um chapéu fedora e um blazer marrom desgastado, passa pela porta, apoiando-se pesadamente em um andador enquanto passa por nós, e Peter abaixa o tom de voz para sussurrar. — Quando o fizerem, estaremos prontos.

Suspiro e dou de ombros. — Não me sinto preparado.

É difícil admitir. Pensei que estava. Senti-me preparado quando estava perseguindo a Pomba pelo lado do prédio da S.H.I.E.L.D. ontem, e até mesmo durante parte do nosso confronto no telhado. E aquela onda de adrenalina quando a empurrei e a joguei para fora do prédio foi algo de outro mundo. Mas quando ela me jogou de volta contra o prédio e se esgueirou de volta pelo buraco de onde eu a tinha acabado de expulsar, tive aquele sentimento de dar um passo à frente e seis para trás.

Isso me fez sentir instantaneamente despreparado.

E cada pancada subsequente contra o lado do prédio, cada vez que ela escapou para um novo andar e até mesmo aquela queda pelo quintal daquele cara que levei minaram minha confiança até eu estar tão abalado que nem conseguia pensar em uma maneira de escapar de dois ganchos agarrados aos meus braços! Eu poderia ter jogado teia no rosto da Pomba! Ela estava bem na minha frente e minhas mãos estavam livres!

Ontem, eu não estava apenas despreparado, fui completamente inútil.

— O segredo é se jogar antes de se sentir pronto e descobrir à medida que você vai. Isso requer prática. Além disso, Miles, sei que não gosta de ouvir isso, mas você ainda tem 17 anos. Quando eu tinha sua idade, não fazia ideia do que estava fazendo — ele sorri, a nostalgia clara em seu rosto. — Nenhuma ideia. Ainda não sei muito, na verdade. Estou sempre aprendendo — ele diz piscando para mim, pegando o cabo do esfregão que está no balde de limpeza no canto. — De qualquer forma, os banheiros precisam de mim. Me chame se precisar de algo. Estou livre para conversar durante o jantar, se quiser. Nada de pizza para mim hoje, porém. Todos aqueles pratinhos ontem à noite acabaram pesando. Trouxe uma salada para me sentir um pouco melhor do que me senti esta manhã.

Aceno para ele com um sorriso. Não consigo imaginar não querer pizza em todas as refeições, pessoalmente, mas tudo bem.

— Obrigado, Peter.

Ele retribui com um aceno e uma saída giratória no corredor, respiro aliviado ao lembrar do meu pai — ele costumava fazer aquele gesto de saudação também. Acho que é uma coisa da academia de polícia. Mas o que Peter quis dizer com "*se jogar antes de se sentir pronto e descobrir à medida que você vai*"? Com certeza ele não faz isso quando está lutando. Quero dizer, tenho certeza de que ajuda ele já estar fazendo isso há anos. Quando você conhece os hábitos e tendências de tantos vilões, aposto que fica mais fácil improvisar cada luta. Mas esse era alguém totalmente novo. Nem tive a chance de estudar o Abutre nesse jogo maluco chamado ser super-herói, muito menos sua neta, com sua nova tecnologia e garras afiadas...

Acho que não devo ser tão duro comigo mesmo, estritamente falando logicamente.

Mas é difícil.

Suspiro e me viro para sair da cozinha com o jarro de café em mãos.

— Está bem, Miles — digo para mim mesmo enquanto volto para a sala de recreação — se recomponha. Vamos lá. Essas pessoas precisam de você e da sua atenção total agora.

Hoje há apenas algumas pessoas na F.E.A.S.T., mas a maioria delas tem xícaras de café à frente. Está muito frio lá fora e o fim da tarde está chegando. É hora do café pós-jantar, para pessoas que vão precisar ficar acordadas a noite toda por algum motivo, ou que simplesmente... Não são muito afetadas pela cafeína, eu acho? A senhora mais velha sentada no canto, chamada Dreeny, está olhando para a parede como sempre, perdida em pensamentos. Ela não fala muito, mas acena para o nada enquanto encho a xícara de café para ela.

— Oi, Dreeny — digo, — preparei um café expresso fraco, exatamente como você gosta. — Percebo que o pote de açúcar na mesa dela está quase vazio, embora eu tenha acabado de reabastecer todos eles esta manhã. Então, pego um pote cheio de outra mesa próxima e troco com o vazio, levando o vazio comigo para reabastecer na cozinha. — Aqui está. Tenha um bom dia. É bom te ver.

— Miles! — Uma voz familiar vem de outro lado da sala. O Sr. Flores está sentado com a sua filhinha na área das crianças, rodeado de livros, blocos e outros brinquedos de madeira coloridos. Ele está reclinado em seu lugar favorito no sofá de couro desgastado na frente da TV, enquanto a menina brinca com blocos na mesa de centro diante dele. — *Hola, Miles.* — Ele sorri para mim. — *¿Cómo estás?*

Tenho sorte de saber tanto espanhol por causa da minha mãe e sorrio com a ideia de que provavelmente estou prestes a aprender muito mais com minha avó. Elas ficam por aí sentadas em algum lugar e começam a falar em espanhol do nada, e eu tenho acompanhado bem!

— *Estoy bien, Sr. Flores, ¿y tú? ¿Cómo está, Isabella?*

Ela não responde, mas sorri timidamente para mim antes de segurar um bloco.

— *¿Bloques?* — pergunto em português — Blocos?

— Ela já sabe a palavra em português para "bloques" — diz o Sr. Flores. — E bola, e a maioria dos outros brinquedos. Estamos trabalhando para expandir para os verbos também.

— Ah, *bien*, Isabella, muito bem! — digo, levantando minha mão para um toque de mãos. Ela bate na minha mão com orgulho, iluminando todo o seu rosto, e isso me deixa com um sentimento de calor por dentro. Seja qual for o meu papel como super-herói, momentos como esse fazem eu sentir que estou cumprindo meu papel em uma escala menor. Acho que, de certa forma, o trabalho que faço aqui no F.E.A.S.T. é tão importante quanto o que faço ao ficar balançando pela cidade. Servir café para aqueles que só precisam de uma pessoa gentil em suas vidas e uma mão amiga, e cumprimentar uma criança que pode não ter um lugar para dormir toda noite, me faz sentir que estou fazendo alguma diferença, por menor que seja.

E lá vem aquele sentimento novamente — o sentimento de que eu poderia estar fazendo mais. De repente, fico aliviado por minha mãe estar concorrendo ao cargo de vereadora. Isabella precisa de mais do que um cumprimento, comida gratuita ou até mesmo um lugar para dormir esta noite. Ela precisa de recursos permanentes. E espero que os agentes municipais e futuros agentes municipais, como minha mãe, a ajudem a consegui-los.

Alguém desliga o som da TV, que está sempre sintonizada nas notícias. Geralmente elas estão cobrindo coisas da prefeitura — legislação em andamento, ou redirecionamento de alguma rua, ou o clima. Às vezes, como hoje, é tudo sobre o Homem-Aranha.

Meus olhos se iluminam ao ver aquela foto incrível de mim mesmo balançando no Parque Prospect, e então algo afunda em meu estômago como uma pedra quando leio a manchete. *Homem-Aranha: Tendo um dia ruim?* Raiva e frustração se acumulam em mim ao ver J. Jonah Jameson explodindo na tela, avançando tão agressivamente para a câmera que sua saliva espirra na lente enquanto ele parece enfatizar o "A" na palavra "Homem-Aranha".

— ... não é apenas um "dia ruim" aqui, pessoal. "Dias ruins" são para pessoas que costumam ter "dias bons". Esse homem está voando por aí sem regulamentação, quebrando janelas de edifícios de milhões de dólares, arrombando telhados e vários andares. Quem sabe quanto tempo levará para reparar a instalação da S.H.I.E.L.D., onde a aplicação da lei armazena alguns de seus materiais classificados mais sensíveis, ou quantos milhões de dólares isso vai custar aos contribuintes. E isso nem menciona o que o criminoso levou. Sem o Homem-Aranha lá, eles poderiam até ter escapado, mas pelo menos poderiam ter feito isso sem custar tanto dinheiro a você e a mim no processo. Se você me perguntar, está cada vez mais difícil distinguir entre o "combate ao crime" do Homem-Aranha e as travessuras de um adolescente rebelde em uma aventura qualquer...

— Obrigado, JJ, por esse comentário muito informativo — a repórter interrompe. A câmera foca em seu rosto enquanto o microfone de J. Jonah Jameson é silenciado. Eu tenho de sorrir com o silenciamento involuntário daquele velho resmungão amargo que ele é.

— Ufa, esse cara sabe falar — diz o Sr. Flores. — Você pensaria que o Homem-Aranha o atacou pessoalmente. — Sorrio para o Sr. Flores antes de me virar para o repórter, que tem uma abordagem mais equilibrada.

— Relatos estão chegando de que não apenas as ações do Homem-Aranha na S.H.I.E.L.D. na noite passada abriram buracos nos vinte e seis andares superiores da sede da S.H.I.E.L.D. no centro, mas também porque os buracos rasgaram diretamente uma linha de energia principal, toda a eletricidade na S.H.I.E.L.D. teve de ser restrita, reservada estritamente para informações altamente seguras. Os funcionários são incentivados a trabalhar em casa, já que os geradores de backup estão pouco confiáveis neste momento, e todos os vinte e seis andares mais altos foram considerados muito perigosos para conduzir atividades normais.

Suspiro.

Como pude estragar tanto assim?

E pelo amor de tudo, por que a Pomba ainda não me respondeu?

Faço tudo de novo. Repasso tudo em minha mente, imaginando o que poderia ter feito de forma diferente, desejando ter tido a chance de interromper a Pomba quando ela estava escalando o prédio pela primeira vez. Eu poderia tê-la mumificado em teia para que ela não pudesse se mover, antes que ela conseguisse perfurar um buraco direto pelo prédio e comprometido tudo e todos dentro dele. Foi pura sorte que ninguém morreu só com isso. Aparentemente, a maioria dos funcionários estava convenientemente em uma reunião externa naquele momento. O que é especialmente bom já que ela conseguiu desmontar toda a segurança da S.H.I.E.L.D. no local em questão de minutos.

— Ei, Miles? — o Sr. Flores pergunta, me trazendo de volta para a sala de descanso do F.E.A.S.T. — Você poderia pegar um pouco de creme também, por favor?

— Claro — respondo, me virando para ir em direção à cozinha.

— Está na cozinha? — o Sr. Flores se levanta do sofá. — Posso pegar. Não é problema.

— Não, está tudo bem, eu estava indo para lá de qualquer maneira — minto. Gosto de me sentir útil aqui e de estar ocupado. Qualquer coisa que eu possa fazer corretamente me faz sentir que não estou só andando por aí pelo Brooklyn piorando tudo.

Se isso inclui buscar creme para pessoas que precisam de uma mão amiga, que seja assim.

Eu me dirijo à cozinha e encontro o creme na porta da geladeira e o açúcar extra para reabastecer o pote no armário. Assim que o pote é recolocado na mesa ao lado de Dreeny e o creme está em uma das mãos e o jarro de café na outra, volto para o corredor e saio para a sala de recreação. A porta da frente do local está se abrindo e o sino solta um suave *rrrrring*. Olho para ver quem é, quando um cara grande, da altura do meu pai, mesmo tom de pele, mesmo corte de cabelo e tudo mais, e um cara mais baixo, da minha altura, usando um moletom cinza com o capuz sobre a cabeça, entram com despreocupação. O pai retira o gorro que usava e pressiona-o ao peito enquanto faz o check-in no balcão de recepção com o Clifton, o recepcionista. O outro cara, que só posso assumir ser o filho do homem, dá mais alguns passos para dentro da sala e olha ao redor. Seu shorts de basquete preto estão encharcados de chuva e seu moletom cinza está tão molhado que nem o reconheço até que ele abaixa o capuz ao redor do pescoço. Há um conjunto de asas brancas estampadas no peito do seu moletom.

Dou um grito e pulo tão forte que acabo derramando um pouco do café em minha mão. Ele espirra no chão em frente a mim, mas mal percebo. Meu coração está batendo tão forte. Ele direcionou os olhos em mim. Ele está apenas parado ali, encarando sem expressão.

É o garoto da outra noite.

Aquele garoto que roubou a loja. Aquele que o Peter entregou para a polícia.

Será que ele me reconhece?

Será que ele olhou bem para o meu rosto naquela noite?

Quero dizer, penteei meu cabelo hoje de manhã enquanto naquela noite eu estava uma bagunça, então talvez ele não me reconheça? Estou usando apenas uma camiseta simples e calças jeans agora.

Meu Deus, ele está vindo na minha direção. Meu Deus, ele ainda está me olhando.

Ok, espera, ele acenou para mim com aquele sorriso desajeitado que as pessoas dão quando conhecem alguém pela primeira vez.

Provavelmente está se perguntando por que eu o estou encarando há tanto tempo.

Meu Deus, desvie o olhar, Miles, desvie o olhar!

Abaixo-me para despejar o café na xícara de uma senhora sentada na mesa ao lado, que está concentrada em um jornal, mas ela dá um grito.

— Oh, não, não, não, isso é chá!

— Não! — nego e tento afastar o jarro de café antes que ele derrame. Tarde demais. Café espirra por toda a mesa e eu fico lá paralisado.

— Desculpe, Dreeny! — falo.

— Tudo bem, Miles — afirma ela, colocando alguns fios do seu cabelo azul atrás da orelha e olhando desapontada para a xícara. — Vou pegar chá e limpar isso. — Ofereço:

— Não precisa, vou pegar para você e limpar isso.

— Não precisa — ela diz. — Já estava esfriando mesmo, e eu estava prestes a sair para tomar um ar.

Ela se levanta, enrola seu xale nos ombros e se dirige para a porta da frente, passando pelo garoto que acabou de entrar com o pai. Clifton pega o casaco do homem mais velho e a jaqueta do garoto, deixando seu moletom exposto.

Procuro algo para fazer enquanto eles entram na sala e se acomodam. Pego o pires, a colher e a xícara de Dreeny e vou para a cozinha. Despejo o que agora é uma monstruosidade de chá/café na pia e vejo o vapor subindo.

Sabendo que eventualmente terei de ir até lá oferecer café a eles, espio em volta da esquina da cozinha e dou uma olhada neles. Meu coração ainda está acelerado. Pelo que sei, esse cara pode ter descoberto meu nome e onde trabalho como voluntário e querer vingança por não ter assumido a culpa pelo que ele fez. Espera um minuto, por que ele já está solto da prisão? Será que o pai pagou fiança e é por isso que ele está aqui, apenas quarenta e oito horas depois de ser preso? E já que eles estão com pouco dinheiro, estão precisando da ajuda do F.E.A.S.T.?

Penso no que minha mãe poderia ter feito. Minha mãe me ama, sei disso, mas talvez ela seja dura o suficiente para me deixar passar uma noite na cadeia para me ensinar a não fazer o que quer que eu tenha feito novamente.

Mas ela também acreditaria em mim se eu dissesse que sou inocente, então quem sabe?

Eles se sentam lado a lado na primeira fileira de cadeiras dobráveis de metal, diante da TV, o pai assistindo às notícias e o filho reclinado com o capuz na cabeça, olhando atentamente para o celular. Respiro fundo e me preparo para voltar lá, com a jarra de café na mão. Conforme me aproximo, paro para entregar ao Sr. Flores o creme que ele pediu, várias ideias me ocorrem, nenhuma delas boa.

Talvez eu possa evitar contato visual? Não, eles vão achar isso estranho. Talvez devesse disfarçar minha voz? Não, eles vão perceber. Decido ser breve.

— Café? — pergunto. O pai olha para mim e balança a cabeça com um sorriso caloroso. — Para mim não, obrigado. — Então ele olha para o filho, que não disse uma palavra ou desviou o olhar do celular desde que comecei a conversa. Um leve empurrão de ombro chama sua atenção. — Café, filho?

O garoto revira os olhos com irritação por ser interrompido e então me olha. — Não, — diz com um rápido olhar para mim antes de olhar de volta para a tela do celular — estou bem.

— Okay — digo. — Bem, me avise se precisar de algo. — E me viro para voltar para a cozinha, aliviado que meu atendimento às pessoas no saguão (incluindo aquele cara de moletom e seu pai) parece ter terminado por agora. A próxima coisa na minha lista de tarefas voluntárias é regar as plantas. Tantas delas foram deixadas aqui pela Tia May, então eu tomo um cuidado especial para garantir que elas sejam regadas o suficiente, sempre perto da luz solar que precisam. É uma das tarefas mais terapêuticas daqui, e me encontro genuinamente animado para me envolver na falta de pensamentos enquanto faço isso.

Mas, então...

— Ei — chama o pai. Eu me encolho por dentro, mas me viro para ver do que ele precisa, esperando que o filho não esteja realmente prestando atenção, e que eu possa responder uma pergunta rápida e voltar a regar as plantas em paz. — Onde fica o banheiro?

Ufa, graças a Deus!

Aponto para o canto da sala onde o gigantesco letreiro "BANHEIRO" está pendurado sobre um corredor.

— Obrigado — ele diz, fazendo aquele estranho movimento apressado em direção ao banheiro que as pessoas fazem quando atravessam a rua bem devagar na frente do seu carro. Me viro para o filho, que me olha e ergue as sobrancelhas em desgosto.

— Posso ajudar em algo? — ele pergunta.

— Não — confesso um pouco rápido demais. — Quero dizer... Não preciso de nada... Só... Me avise se você quiser um pouco de café. Ou comida, ou... Qualquer outra coisa que temos aqui.

— Não preciso de nada — ele murmura, voltando sua atenção para o celular. — Nada que vocês possam oferecer aqui.

Isso não soa bem para mim. Parece um pedido de ajuda, sutil, quase invisível para pessoas que não estão procurando por isso. Ele precisa de alguma coisa. Só não sabe como pedir. Esse garoto soa como eu na terapia. Talvez ele só precise... De um amigo?

— Posso perguntar qual é o seu nome? — questiono.

— Você acabou de fazer isso — ele diz, olhando para mim antes de voltar ao celular. — E é Steven.

— Miles — me apresento, estendendo minha mão para um aperto. Ele olha para ela e depois volta ao celular, mas quando meu coração afunda ao pensar que ele pode me ignorar, ele estende a mão e aperta a minha. Posso sentir uma estranha aspereza na parte inferior e o tecido de um curativo bem no meio de sua palma, e me pergunto se está cobrindo uma lesão daquela noite. Talvez ele tenha machucado a mão correndo para se afastar da cena do roubo.

Forço um sorriso para ele.

Apesar do fato de que as atitudes dele quase me colocaram na prisão na noite passada, ele merece saber que não está sozinho no que está passando. Pergunto-me se uma piada pode deixá-lo mais relaxado, embora eu saiba que a cada minuto que fico aqui arrisco que ele possa me reconhecer da noite passada. Mas esse é o meu trabalho no F.E.A.S.T., fazer com que todos se sintam bem-vindos. E quem melhor para dar as boas-vindas a um jovem negro perdido do que outro jovem negro... Que não está mais tão perdido?

— Tenta! — digo, puxando uma cadeira da fileira na frente dele e sentando nela de costas para encará-lo. — Aqui oferecemos muito. Incluindo espaço pessoal. Ou um ouvido atento. É só me dizer.

— Faço terapia para isso — ele diz com amargura.

— Você não parece feliz com isso.

— Alguém fica feliz em ser um experimento mental? — ele diz com um olhar feroz. — Psicanalisado em benefício da comunidade científica.

Fico confuso e um pouco surpreso com essa ideia. O que ele está falando?

— Tenho certeza de que existem leis contra divulgar suas informações — digo. — Confidencialidade e tudo mais.

— É isso que eles querem que você pense — retruca. — Todos nós somos experimentos andantes. Só fica óbvio quando sabem que você não vai sobreviver. Aí podem deixar a farsa de lado e parar de fingir que querem te manter vivo. Foi o que aconteceu com minha mãe.

Meu peito aperta quando ouço isso. — Você... Perdeu sua mãe? Sinto muito, cara.

— Eu não a perdi — ele rosna — ela foi tirada de mim. Por homens de jalecos brancos sem alma, preocupados apenas com lucros.

Suas palavras são duras, mas há algo mais em sua voz agora. Algo mais suave, frio, triste.

Dor?

— Sinto muito — repito.

Seus olhos estão fixos na parede atrás de mim, sigo seu olhar para perceber que ele está focado na TV, na qual vejo um programa completamente novo. Pergunto-me se alguém mudou de canal enquanto eu estava de costas, porque isso não é mais o noticiário com o J. Jonah Jameson. Agora é uma entrevista entre um apresentador de notícias noturnas e um homem bem-vestido com um blazer azul-marinho, óculos prateados e um sorriso de milhões de dólares. Ele está sorrindo para a câmera como se estivesse vendendo algo. Em sua lapela, vejo um pequeno broche com um logotipo que parece familiar, mas não tenho tempo para ler antes que a câmera mude para o entrevistador.

As legendas na parte inferior dizem: "Então, Sr. Griggs, a Terraheal fez alguns desenvolvimentos surpreendentes nos últimos anos e parece ter surgido do nada. Por que você não nos conta sobre sua organização e esse emocionante novo programa de pesquisa contra o câncer que acaba de ser aberto em seu departamento?".

E o homem com os óculos volta à tela com aquele sorriso grande demais e ajusta ligeiramente seu relógio no pulso.

— Claro, Greg, ficarei feliz em responder. A Terraheal, como o nome sugere, está cem por cento comprometida em curar a Terra, uma descoberta científica de cada vez. A humanidade está sofrendo agora com muita poluição ambiental, grande parte dela admitidamente causada pela quantidade exagerada de resíduos que produzimos, nossos hábitos alimentares, nossas fontes de energia não sustentáveis, além de décadas, até séculos, de despejo de resíduos tóxicos no meio ambiente. Agora estamos vendo isso retornar e nos afetar no mundo médico com doenças como o câncer em níveis sem precedentes, que, graças à comunidade científica, estamos aprendendo mais a cada dia. Com essa nova iniciativa de pesquisa do câncer, esperamos obter clareza sobre como fatores ambientais específicos, bem como genéticos, têm impacto nas células cancerígenas e metástases, e como poderíamos possivelmente reverter o crescimento dessas células usando os mesmos elementos ambientais que têm agravado esses problemas em primeiro lugar. É o ciclo perfeito da vida, na verdade.

Interessante, decido. Nada extraordinário. Parece que, seja lá quem for a Terraheal, eles estão do lado certo da história. Percebo o logotipo azul e verde da Terra na lapela do médico, e o reconheço imediatamente da minha noite no beco — a noite em que Steven tentou me incriminar por roubo. Eu vi isso em meu bairro, naquele enorme outdoor branco, cobrindo toda a preciosa arte de rua como um curativo corporativo. Eles parecem ter uma boa causa, mas talvez... Seu tom certamente poderia melhorar.

Ouço Steven estalar a língua alto atrás de mim em desgosto. — Bandidos, todos eles — ele diz. Olho por cima do ombro e o encontro encolhido em sua cadeira, braços cruzados irritadamente sobre o peito e batendo o pé no chão. — Eles a levaram. Disseram que a curariam, mas não. Apenas... A levaram de nós e ela apareceu morta dias depois. Curando o mundo? Mentirosos!

Essas pessoas na TV de jalecos brancos que afirmam estar curando o mundo por meio de um novo tratamento contra o câncer? Confusão se espalha por mim e eu o observo atentamente. Ele realmente acredita nisso — que essas pessoas roubaram sua mãe dele, com o que eu posso me relacionar. Mais do que ele sabe. Quando os Demônios levaram meu pai de mim, ali nas escadarias da Prefeitura, tudo o que eu queria por um tempo era caçá-los e fazê-los sentir a dor que senti naquele dia. A perda. Saber que nunca mais ouviria a voz do meu pai novamente.

— Sinto muito — repito, sem saber o que mais dizer.

— Todos estão tristes, e ninguém tem respostas — ele murmura, com os braços cruzados, se recusando a fazer contato visual comigo.

— É verdade, eles não têm — digo. — Meu pai foi tirado de mim em um ataque terrorista enquanto estava sendo homenageado por seu serviço, antes mesmo de eu terminar o ensino médio, e tenho quase certeza de que ninguém neste planeta tem uma explicação que tornaria tudo isso aceitável. Ninguém vai ter respostas para você. Acredite em mim. Não há respostas para o que aconteceu... Para nenhum de nós. Então precisamos parar de procurá-las e colocar essa energia em apenas ficar bem.

— É bem difícil fazer isso enquanto esses caras andam pela Terra — ele diz, acenando para a TV novamente. Olho rapidamente para a tela e vejo Greg, o apresentador de notícias, franzindo a testa e perguntando ao doutor da Terraheal: — Você poderia falar um pouco sobre as recentes alegações de que profissionais médicos que são membros da Terraheal têm promovido tratamentos não testados como curas definitivas ao público em geral?

— Claro, mais uma vez, ficarei feliz em responder — replica o cara da Terraheal. Cruzo os braços e mudo meu peso de lado, me preparando para uma explicação longa. Mas, para minha agradável surpresa, ele mantém isso breve.

"Permitam-me esclarecer algo primeiro".

— Aqui ele vai, refraseando a pergunta primeiro, espere para ver — interrompe Steven. Eu olho para ele antes de voltar para a tela, bem quando o cara da Terraheal continua.

"É verdade que milhares de indivíduos otimistas são membros da vasta rede de profissionais médicos da Terraheal. A maioria acredita no poder da medicina e da ciência para criar um futuro mais brilhante e esperançoso. Nós, da Terraheal, acreditamos plenamente no poder da liberdade de expressão e eficácia nas redes sociais, mesmo quando essas opiniões diferem das nossas. Cultivando uma base de membros diversificada com uma mistura saudável de ideias, criamos um caldeirão colorido de mentes brilhantes e visionárias cheias de ideias que muitos de nós jamais poderiam imaginar. A Terraheal apoia estritamente métodos de tratamento de câncer e outras doenças crônicas comprovados por pesquisas, estudos aprofundados e provas científicas."

— Viu só? — continua Steven, inclinando-se para pegar o controle remoto algumas cadeiras mais adiante e apertando o botão de silenciar. — Mentirosos. É assim que eles fazem. Reformulam a pergunta primeiro, torcem todas as palavras para parecerem melhores e, em seguida, respondem à versão da pergunta que os faz parecerem os mocinhos. Se esquivam de qualquer responsabilidade. Enquanto isso, estão arruinando vidas, tirando pessoas de suas famílias das ruas. Por que os Vingadores não fazem algo sobre eles?

Não me sinto preparado para responder pelos Vingadores, embora espere um dia ser um deles e poder falar por eles. O mais novo deles. E o mais jovem.

— Não sei — admito. — Tudo o que você e eu podemos fazer agora é garantir que estejamos bem depois do que aconteceu com cada um de nós. Isso é o mais importante. — Dou de ombros. — Eu também não era muito fã de terapia. A ideia parecia um pouco cheia demais de jalecos brancos e provetas para mim. Você entende o que quero dizer. Senti-me como um caso de teste desde o início. Então é por isso que vim aqui.

Faço um gesto ao redor da sala, e Steven segue meu movimento com os olhos para olhar ao redor.

— Aqui? — ele pergunta, parecendo genuinamente intrigado agora. — O que tem aqui?

— Companhia — digo. — Amor. Esperança, se isso não for muito clichê. Ser voluntário aqui me faz sentir que estou fazendo a diferença. Certamente é melhor do que ficar sentado e vendo o mundo passar sem meu pai. Você também não deveria ter que ver o mundo passar sem sua mãe.

Ele franze o cenho, mas não consigo dizer se é por estar pensativo ou frustrado.

— Aqui — continuo, caminhando até uma bola de basquete que vi apoiada em um monte de brinquedos no canto das crianças. Apanho-a e a lanço na direção dele. Sei que existe uma regra sobre não jogar coisas aqui dentro, mas foi um arremesso suave e acho que essa situação merece um pouco mais de quebra de regras. — Jogo um contra um mais tarde, se estiver a fim.

Ele larga o celular no colo e pega a bola com as duas mãos. Em seguida, olha para mim e me dá um aceno, tão sutil a princípio que não tenho certeza se vi direito.

— Obrigado — ele diz. — Só posso considerar. Só que... Estou acostumado a cuidar de mim mesmo, sabe? Apenas um conselho para você, já que parece um pouco descuidado demais para o seu próprio bem. Não confie em ninguém, cara. Você tem de cuidar de você mesmo. — Em seguida, ele coloca a bola ao lado dele na cadeira e volta a pegar o celular. E assinto, seguro a jarra de café contra o peito e me viro para voltar à cozinha, pensando no que ele disse.

Você tem de cuidar de você mesmo.

Que existência solitária seria essa. Sentir que não pode depender de ninguém? Por mais difícil que as coisas fiquem, acho que nunca me senti sem ninguém cuidando de mim, embora aquela noite tenha sido bem próxima disso. Coloco o jarro de café de volta no lugar e coloco as mãos nos quadris, pensando. Não tenho ideia se fiz alguma diferença para o Steven, mas espero, pelo menos, que ele saiba que alguém não está atrás dele, ou analisando-o, ou usando ele e sua família para lucro corporativo.

Na verdade, espero muito que ele saiba isso. Porque se não souber, posso vê-lo tomando um rumo ruim. Navegar pelo luto é como andar numa corda bamba. Muito mais fácil com pessoas lá para te segurar se você cair, e muito mais difícil com más influências te fazendo perder o equilíbrio.

Espero apenas que ele tenha o suficiente desse primeiro tipo de pessoas. Serei uma delas, se ele permitir.

CAPÍTULO 9

Estou deitado na cama olhando para o teto da casa da minha Abuelita. Meu teto. No meu quarto. Mas não consigo dormir. As palavras de Steven ressoam repetidas vezes na minha mente. *Não confie em ninguém, cara. Você tem de cuidar de si mesmo.*

É tão triste.

E tudo isso por causa da Terraheal. Uma empresa que... Sei lá, parece estar fazendo algo bom. Quer dizer, eles estão focados em pesquisa contra o câncer, certo? Quão terríveis podem ser? Decido que tenho tempo para investigar, então pego meu celular na mesa de cabeceira e abro o aplicativo Butterfly. Olho a aba de tendências e o que encontro logo no topo?

Distúrbio em andamento na Terraheal. Imagens ao vivo!

Uh?

Bem, decidi procurar mais informações e aqui está!

Clico em um link no primeiro post que promete imagens ao vivo e encontro a transmissão facilmente. Embora não esteja acontecendo muita coisa. A transmissão está um pouco turva e com baixa qualidade, mas vejo duas figuras escuras se esgueirando nas sombras ao longo de uma cerca, antes de cada uma delas alcançar e agarrar a grade de arame à sua frente. Ambas as figuras estão vestidas de preto e, ao chegarem ao topo, cortam o arame farpado com um alicate e pulam para o outro lado.

E é aí que eu as vejo. Asas.

Asas enormes, pretas e plumosas, que se espalham largas quando as duas figuras flutuam graciosamente para o chão. Sento-me na cama e aproximo o telefone do meu rosto. Meu coração está disparando. Isso parece exatamente como o vídeo que o Ganke me mandou! Eu me pergunto se eles também têm bicos, ou se é apenas o...

Tenho minha resposta antes mesmo de terminar o pensamento.

Mais seis figuras, essas com suas asas abertas e esfarrapadas, cheias de lacunas onde deveriam estar penas, como se tivessem sido rasgadas, pulam sobre a cerca com muito menos cuidado, caindo no pátio aberto como gárgulas e se lançando atrás das duas primeiras como esqueletos. Arrastam os membros enquanto correm, alguns deles saltando pelo pátio ao tropeçar uns nos outros.

Assim que eles se orientam, invadem a instalação, esmurrando as janelas com os punhos nus, mergulhando através das aberturas recém-feitas e jogando móveis para fora delas. Um deles arranca a porta lateral de suas dobradiças e atravessa-a. Respiro fundo, olhando para a porta do meu quarto, esperando não ter acordado ninguém.

É hora do traje.

Não posso ficar aqui apenas assistindo a esse arrombamento acontecer sem fazer nada. Além disso, é coincidência demais que Ganke tenha encontrado um vídeo viral de um cara esquisito com aparência de pássaro em um beco, e, um dia depois, pessoas-pássaros estejam arrombando uma instalação da Terraheal.

Em poucos minutos, estou trocando de roupa, vestindo o traje, pulando para fora da janela lateral e entrando na noite.

ACONTECE que a sede da Terraheal não fica longe do Harlem hispano, então não demoro muito para chegar lá, e assim que chego, levo ainda menos tempo para avaliar a situação.

Eu poderia chamar o Peter, eu sei, mas isso é apenas um crimezinho até agora. Apenas... Com possíveis pessoas-pássaros mutantes. Seja lá o que for. Posso lidar com eles. Tenho uma ótima posição privilegiada nesta árvore do outro lado da cerca, de onde posso ver e ouvir tudo. O cheiro é de álcool em gel e... Um hospital. Aquele cheiro distintivo de hospital que todos conhecem, mas não conseguem descrever direito. Uma das criaturas pássaro voa para fora de uma janela aberta segurando uma caixa e gritando como um macaco uivador, quase me assustando e me fazendo cair da árvore, mas seguro o tronco e me escondo atrás de um galho cheio de folhas, observando.

Eles destroem a caixa, espalhando milhares de pequenos objetos finos por toda a grama. A princípio, eu me alarmo, pensando que são seringas, mas logo percebo que são apenas palitos de picolé.

Espero que todo esse esforço para rasgar a caixa tenha valido para desperdiçar uns... $10 dos recursos da Terraheal.

Então, ouço vidro se quebrando quando outra caixa vem voando pela janela e aterrissa no concreto do estacionamento. Agora, isso soou bem mais caro. Um líquido começa a vazar debaixo da caixa, e me pergunto que tipo de vacinas ou curas poderiam estar ali dentro. Preciso impedir essas pessoas. Bicos, penas e tudo mais. Não sou do tipo que vai defender uma entidade corporativa de graça, ainda mais uma com práticas suspeitas e uma possível acusação de sequestro por parte do Steven, mas isso está errado.

Além disso, isso pode me dar mais informações sobre de onde essas pessoas-pássaros vieram. Primeiro aquele cara no beco do vídeo do Ganke, e agora mais seis aterrorizando a Terraheal? Isso é algo maior do que alguns adolescentes causando estragos em uma grande corporação por vingança. Há algo mais acontecendo aqui, e pretendo descobrir o que é.

Mas sei que não posso simplesmente descer dessa árvore como um deles e enfrentar todos os seis de uma vez. Eles se uniriam contra mim. Ou pior, se espalhariam. E, por mais rápido que eu seja com minha teia, não sou páreo para suas asas. Então, me arrasto. Devagar. Descendo pelos galhos até que meus pés encontrem a terra macia. Agacho-me, deslizando pelas moitas como uma pantera antes de encontrar a cerca em uma parte sombria do pátio.

Mais vidro estilhaça dentro do prédio. O que está acontecendo com essas instalações supostamente de última geração que não têm segurança reforçada? A menos que tenham desativado a segurança de todo o local. Assim como a Pomba fez na S.H.I.E.L.D.

— Ei! — vem uma voz de perto, me assustando. Respiro fundo e me agacho o máximo possível, assim que uma das duas primeiras criaturas-pássaro, aquelas que escalaram a cerca e pularam mais como humanos do que como pássaros, sai pela porta dos fundos balançando uma lata de spray. Leva apenas um segundo para ele abrir a lata e começar a pichar a parede, bem em cima do logotipo da Terraheal com o planeta Terra azul e verde no meio. Não espero para ver o que ele escreve. Vejo um seletor em uma haste de metal ao lado da cerca e leio o que está escrito: "Frente, fundos, estacionamento oeste", diz. Três opções com um enorme logo de água no meio. Ligo todas elas e giro o seletor para o máximo, e então torrentes de água jorram de estacas pretas no chão por toda a propriedade.

Gritos ecoam de todos os lados, e as pessoas-pássaro começam a sair por portas e janelas. A pessoa que estava pichando o prédio vira-se antes de cobrir o rosto com o capuz.

— O que diabos você fez?! — ele grita antes de correr para a noite com os outros.

— Não sei, nada! — grita outro. — Corvos! — grita o pichador. — De volta à sede! — Meus ouvidos se animam com isso.

Corvos?

O pichador é o último a sair, seu olhar percorre a noite, observando a propriedade até que se fixa na minha direção. Congelo. Fico completamente imóvel. Acho que estou camuflado, mas o olhar dele é tão... Direto. Não consigo ver o rosto dele sob o capuz, mas seus punhos estão cerrados, e mesmo com os aspersores encharcando suas roupas pretas ainda mais, posso sentir seu olhar me gelando até os ossos.

— Artie! Vamos!

Eles começam a se mover na direção da voz antes de seus olhos o fazerem. Seu olhar persiste até que eles *têm* de desviar o olhar de mim e voltar a subir a cerca para a noite.

Respiro o maior suspiro que já dei e afundo contra a cerca para absorver tudo o que acabei de testemunhar.

CAPÍTULO 10

No dia seguinte, depois da escola, de volta ao F.E.A.S.T., me arrasto pela tarde, primeiro limpando um derramamento no banheiro — não quero saber o que é — e depois lavando as mãos antes de ligar a cafeteira. Durante todo o dia, estive meio atordoado, com pouco sono após a invasão, e um choque de café é exatamente o que preciso. Continuo me pegando mexendo no meu celular, passando por notícias sobre a invasão do Terraheal, tentando encontrar alguma pista sobre o que estavam fazendo. Na escola, Ganke parecia muito preocupado comigo, mas tive de inventar desculpa após desculpa sobre o porquê de estar tão esgotado.

Não consigo tirar as palavras da Pomba da minha cabeça. Ninguém realmente te conhece a não ser você mesmo. Tenho certeza de que Ganke não me conhece como eu me conheço. Ele é legal — é como um irmão para mim, na verdade. Mas se ele nem sabe o que passo como Homem-Aranha, será que ele realmente me conhece o suficiente para poder cuidar de mim? E o que dizer do Peter? Claro, ele sabe sobre as minhas lutas como Homem-Aranha, mas se ele não sabe o que passo como Homem-Aranha Negro...

A cafeteira apita, pingando as últimas gotas de café, me pego olhando para ela, perdido em meus pensamentos novamente. Eu me sacudo e me forço a continuar, pegando o jarro de café e levando-o para o saguão, despejando o primeiro gole na xícara de Dreeny, depois de acenar para ela para confirmar que é café preto em sua xícara desta vez, e não chá.

Steven está sentado na primeira fileira de cadeiras, sozinho desta vez.

Não sei onde o pai dele foi parar.

Acho que fiquei encarando por muito tempo, porque ele olha para cima para mim. — Que diabos você está olhando? — Woah. Um choque percorre meu corpo com o tom dele. Parecia que ele tinha se aberto no fim de nossa conversa ontem. Talvez eu não tenha chegado até ele tanto quanto pensei? Algo deve estar o incomodando.

— Nada — digo apreensivamente. — Apenas... É bom te ver.

— Você nem me conhece — murmura.

Acho que pela definição da Pombo, ele está certo. Na maioria das definições, ele está certo. Mas... Será que é errado querer conhecê-lo? Talvez até querer... Não sei... Talvez não amigos, mas... Pelo menos ser amigável?

— Você está certo — digo — não conheço. — Desesperado para mudar o rumo da conversa para algo mais leve, olho para ele e meus olhos se fixam em seus tênis vermelhos. — Bacana... Bonitos tênis.

Digo isso apenas para falar alguma coisa, antes mesmo de examinar mais de perto os tênis dele, que percebo estarem um pouco desgastados e surrados. Ele me olha como se eu o tivesse insultado.

— Estou falando sério — concluo. — Cor legal.

E é verdade. Desgastados e antigos como possam ser, eles são de um vermelho brilhante. Os mesmos que usou naquela noite quando invadiu aquela loja. Os mesmos que usou para me chutar no rosto.

— Não somos mendigos, sabe — diz ele, enfatizando a palavra *mendigos* como se a própria palavra o enojasse.

— E-eu... Não presumi...

— Não precisamos de caridade — ele sussurra para mim.

— Eu não...

— E não precisamos da sua pena. Estamos bem.

— Steven! — chama o pai logo atrás de mim, onde ele parou e ouviu tudo. — Chega disso. Somos convidados neste lugar. Eles nos acolheram, nos mostraram bondade, e tudo o que esse jovem fez a você foi oferecer café e elogiar seus sapatos. Mostre gratidão.

Steven olha furiosamente do pai para mim.

— Por favor, perdoe-o — insiste o homem, voltando até nós e batendo carinhosamente no meu ombro. — Ele... Perdeu recentemente a mãe. Tem sido difícil para nós dois.

— Todo mundo viu que isso ia acontecer — sussurra o garoto, voltando sua atenção para o celular. — Você simplesmente a entregou para aqueles fascistas de jalecos na Terraheal...

— Steven! — rosnou o pai.

— O que foi? — Steven pergunta. — Já que você está aqui fora contando toda a nossa vida mesmo.

Há uma pausa na conversa, e decido que talvez possa ajudar depois de tudo.

— Perdi meu pai recentemente — explico ao pai. — Tem sido difícil. Nada realmente preenche mais aquele vazio. Mas às vezes, você só precisa de espaço. Eu entendo. Vou deixá-los em paz. Só... Me avise se precisar de ajuda.

— Ninguém nos ajuda — retruca Steven amargamente. — Você deveria aprender isso agora, antes que acabe se machucando.

Ninguém cuida de você além de você mesmo. Ninguém realmente te conhece além de você mesmo.

Eu o encaro por um longo momento, segurando a jarra de café em minha mão, sem me importar se as pessoas estão olhando de todos os lados da sala neste ponto. Esse garoto... Steven, o garoto amargo sentado na minha frente, com as asas brancas estampadas em seu peito... Ele é um dos "Corvos" da Pomba? Não, não pode ser! A Pomba trabalhava sozinha na S.H.I.E.L.D., a menos que não precisasse de reforços porque eu era tão descuidado. Ela pode ter sabido que poderia lidar comigo sozinha. Seguro a jarra com tanta força que meus dedos começam a ficar dormentes, e volto à realidade, tentando me livrar do choque de tudo isso.

E então, bem na hora certa, meu celular vibra no bolso. — Sinto muito que se sinta assim, cara — digo, acenando e me afastando. — A oferta ainda está de pé, caso mude de ideia.

Chego até a cozinha, coloco a jarra de café de volta em seu lugar e me apoio na bancada.

Steven está... Ele deve estar... Trabalhando com a Pomba, quem quer que seja essa pessoa. Meu Deus, há tantas peças na mesa, nenhuma delas se encaixa. Se o Abutre estava na Galeria de Fotojornalismo com Peter ontem à noite, e Pomba estava comigo, e Steven estava na cadeia apenas alguns dias atrás, como ele se conectou com eles tão rápido? E por que invadiram a instalação da Terraheal aqui no Harlem hispano?

E o que diabos ele estava roubando daquela loja de conveniência? Corda? Fita adesiva? Spray de pimenta? Mas então me sacudo dos meus pensamentos, porque isso é ridículo. Se realmente está trabalhando com a Pomba, ele teria acesso a ganchos e asas mecânicas. Ele não precisaria roubar nada de uma loja de conveniência no East Harlem.

— Ei — exclama Peter, entrando na sala e me tirando dos meus pensamentos. Acho que pareço mais perturbado do que imaginava, porque Peter diz: — Tenho a sensação de que você está cansado de ser perguntado se está bem. Então direi apenas... Você parece que precisa de uma boa e velha pizza no estilo Brooklyn para o jantar, afinal.

Eu o encaro sem expressão por um minuto antes de perceber que sim, meu estômago está um pouco vazio, e um jantar cairia bem agora. Talvez até me dê a chance de clarear um pouco a mente e resolver tudo isso. Peter sempre me ajuda a desenrolar as coisas.

Aceno lentamente, perdido em pensamentos.

— Tenho muito para conversar com você desta vez — digo.

— Na pizzaria Nonna? — ele pergunta.

Era o lugar favorito do papai para parar no caminho de casa quando eu estava tendo um dia ruim. Pepperoni com azeitonas. Sempre. Eu poderia comer uma ou duas fatias agora enquanto resolvo o que aconteceu hoje. E ontem. E anteontem.

Aceno e passo por Peter para sair da cozinha e pegar meu casaco.

— Sim — retruco. — Sim, por favor. A Nonna.

Enquanto me visto para sair, dou uma olhada rápida no meu telefone e leio a mensagem.

POMBA: Encontre-me no topo da Biblioteca de Nova York em dez minutos.

Dez minutos?!

— Ei, Peter? — pergunto.

— Sim? — ele responde, colocando os braços em sua jaqueta. Um sentimento de culpa me atinge por deixá-lo esperando, mas talvez ele compreenda quando tudo isso se resolver e eu conseguir reunir mais informações dessa garota Pomba.

— Você acha que poderíamos comer pizza no almoço amanhã? Minha mãe acabou de me mandar uma mensagem e... Ela precisa... Ela quer... Me levar a outro lugar para jantar.

Boa, Miles, você não podia pensar em algo mais convincente?

— Ah, claro — diz Pete. — Você está tornando mais fácil que eu escolha salada de qualquer maneira. Vou esperar ansiosamente pela pizza com você amanhã. Divirta-se com sua mãe!

Como ele é tão tranquilo em relação a tudo?

Ele sai da sala com um sorriso, e eu suspiro, me sentindo mais culpado do que nunca por mentir. Mas respondo a Pomba por mensagem e espero que os fins justifiquem esses meios.

EU: Estou dentro!

CAPÍTULO 11

Quantas noites passarei escalando o lado de um prédio, incógnito como um espião? Pelo menos desta vez não é porque troquei acidentalmente as mochilas com meu colega de quarto. Não. Desta vez, estou realizando uma missão de reconhecimento crítico. Desta vez, sou o Homem-Aranha.

Eu me puxo para cima sobre a borda do telhado da Biblioteca de Nova York e olho ao redor; o pensamento de que isso pode ser uma armadilha me inundando. Da última vez que a Pomba e eu ficamos cara a cara, foi dentro do prédio da S.H.I.E.L.D. E se ela me chamou aqui só para tentar me matar? Completar o serviço? E se eu caí em uma armadilha, sozinho, por que me apressei em vez de deixar o Peter me ajudar?

Meu coração está disparado enquanto olho ao redor, tendo me deixado levar pela paranoia.

— Pomba? — pergunto, girando e mantendo meus olhos em movimento. — Mostre-se!

— Estou bem aqui — responde uma voz suave vinda de perto. Sigo o som até uma sombra apoiada na parede na escuridão. Ela se afasta da parede e entra na luz da noite, as asas recolhidas contra suas costas, a viseira amarela dos olhos cobrindo parcialmente seu rosto.

— Você parece nervoso esta noite, Homem-Aranha — diz ela, mantendo-se afastada, com os braços cruzados.

— Estou aqui — digo, limpando a garganta e falando com a voz mais confiante que tenho. — Foi o que você pediu.

— Pedi que se juntasse a mim quando percebesse que só pode cuidar de si mesmo — diz ela, estreitando os olhos para mim. — Foi o que aconteceu? Ou você veio aqui para lutar?

Um conjunto de garras brilha em frente ao seu rosto, e engulo em seco, lembrando de todas as vezes que tive de desviar delas no topo do prédio da S.H.I.E.L.D. Mas me fortaleço e aperto os punhos. Não vou a lugar nenhum.

— Não vim aqui para lutar — digo. — Sorte a sua.

Bom trabalho, Miles, penso comigo mesmo.

Ela revira os olhos e cruza os braços novamente. — Então, por que você veio? Para me dar sermão?

— Para descobrir mais sobre você — digo. — Você não parece alguém que faz as coisas sem motivo.

E é verdade, ela não parece. Tudo o que ela fez na S.H.I.E.L.D. parecia premeditado, cuidadosamente calculado. Ela desativou os sistemas de segurança e escolheu o dia perfeito — quando a maioria dos funcionários estaria fora do local — foi tudo muito fácil para ela.

— Eu não faço — ela retruca. — E se veio aqui esperando descobrir o que roubei, sinto decepcioná-lo. Mas isso é assunto meu e do meu avô.

— Então o Abutre é seu...

Algo muda em seu rosto, e sua postura fica mais rígida. — Isso é assunto nosso — ela diz. — E enquanto não estiver do nosso lado, estará contra nós.

— São essas minhas únicas duas opções? — pergunto. — E se eu não estiver do seu lado, mas também não estiver necessariamente contra você?

— Fui avisada que você falaria em enigmas também.

— Sem enigmas — digo, avançando com a mão no peito. — Prometo. Nem sei por que você está fazendo o que está fazendo, o que você roubou, ou por quê, então como posso decidir se estou a favor ou contra você?

Estou perto o suficiente para ver algo mudar em seus olhos. Confusão talvez? Decido aproveitar essa oportunidade para continuar falando. Se eu puder continuar falando, posso mantê-la falando; e se eu puder mantê-la falando, talvez consiga informações suficientes para tornar esse encontro valer a pena.

— Então, já que me convidou aqui — digo — tenho perguntas. Primeiro, você rouba uma maleta sem identificação da S.H.I.E.L.D., depois destrói uma instalação da Terraheal no Harlem hispano...

Ela pisca em surpresa por um momento, e eu sorrio sob minha máscara. Uma reação. Muito reveladora.

— Aquilo... Não fazia parte do plano — ela diz, pela primeira vez desde que a conheci, visivelmente perturbada com o quanto sei.

— Então seus Corvos agiram por conta própria — concluo, cruzando os braços sobre o peito. — Você ao menos pode me dizer por quê? — pergunto. — Ou você só queria me dar uma lição?

— Não "dou lições" — ela diz —, eu educo. Apenas faço minha parte para manter as coisas reais em meio a um mar de desinformação. Então, Homem-Aranha, farei exatamente isso; manterei as coisas reais. Como um herói que geralmente voa, ou balança, sozinho, você deve saber como é ser julgado antes mesmo das pessoas te conhecerem. E com essa máscara, como elas podem? Eu já disse antes.

Ninguém realmente te conhece além de você mesmo. — Relembro aquela noite em que estava com Peter no telhado enquanto a chuva caía ao nosso redor, quando ele me disse *"apenas respire, Miles"*.
 Tire um tempo para você, ele disse.
 Fácil para ele falar.
 — Você entende — ela sorri. — Você não gostaria de estar com pessoas com as quais não precisa fingir? Pessoas em torno das quais não precisa usar uma máscara?
 Sei que Peter tem boas intenções, mas, por mais que as tenha, ele nunca vai entender o que é ser confundido com um vilão por causa da minha cor, mesmo vestindo roupas normais. A Pomba, com seu tom de pele parecido com o meu por baixo da máscara, não faz ideia de que está pregando para convertidos aqui. Há algo sobre o que ela está dizendo que é... Não sei se tentador é exatamente a palavra certa, mas... Cativante? Pelo menos me identifico com isso?
 Lembro do que Peter disse.
 Cuidado para não estar no lugar errado na hora errada.
 O que parece impossível.
 Como seria bom, quanta liberdade eu teria, se não precisasse me preocupar com isso? Ser aquele que decide o que constitui o "lugar errado" e a "hora errada"? A Pomba e sua turma voam livremente pela cidade inteira, sem as expectativas de todos os outros pesando sobre seus ombros.
 — Me ligue quando estiver realmente pronto — ela diz, virando-se e se aproximando da beirada do prédio. — Você tem meu cartão. — Ela abaixa sua viseira e olha por cima do ombro para mim. — E agora meu nome. Starling.
 Ela mergulha, abre suas asas e desaparece no céu que está escurecendo.

CAPÍTULO 12

A pizzaria Nonna é tão boa quanto eu me lembrava. A massa mais fina que já vi, a caixa mais oleosa, o queijo mais derretido, o pepperoni mais apimentado, as azeitonas mais saborosas e as melhores lembranças. Dou uma mordida na primeira fatia e me lembro de sentar com o papai, compartilhando meus sentimentos com ele em nosso sofá de couro gasto no Brooklyn. A última vez que isso aconteceu foi há um ano. Pelo menos. Sim, deve fazer cerca de um ano e dois meses, agora que penso nisso. Foi no dia da feira de ciências, quando meu experimento demonstrando quais tipos de produtos geram mais eletricidade não recebeu nem de perto o feedback positivo que eu esperava do painel de professores e da administração.

Aparentemente, o experimento de um garoto chamado Jerome sobre em quais ambientes o mofo cresce melhor foi muito mais interessante para eles. Ele venceu e deixou todos os outros para trás.

De qualquer forma, eu não estava feliz com isso. Passei tanto tempo descascando batatas, abobrinhas e abóboras naquela manhã para ter produtos novos e menos fedidos em minha mesa, e todo esse esforço acabou não valendo nada. Mas quando o papai trouxe uma caixa da Nonna e sentou-se comigo no sofá da sala, todos os meus sentimentos vieram à tona em uma velocidade que nem eu esperava. Instantaneamente, me senti melhor, como se tivesse soltado um balão dentro de mim que estava inchando e ameaçando explodir. Agora, sento-me em frente a Peter, do outro lado da mesa quadriculada vermelha e branca, enquanto ele saboreia uma fatia de pizza de churrasco havaiano com bacon, em vez de bacon canadense, porque bacon canadense é apenas presunto, e chamá-lo de "bacon" deveria ser proibido por lei.

Espero que a magia da Nonna continue a funcionar como costumava.

— Então — ele começa, cobrindo parcialmente a boca com a mão para não me mostrar a boca cheia de pizza —, vamos conversar.

— Okay — digo, dando outra mordida. — Por onde devemos começar?

— Bem, o que está te incomodando mais agora?

Oh, Deus, tudo. O fato de ter falhado tão gravemente na S.H.I.E.L.D. O fato de que o Abutre e a Pomba têm mais contatos trabalhando para eles, um dos quais pode me reconhecer se eu não tiver cuidado na F.E.A.S.T.

Os Corvos dela, foi assim que ela os chamou.

E o fato de que Ganke está superdesconfiado sobre meu comportamento estranho ultimamente, e não consigo me concentrar direito nas aulas por causa de toda essa coisa de Homem-Aranha, que até agora nem sou tão bom assim, e...

Suspiro e recosto contra o acolchoado do banco do restaurante, rasgando minha fatia e tentando descobrir por onde começar em toda essa confusão na minha cabeça. — Bem — digo —, acho meio coincidência que ambos tenhamos encontrado vilões alados no Brooklyn exatamente ao mesmo tempo.

— Coincidência demais — pondera Peter, pegando outra fatia. — Talvez o Abutre tenha conseguido alguma tecnologia de clonagem?

— Não, uma cúmplice — corrijo. — A Pomba, quer dizer, Starling é sua neta.

Peter pausa por um segundo e franze a testa confuso.

— Ela o chamou de avô.

— O quê? O Abutre tem uma família? De jeito nenhum.

— Você está surpreso? — pergunto, dando outra mordida.

— Quero dizer, não estou dizendo que ele não deveria, mas... Quer dizer, você consegue imaginar um jantar de Ação de Graças com aquele cara?

— Não consigo imaginar que serviriam peru — digo. Isso arranca uma risada profunda do Peter, e não consigo deixar de sorrir.

— De qualquer forma, é bom saber disso. Então, neta, né?

— Sim, ela parecia realmente amarga por ele estar no Rykers. — O rosto do Peter fica um pouco sério, e ele dá outra mordida em silêncio antes de dizer:

— Da última vez que ouvi falar, ele passava a maior parte do tempo na solitária. Isso é difícil para qualquer um, mas especialmente para um homem mais velho. Isso é realmente difícil, tenho de admitir.

— Por quê? — pergunto.

Peter dá de ombros.

— Não sei — responde. — MJ fez um artigo fascinante sobre alguns dos caras mais perigosos lá dentro, só para ver o que eles estão fazendo, atualizações sobre suas sentenças etc. Fez um ótimo trabalho em manter o público informado sobre ele, embora eu ache que ela tenha feito isso para responder ao artigo que lhe pediram para escrever sobre como o Homem-Aranha é um problema.

Sorrio e assinto.

Esse foi um grande dedo do meio para o JJ! Boa MJ. Peter coloca o último pedaço da crosta em sua boca e limpa as migalhas de volta para o prato.

— Alguns deles desenvolveram hobbies lá dentro que são... Inesperados.

— Tipo o quê? — pergunto, apoiando o queixo na mão, genuinamente interessado. — O quê, o Electro começou a fazer tricô?

— Vamos ver... — ele diz, olhando para o teto, tentando se lembrar. — Rino tem uma coleção robusta de tampinhas de garrafa, e o Rei do Crime tem um peixinho dourado de estimação chamado Flush. O Cérebro Vivo também é um fotógrafo muito talentoso. Diz que quer ser fotógrafos de casamentos quando sair...

— Espera aí — intervenho —, volta um pouco. O Rei do Crime tem um peixinho dourado de estimação chamado... Flush?

— Aparentemente é um termo de boliche — ele dá de ombros.

Mas definitivamente também é um nome para peixe-dourado. Não consigo evitar rir dessa.

De repente, somos interrompidos pelo celular dele apitando no bolso. Ele limpa os dedos oleosos em um guardanapo, pega o celular e olha a tela.

— Olha só, é para nós! — diz, levantando o telefone para que eu possa ver. Uma foto de uma mulher negra bem-apresentada, com cabelo solto e batom marrom escuro, olha para mim com o nome "Oficial Smallwood" na parte inferior.

Ele aperta um botão e coloca o telefone no ouvido. — Viv? Espere, vou adicioná-lo.

De repente, meu telefone também toca, e quando atendo, ouço claramente a voz de uma mulher do outro lado da linha.

— Miles, você está aí? — ela pergunta.

— Estou aqui, Sra. Smallwood.

— Maravilha, mas eu disse para me chamar de Viv, Vivian ou Capitã.

— Sim, Vivian — corrijo-me.

— Melhor — diz ela. — Tenho algumas informações para você que podem ser úteis. Você tem um minuto?

— Sempre tenho um minuto para informações. Tenho certeza de que também temos algumas — revida Peter, piscando na minha direção. — Você primeiro, Viv. Diga-nos.

— Tudo bem — ela diz. — Como tenho certeza de que ambos perceberam, o Abutre escapou da prisão.

— Tínhamos nossas suspeitas — Peter concorda.

— Ainda não temos certeza de quem orquestrou a fuga nem por quê, mas sabemos que o Abutre não escapou apenas com sua liberdade. Acontece que o Abutre era um experimento científico ambulante.

Peter e eu trocamos olhares, e tenho a sensação de que podemos estar pensando a mesma coisa.

— Que tipo de "experimento científico" estamos lidando aqui, Viv? — pergunto, apoiando-me na mesa. Fecho minha caixa de pizza, perdendo totalmente o interesse pela comida neste momento.

— Vocês estão familiarizados com a Terraheal? — ela pergunta. Meus ouvidos se aguçam. Talvez tenham feito algo com o Abutre também?

— Mais ou menos? — pergunta Peter, olhando para mim. Concordo com entusiasmo.

— Como eles se relacionam com tudo isso? — tenho de perguntar.

— A Terraheal tem trabalhado em um tratamento controverso contra o câncer, patrocinado pelo governo, mas mantido em sigilo há anos. O câncer na coluna do Abutre e sua sentença de prisão o tornaram o candidato perfeito para o projeto. Ele tinha sido condenado de trinta e cinco anos à prisão perpétua. Então eles fizeram um acordo com ele: o uso de seu corpo em troca de apenas metade de sua sentença e hospedagem em uma ala médica ultrassecreta no Rykers, com direito a visitas familiares quando quisesse. Havia apenas uma condição: confidencialidade. Não lhe disseram nada sobre o que estavam injetando em seu corpo nem o motivo. O tratamento foi bem-sucedido por meses, tornando-o cada vez mais forte. Logo, ele entrou em remissão. Mas uma vez que ele estava forte o suficiente, três de seus contatos invadiram a ala onde estava hospedado no hospital Rykers e o libertaram. No entanto, o tratamento ainda está em seu sangue, e é aí que reside o nosso verdadeiro problema.

Descanso o rosto na mão e penso.

Parece um plano selvagem da Terraheal, mas não parece que tenham feito algo ilegal ainda. Já o Abutre? Sim, escapar da prisão é definitivamente ilegal. E com algo em seu sangue que pertence à Terraheal? Tenho certeza de que isso é tecnicamente roubo.

— Seu "tratamento" — continua Viv — envolvia microtecnologia projetada para combater o câncer em estágio avançado, entrando na corrente sanguínea e atacando as células cancerígenas. Esses nanorrobôs coletavam dados e enviavam relatórios para uma inteligência artificial central...

— Outro desenvolvimento da Terraheal, suponho? — pergunta Peter, recostando-se e cruzando o pé sobre o joelho.

— Exato — ela responde. — Até mesmo os cuidadores do Abutre não sabiam, mas ele foi restaurado à plena força pouco antes de ser libertado da prisão. Os cúmplices foram flagrados em filmagens de vigilância usando trajes alados semelhantes ao do Abutre, que foram confiscados para pesquisas médicas. No entanto, os cúmplices chegaram com um traje extra para o Abutre, e os quatro conseguiram escapar pelo ar, sob a proteção da noite. Eles... Eles conseguiram escapar. Não temos a identidade dos cúmplices ainda...

— Pomba — eu e Peter dizemos em uníssono.

Trocam-se sorrisos antes que Vivian limpe a garganta e entre na conversa:

— Ok? Uh... Querem me atualizar aqui? Quem é a "Pomba"?

— A garota que atacou a instalação da S.H.I.E.L.D. ontem.

— Aquele cara grande e vermelho com asas? — pergunta Viv, sua voz normalmente estoica e tom profissional agora trocados pela pura surpresa.

— Garota — diz Peter.

— Desculpe — diz ela —, garota. Vocês realmente acham que ela pode ser a mesma pessoa?

— Ela definitivamente tem motivo, se for neta do Abutre — respondo. E então, uma palavra que Viv disse antes e que não me afetou muito ressurge em minha mente.

— Espera, Viv — intervenho, esperando ter entendido errado —, você disse "quatro"?

Abutre, a Pomba, Steven e... Outra pessoa?

— Correto — ela diz. — Parece que temos uma identificação parcial dessa tal Pomba e ainda estamos aguardando a identidade dos outros três. As filmagens de vigilância são... Pouco nítidas, na melhor das hipóteses.

Olho para cima, esperando que Peter não perceba em meus olhos que eu possa saber quem é uma dessas pessoas. Seria horrível acusar injustamente um garoto que acaba de perder a mãe.

Mas isso não seria evidência de que ele tinha um motivo para se juntar a esses abutres desde o início? A mãe de Steven aparentemente foi morta pela Terraheal em outro experimento não autorizado. A Pomba acredita que a Terraheal fez injustiça ao seu avô, o Abutre. Eles poderiam ter tido uma conexão instantânea e se unido em um elaborado plano para libertar o Abutre da prisão e derrubar a Terraheal com má publicidade. Parece que não sou o único a ter aprendido a eliminar seus inimigos de dentro.

— Então... Ele ainda tem os nanorrobôs em seu sistema — diz Peter. — Todos eles têm acesso a tecnologia que pode afetar seus corpos, restaurar sua força? Isso pode ser perigoso, para dizer o mínimo. E se encontrarem uma maneira de usar essa tecnologia para atacar a cidade de alguma forma?

— É exatamente por isso que estamos preocupados — diz Viv. — Precisamos recuperar esses nanorrobôs. Nas mãos erradas, quem sabe o que pode acontecer.

— Então, o que o Abutre queria com a peça roubada, afinal? — pergunto. Alguns dos elementos mais críticos do plano mestre do Abutre e da Pomba ainda estão desconectados no espaço. — Qual peça ele realmente levou?

— Não consegui ver direito — suspira Peter, desanimado.

— Nós vimos — diz Viv.

O telefone do Peter vibra e nós dois nos inclinamos para ver de perto. Na tela, há um diagrama holográfico rotativo de uma estátua dourada de duas asas dobradas sobre o peito.

— Este é o *Abraço de Thoth*, uma estatueta datada de milênios, desenterrada de um antigo sítio funerário e emprestada por Wakanda.

— O que o Abutre quer com isso? — indago.

— Ainda não sabemos, mas vamos supor que não pode ser algo bom.

— Suposição feita — afirma Peter.

— Do que ela é feita? — pergunto, olhando para Peter. — Se soubermos sua composição química, talvez isso nos dê algumas pistas?

— Boa ideia — ele responde.

Um calor me envolve, mas tento me manter concentrado.

— É feita de ouro maciço — diz Viv. — Nenhuma pista aí. O ouro está quase sem valor agora em comparação com o preço de décadas atrás. Além disso, a estátua de Thoth estava em exposição em um pedestal logo do outro lado da sala do Diamante Atlas. Muito mais valioso. Algo me diz que os motivos do Abutre para roubar a estátua não envolvem dinheiro.

— Talvez — diz Peter, acariciando o queixo. — Talvez o Abutre tenha atacado a Galeria de Fotojornalismo para me distrair do que estava acontecendo na S.H.I.E.L.D.? — ele pergunta, olhando para mim em busca de confirmação.

— Ou talvez — sugiro — a Pomba tenha atacado o prédio da S.H.I.E.L.D. para distraí-lo do ataque do Abutre na Galeria.

— Hum... A Pomba parecia surpresa ao te ver quando você apareceu? — ele questiona.

— Na verdade, não muito — respondo, lembrando como ela reagiu quando apareci ao lado dela no lado do prédio. — Apenas irritada.

Mas justo quando penso que Peter pode acenar e falar sobre como o Abutre ficou surpreso ao vê-lo descendo do teto do museu e sobre todos os convidados bem-vestidos da festa, ele balança a cabeça e diz:

— O Abutre também não parecia surpreso. Nem mesmo irritado. Ele parecia... Confiante. Muito confiante.

— Você também estaria, se seu sangue estivesse cheio de milhões de supercomputadores microscópicos — diz Viv.

Peter faz uma careta e coça o antebraço ao pensar nisso, e não consigo deixar de sorrir. Também não me parece muito confortável, sinceramente.

— Isso é tudo o que tenho por enquanto — conclui Viv. — Me avise se descobrir mais alguma coisa sobre o Abutre, a Pomba ou qualquer um dos cúmplices.

— Farei isso, Viv — diz Pete. — Câmbio e desligo. — Ele desliga o telefone e o guarda no bolso, sem tirar os olhos de mim.

— O que foi? — pergunto. Por que ele está me olhando assim, sabendo de alguma coisa?

— Parece que você tem mais coisas para contar — sugere. — O que está acontecendo?

— É, na verdade — suspiro, pensando se, agora que Viv não está mais ouvindo, seria um bom momento para contar a ele o que estou pensando sobre o Steven no F.E.A.S.T. Muitas coincidências entre todas as pessoas com asas, a Pomba, e agora nanorrobôs que afetam os corpos das pessoas... Caso haja uma conexão, acho que o Peter pode lidar com essa informação com cautela, certo? Afinal, ele é o Homem-Aranha.

— Aquele cara no F.E.A.S.T. que apareceu com o pai hoje?

— Sim — diz ele. — Ouvi ele te dando trabalho lá no saguão. Está tudo bem?

— Ele é... O nome dele é Steven, e... Ele é o cara que...

De repente, sinto algo rastejando na parte de trás do meu pescoço, e dou um tapa, mas minha mão sai limpa. Então, essa sensação de formigamento cresce, e cresce, e sobe pela parte de trás da minha cabeça, sobre as orelhas e o couro cabeludo, e olho para Peter, cujos olhos agora estão arregalados, olhando... Não para mim.

Para trás de mim?

Seus olhos se dilatam, e num movimento rápido, ele agarra meu pulso e me puxa para fora do banco, me jogando pelo chão do restaurante justo quando a janela onde estávamos sentados é destruída com um estrondo ensurdecedor! Vidro voa por todos os lados, vasos de flores e terra voam para dentro da pizzaria Nonna. A mesa em que estávamos sentados voa sobre minha cabeça. Uma bicicleta sem motorista tomba logo depois, passando perigosamente perto de minha orelha. Vários gritos próximos ecoam, abafados após a força do impacto, enquanto caio no chão. Vejo Peter de forma borrada na minha frente, sua boca se movendo, e uma versão suave de sua voz se faz ouvir entre o zumbido agudo em minha cabeça.

— Pete? — sussurro.

— Miles, temos de ir — ele me instiga. — Você consegue ficar de pé?

Olho em volta, atordoado, antes de me virar de joelhos. Vejo vidro por todo o chão e... Sangue? Meu? Por toda parte? O pânico se instala, mas então percebo que é apenas um pote de molho de pizza quebrado e que estou bem. Ufa. Sinto a mão de Peter me segurar pelo braço e me ajudar a ficar de pé, lentamente, suavemente, mas com firmeza.

— A van do Abutre foi o que acabou de fazer um buraco na parede — diz Pete.

— Você tem certeza? — pergunto a ele, semicerro os olhos contra toda essa luz.

Pneus guincham lá fora, tão alto que penso que um veículo está prestes a se chocar contra o lado do prédio novamente. Mas olho para fora através do buraco na parede a tempo de ver uma caminhonete militar preta blindada raspar pela rua — parece estar faltando um pneu na frente — não, agora são dois. Faíscas voam em todas as direções da frente do veículo, que está se desintegrando enquanto passa por nós. Então, ouço algo mais.

Algo novo.

Algo... Jurássico.

— Esse é o som de pássaros enormes ou de pterossauros subdimensionados? — diz Peter. — E não tenho certeza de qual é pior. — Algo enorme com penas pretas em muda passa voando, atingindo uma asa na janela do restaurante, passando perigosamente perto do meu rosto, antes de seguir o caminho voando pela rua.

Olho para Pete, e ele olha para mim. — Pássaros enormes — dizemos os dois ao mesmo tempo.

Mas de onde eles vieram? O Abutre está usando essa nova tecnologia para criá-los? E o que diabos fazemos agora?!

Reúno coragem para voltar ao banco ao lado da janela para ter uma melhor visão, cuidadosamente apoiando o joelho no vidro do assento vermelho brilhante. Olho para cima sob a luz do sol e vejo que esse caminhão tem três conjuntos distintos de asas pretas no topo, batendo furiosamente — cada uma tão grande quanto o banco em que estou apoiado. E ligado a cada conjunto de asas? Uma criatura raivosa, sibilante, do tamanho de um ser humano, vestida como um ser humano, com o que parece ser — não, isso não é o rosto de um ser humano. Ou dentes.

Na verdade, eles têm um bico inteiro, exatamente como no vídeo que o Ganke me mostrou.

Abaixo-me para que apenas meus olhos espiem por cima para olhar para eles. Eles são muito... Assustadores de perto.

Um por um, eles viram suas horrendas faces cinzentas na nossa direção e abrem suas asas amplamente, batendo freneticamente enquanto abrem seus bicos e grasnam, cuspindo saliva para todos os lados e revelando fileira após fileira de dentes afiados como lâminas.

Eles pulam do caminhão e... Espere, por que ainda estão nos olhando?

— Corre! — grita Peter, agarrando meu braço novamente. Pego minha mochila debaixo do banco e saímos juntos do restaurante. Nunca corri tão rápido em minha vida, e sei que não devo olhar para trás, mas faço isso mesmo assim, apenas para ver um bico cinza fechando suas mandíbulas a poucos centímetros dos meus tornozelos. Grito e forço minhas pernas ainda mais, seguindo Peter pela porta dos fundos e entrando no beco. Nos escondemos atrás das lixeiras prateadas do restaurante, assustando um gato vadio no processo.

Bom. Deixe o pequeno escapar enquanto pode!

Ambos abrimos nossas mochilas, sabendo bem o que fazer agora. Verificar se a área está livre.

Ficar de costas um para o outro.
Tirar os trajes das nossas mochilas.
E é hora de agir.
Coloco meu lançador de teia no pulso.

Exceto que, desta vez, antes que eu possa vestir o resto do meu traje, olho para cima enquanto deslizo a engrenagem para fora da minha mochila e percebo que a área não está mais livre. Uma das criaturas aladas grita e arremessa alguém no pavimento da rua, alguém com um moletom verde e cabelos escuros, com um celular que voou de sua mão com um impulsionador de Wi-Fi conectado no topo.

Tudo parece acontecer em câmera lenta. O instinto entra em ação. Deixo minha mochila e meu traje caírem e corro até o fim do beco.

Ouço Peter chamar meu nome atrás de mim. — Miles, espere! Sua máscara!

Mas tudo o que consigo ver é o Ganke, meu amigo, meu colega de quarto, desacordado no chão, com uma ave de rapina pairando sobre ele, prendendo-o ao chão enquanto abre as mandíbulas e aproxima suas presas babando nele.

— Deixe-o em paz! — grito, estendendo instintivamente minha mão para frente, pulso para cima, e dobrando-o. Antes que eu possa me lembrar de que não estou usando minha máscara, já soltei a teia. Os cordões brancos voam para frente, envolvendo o rosto da criatura, e ela se agarra a si mesma, recuando até tropeçar no capô de um táxi e cambalear pela rua, gritando e rosnando de frustração por não poder mais enxergar.

Então, olho para Ganke novamente e percebo que ele não está desacordado, no fim das contas. Seu rosto estava apenas virado para o lado. Ele está me olhando maravilhado, com os olhos arregalados de incredulidade enquanto se levanta.

— Men-men-ti-ti-ra-ra... — ele balbucia. Ele está tão agitado que nem se preocupou em pegar o celular com o amplificador de Wi-Fi na parte de cima, nem percebeu as pessoas em pânico correndo pela rua atrás dele. Ajoelho-me, pego o dispositivo, dou uma limpada e lhe entrego. Ele pega na mão e o vira várias vezes antes de me olhar novamente.

Meu coração está batendo fora do peito. Ganke sabe.

Ganke sabe.

— Você... Você é o... — ele diz. — Não é?

Respiro fundo e lembro do que lhe disse naquela noite em que entrei sorrateiramente em nosso dormitório e fui tão cuidadoso com minhas palavras. Eu estava tão paranoico em preservar minha identidade secreta o tempo todo. Quando disse que contaria a ele se algo estivesse acontecendo, eu definitivamente menti. E agora ele sabe. Ele sabe de tudo.

Mas se chegar ao ponto de escolher entre minha identidade e a vida do Ganke, ele tem de saber qual vou escolher.

— Sim — dou de ombros. — Sim, sou eu.

CAPÍTULO 13

— Ma... Ma... Mas... Você... — Ganke gagueja — A... A... Aquela coisa lá atrás, e... e... e... eu... Como você conseguiu... Eu... Mano!

— Eu sei... — encolho os ombros, colocando as mãos nos bolsos. — Me desculpa...

Sei o que ele vai perguntar.

Como você pôde esconder isso de mim?

Como você não confia em mim?

Como você...?

Apenas, como você?

— Mano — ele diz novamente, desta vez com uma risada vindo junto, o que me surpreende. — Isso é incrível! Como você pode estar se desculpando? Este é o melhor dia da minha vida! Sempre soube que você era estranho, mas isso explica tudo!

Um senso de alívio se instala em meu peito ao perceber que ele não está bravo comigo, mas aparentemente animado em descobrir que seu melhor amigo é um garoto normal durante o dia e luta contra o crime à noite. E então, chega em mim um sentimento de "*como assim?*" em relação ao comentário dele sobre eu ser "*estranho*". Meu rosto deve mudar, porque ele ri novamente e me dá um tapa no ombro.

— Ei, sem problemas, cara, nós dois somos estranhos. Só... Só não acredito que não percebi antes. Ah! — Ele coloca a mão sobre a boca e seus olhos ficam arregalados. Levanto minhas sobrancelhas, questionando-o.

— Claro! — ele exclama com uma risada. — A janela! Tudo faz sentido agora! Meu Deus do Céu! Então, espera, tenho perguntas. Quantos Homens-Aranhas... ou Mulheres-Aranhas... Pessoas-Aranhas... Existem? Você consegue se comunicar com aranhas de verdade ou apenas com mutantes humano-aranha? Você come moscas? Como você esconde seus olhos extras? Onde eles estão, mesmo? Você consegue lançar teia do seu traseiro? Porque, você sabe, é de lá que a maioria das aranhas produz teia.

— É... Ganke — digo, dando vários passos para trás enquanto outra dessas criaturas aladas pula sobre o vão entre os prédios do outro lado da rua —, não quero ignorar suas perguntas de novo, mas elas podem esperar? Temos problemas maiores aqui. — Outra ave grasna em nossa direção antes de perder interesse e continuar andando pela rua como uma galinha. Ganke parece totalmente despreocupado de alguma forma, olhando para o celular em sua mão com o impulsionador de Wi-Fi conectado, virando-o de um lado para o outro em sua mão antes de ligá-lo e apertar alguns botões.

— Parecem ser apenas danos superficiais — diz ele, enquanto outra ave salta do telhado do prédio à nossa direita e pousa no topo de um ônibus da cidade com um estrondo! O vidro traseiro se estilhaça e cai todo no chão. Eu me assusto com o barulho, mas Ganke continua falando. — Devo conseguir consertar isso facilmente com alguns ajustes. Talvez eu possa abrir e, de qualquer forma, essas coisas aladas voando por aí? É... Me diz que você sabe alguma coisa sobre o que está acontecendo com elas?

— Talvez você saiba mais do que eu, na verdade — digo, agarrando os ombros de Ganke e nos desviando para evitar um vaso de flores metálico voador. Um gato grita de algum lugar atrás de nós, enquanto vai miando pelo passeio.

— Infelizmente, não muito — diz Ganke, enquanto uma das criaturas aladas mergulha de um poste de luz e pousa no topo de um caminhão de lixo. Um homem grita e praticamente voa para fora da porta do caminhão em pânico, enquanto outro homem-pássaro voa pela rua atrás dele, agarra outro homem que grita e segura a mão de seu parceiro, jogando-o no chão. O parceiro grita e assiste impotente enquanto a criatura alada domina o homem que ele ama e prende os dentes em seu pulso. Respiro fundo e ouço Ganke fazer o mesmo, e instintivamente coloco minha mão na frente do meu amigo e dou um passo à frente, ficando entre ele e as... Como devemos chamar? Mini-abutres?

Como são chamados os filhotes de abutre?

Pintinhos?

Meu coração está acelerado. Deve haver algo que eu possa fazer, com ou sem máscara, mesmo que não possa usar minha teia novamente sem ela. Mas só há destroços aleatórios — pedaços de madeira lascados, lixeiras viradas e utensílios de cozinha do restaurante e aquele vaso de flores metálico — espere... É isso! É perfeito!

Mergulho para pegar uma colher de pau e o vaso de flores e começo a bater nele.

— Ei! — grito, golpeando o metal e mantendo meus olhos na ave com os dentes afundados no pulso do homem. Mas não demora muito para que os olhos do homem no chão fiquem vidrados e, em seguida, sem vida. O parceiro ainda está observando, imóvel, petrificado, e a criatura alada se volta para ele.

Corra! Quero gritar, mas é tarde demais. O abutre está nele em segundos com o mesmo tratamento. Uma breve luta, uma mordida e então... Imobilidade.

Então, o abutre se vira para nos olhar.

Dá um passo, revelando enormes pés de pássaro cinza, que perfuraram um par de sapatos sociais que agora estão pendurados em sua menor garra. Cada pisada deixa uma pegada de três garras na calçada conforme se aproxima. Dou um passo para trás.

— Miles? — pergunta Ganke de trás de mim, sua voz trêmula e nervosa. Minha mão ainda está estendida na frente dele.

Então fico com raiva do pássaro, olhando para nós como se fôssemos presas indefesas.

— Você quer acabar como seu amigo ali? — digo para ele. — Então sugiro que você recue!

Cada uma de suas penas lentamente se levanta das costas dele, e seus ombros se encurvam antes de afastar suas asas de ambos os lados do corpo e estenderem para a envergadura total. E agora que estou bem de perto, agora que consigo dar uma boa olhada em seus traços, é quando percebo quem é. Aquela face... Aquela face esguia com a mandíbula afiada e o nariz agora curvado como um bico. Aqueles olhos cintilantes, antes azuis. É... É o Sr. O'Flanigan!

Ele já era intimidante de pé na frente da sala de aula, me encarando depois de me pegar desatento. Não quero saber o que ele poderia fazer comigo agora com asas, garras, um bico de pássaro e um metro e meio a mais de altura do que eu. Que irônico que o professor de biologia, que estava me ensinando sobre aranhas e suas inúmeras formas violentas para derrubar seus inimigos, agora esteja tentando me matar depois de se tornar uma arma biológica.

Ouço meu celular apitar no bolso, aquele ritmo do Homem-Aranha que fiz com a música tema antiga e tudo, e digo "Atender" para atendê-lo sem usar as mãos.

— Miles? — interroga a voz do Peter.

— Ei, para onde você foi? Estamos meio que em uma situação aqui, eu e o Ganke.

— É... — diz Peter de novo, limpando a garganta. A versão da sua voz que ele usa em seguida é extremamente aguda e... Apenas estranha. — Miles, aqui é... Sua professora ligando. Sra. é... Dela... ware.

Eu abafo um riso, apesar do fato de que esse homem — ou melhor, rapina — ou melhor ainda, híbrido homem-pássaro, ainda está respirando sobre nós, nos empurrando mais para baixo na rua a cada passo que dá em nossa direção.

— Ganke já sabe de mim, cara — digo a ele. — Você não precisa fingir. Mas a Sra. Delaware, essa... Essa é uma identidade bem convincente mesmo.

— Eu tentei. Enquanto você saía correndo, a Viv me ligou de volta. Disse para irmos para o centro o mais rápido possível. Seja lá o que está acontecendo, não é apenas no Brooklyn... — ele diz.

— Meu Deus — exclama Ganke, — eu reconheço essa voz em qualquer lugar. Você é... Você é...

Reviro os olhos com o drama, mas dou um momento para o Ganke absorver tudo antes que ele feche os punhos na frente do queixo e exclame animadamente: — O-oi, Sr... Homem-Aranha — diz nervosamente. — Nossa, este é o melhor dia de todos!

— É mesmo? — pergunto.

Digo isso não porque não entenda o motivo de Ganke estar tão animado em descobrir que não só conheço o Homem-Aranha, como sou o Homem-Aranha, mas também porque aqueles dois caras que esse abutre acabou de atacar — aqueles com o pulso e o antebraço perfurados — estão se levantando do chão agora.

E neles estão crescendo asas.

Ganke solta um grito ao meu lado, enquanto essas... Bem, "ex-pessoas", crescem mais meio metro de altura e brotam asas penugentas do meio das costas, que rasgam suas camisas. Penas surgem na pele de seus braços e pernas, e suas unhas afiam e alongam em garras que brilham à luz do sol da tarde. Eles erguem a cabeça para trás e rugem, expondo seus pescoços musculosos e cheios de veias, que se tornaram de um tom pálido cinza, assim como o resto de seus corpos. Seus pés crescendo rasgam os dedos dos sapatos, expondo garras tão grandes quanto facas de açougueiro, arranhando o pavimento enquanto se levantam em sua altura total. Suas asas se estendem cada vez mais, até que ocupam toda uma faixa de tráfego. Em seguida, ambos fixam seus olhos cinza em nós.

Mais um passo do cara ave de rapina — que costumava ser o Sr. O'Flanigan — à minha frente, me faz tropeçar para trás sobre meus próprios sapatos. Mas não perco completamente o equilíbrio e olho para Ganke.

— Ei, Homem-Aranha — digo roucamente, engolindo o nó na garganta. — Essas não são apenas pessoas-pássaro. São... Pessoas-pássaros zumbis.

— O quê?! — A voz do Peter soa frenética pelo telefone. Sons de luta ecoam através do telefone. Um estrondo aqui, um soco lá.

— Não deixe eles te morderem! — grito.

Parece que essas pessoas-pássaros também não gostam de gritos, porque o Sr. O'Flanigan inclina o pescoço para baixo, fixa seus olhos cinzas em mim, e agora posso ver que eles estão cobertos por uma fina película azul. Sinto minhas costas baterem em algo, e olho para trás para perceber que estou encostado no para-choque dianteiro de um táxi abandonado. Não tenho para onde ir.

Eu me inclino para trás, para trás, para trás, e ele se aproxima cada vez mais. E aqueles olhos.

Posso ver meu reflexo neles, e então olho de perto e percebo que o líquido que os cobre parece estar... Se mexendo? Está cheio de pontos ativos minúsculos, dando a impressão de que seus olhos estão nadando neles mesmos, como se estivessem se afogando.

— Os nanorrobôs — sussurro para mim mesmo.

Meus pulmões estão queimando, meu peito está em chamas, o suor está pingando em minha testa e meu coração está pulsando em minha garganta.

— Está bem, cara — digo para o Ganke. — Na contagem de três, viramos. Você corre pela rua, e eu corro pelo beco para me trocar. Combinado?

Ele acena com a cabeça.

— Pode contar comigo. Como sempre.

— Ganke, agora!

Viro à esquerda e corro de volta pela calçada, ouvindo coisas quebrando e caindo em pedaços ao meu redor. Um guarda-chuva de rua voa para a frente no meu caminho, desvio e pulo por cima de uma mesa de piquenique ao ar livre que conseguiu sobreviver a tudo isso. Enquanto salto, minha mão roça em algo afiado, e a dor percorre os dedos da minha mão direita. Mas não tenho tempo para pensar nisso. Quase no momento em que pulo a mesa de piquenique, pedaços de madeira esfacelada voam atrás de mim, explodindo em todas as direções.

Continuo correndo, mas olho por cima do ombro para ver se consigo avistar o Ganke. Ele está correndo na direção oposta, sem sinal de olhar para trás. O que é ótimo. Porque ele não é a pessoa mais rápida que já conheci.

Reconheço o beco onde deixei minha mochila e mergulho nele, rápido demais, escorregando no pavimento antes de me levantar, pegando minha mochila e me escondendo atrás de uma lixeira.

Fecho os olhos e tento recuperar o fôlego enquanto ouço os passos atrás de mim.

Se é que se pode chamá-los de passos. Posso sentir o chão vibrando toda vez que ele afunda um dos seus pés em garra de vinte quilos no concreto já quebrado e rachado. Conforme ele se aproxima, coloco minha máscara, tênis e luvas, fazendo careta ao colocar uma delas na mão machucada, e eventualmente fecho meu moletom. É difícil acreditar que esse pássaro costumava ser humano ou que, se conseguirmos remover os nanorrobôs do seu sistema, ainda possa haver vestígios de humanidade dentro dele. Mas o que estou fazendo, tentando salvar essas pessoas, se não acredito que há esperança.?

Tenho de me convencer de que podemos ajudá-los.

Eu o ouço respirando. Ele está perto.

Então, sinto uma rajada de ar quente vindo de cima, e com mãos trêmulas, olho para cima e o vejo — o bico, as penas pretas — e vejo minha saída.

Disparo a minha teia direto para cima e pego sua cabeça com ela, usando seu susto, recuando para trás, para me impulsionar para cima, em um arco alto acima de sua cabeça.

— Não que isso não tenha sido um prazer — digo, acenando adeus com uma mão enquanto teço a teia no topo do prédio com a outra —, mas tenho de me ocupar em encontrar uma cura para você. Até mais, senhor!

E vou embora.

CAPÍTULO 14

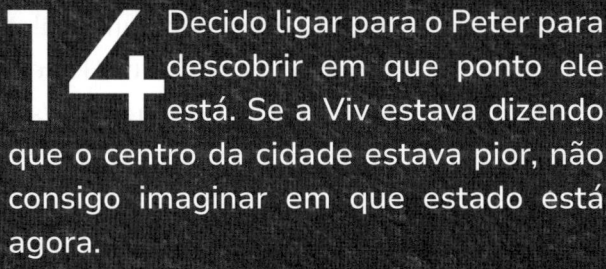

Decido ligar para o Peter para descobrir em que ponto ele está. Se a Viv estava dizendo que o centro da cidade estava pior, não consigo imaginar em que estado está agora.

— Alô, Pete? — pergunto pelo telefone. Ainda ouço uma confusão acontecendo, mas não consigo identificar o que é.

— Miles? Ah, graças a Deus. Vocês estão bem, você e o Ganke? Sinto muito por não poder ficar por perto. Sei que você pode se virar sozinho, mas...

— Sim, estamos bem! — digo, balançando entre dois prédios e virando a esquina em uma rua especialmente movimentada. Só posso esperar que o Ganke tenha encontrado um lugar seguro sem mim. — Essas pessoas-pássaros estão realmente destruindo Nova York — digo, horrorizado com a extensão da destruição.

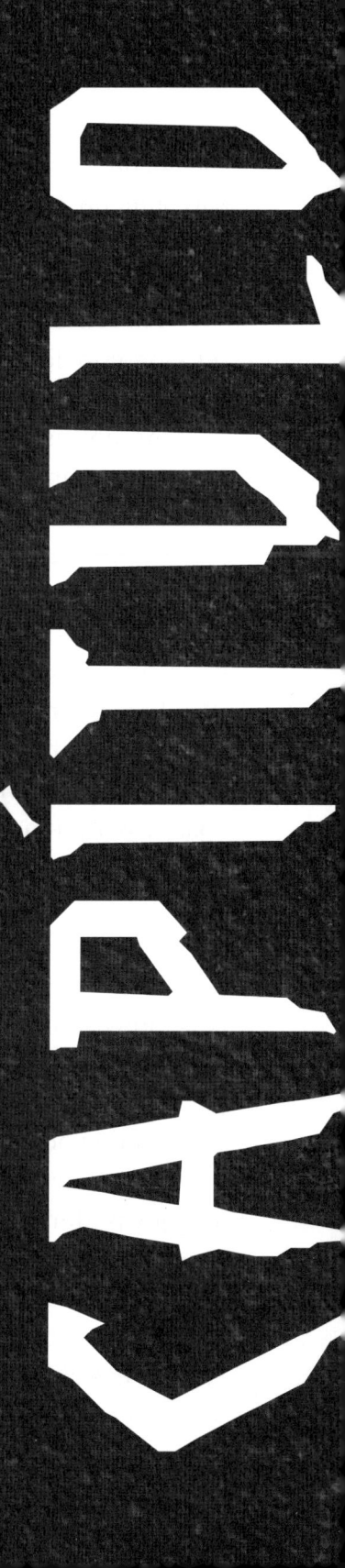

Um hidrante cospe água no ar no fim do quarteirão. Caixas de correio estão espalhadas pela rua. Carros abandonados, com capôs fumegantes e parcialmente amassados, estão estacionados de forma desordenada por toda a via. Roupas rasgadas estão por toda parte — na rua, na calçada, no gramado e até mesmo no topo de telhados e varandas.

— Parece o resultado de uma festa da qual fico feliz por não ter sido convidado — digo, lançando outra teia no próximo prédio e balançando sobre tudo isso.

— As coisas também não estão muito boas por aqui, Miles. Essas pessoas-pássaros zumbis estão por toda parte. Harlem, Brooklyn, Manhattan, até transformaram a baía em uma gigantesca banheira de pássaros!

No meio do balanço — acho que minha teia ficou muito longa — um bico surge e ataca meus tornozelos enquanto passo voando, meio segundo depois de puxar meus joelhos contra o peito.

— Ei! — grito. — Peter, precisamos fazer algo. Qual é o plano aqui?

Ouço grunhidos e chutes antes do Peter responder. — Veja se consegue descobrir de onde estão vindo todas essas pessoas-pássaro. Alguma ideia de onde isso começou?

— Não — digo, descendo a rua justo quando uma criatura-pássaro se ergue sobre um jovem da minha idade. Já que estou aqui, estico o pé e chuto o pássaro bem no bico. Olho por cima do ombro e vejo-o caído inconsciente na rua. Parte de mim se sente mal por estar atacando pessoas que costumavam ser humanas, mas outra parte de mim sabe que essas pessoas nunca aprovariam o uso de seus corpos para aterrorizar os outros, e que eu preciso parar isso a todo custo.

— Onde você está agora? — pergunto.

— Estou a caminho de Manhattan! — ele diz entre socos. — Assim que puder descansar um pouco. Parece que eles podem estar concentrados perto da Times Square.

E justo quando estou prestes a perguntar mais sobre o que está acontecendo lá e o quanto essas pessoas-pássaros se infiltraram em Nova York, o toque do celular da minha mãe soa no meu bolso. — Caramba — digo, sabendo que, se eu não atender essa ligação, minha mãe ficará desesperada. — Vou te encontrar.

— Ok, está bem! — grita Peter, claramente lutando contra algo ou em combate corpo a corpo com alguma coisa. — Apenas, você sabe, venha quando puder!

— Estou a caminho, prometo! — faço a ligação, antes de me inclinar e apertar o botão na lateral do meu telefone. — Mãe?

— Miles Gonzalo, onde você está?

A temida pergunta. Fecho os olhos e suspiro, esquecendo que estou voando pela cidade a mais de noventa quilômetros por hora. Dou um suspiro enquanto puxo minhas pernas para cima e meus pés roçam as folhas mais altas de uma árvore.

— É... Estou com o Ganke, mãe. Por quê, o que está acontecendo?

— O que está acontecendo? — ela pergunta. Eu a ouço sussurrar algo para a Abuela em espanhol. — Você não tem olhado para a rua ultimamente?

— Quer dizer... — hesito, decidindo que fingir ignorância pode ser a melhor forma de não revelar que estou balançando de prédios e postes de luz pelo leste do Brooklyn para encontrar o epicentro do surto de pássaros zumbis que está tomando conta de Nova York. — Parece ensolarado para mim.

— Miles! — ela grita. Ela está frenética agora, e eu queria poder dar-lhe alguma garantia. — Pessoas/pássaros gigantes e ferozes tomaram conta da cidade! Até descarrilaram trens do metrô subterrâneo! Fique onde você está. Você está no seu dormitório? Estou indo te buscar.

— Não! — respondo um pouco rápido demais. — Quer dizer, não precisa, mãe. Ganke e eu estamos bem. Estamos no quinto andar, lembra? Qualquer situação com pássaros que está acontecendo aí deve estar longe de nós. Você está bem? Como você e a Abuela estão?

— Ah, quer dizer... — ela responde, um alto estrondo a interrompendo — Nós estamos bem, não se preocupe conosco. Só,

Miles, faça o que fizer, por favor, fique onde está. Não saia do seu dormitório por nada, entendeu?

— Está bem, mãe — digo. Sei que é uma mentira. Mas não posso sair do meu dormitório se eu já não estiver lá, certo? Então... Tecnicamente, não estou mentindo. — Tenho de desligar, ok?

— Não, Miles, não...

Mas tenho de desligar. Tenho de ligar de volta para o Peter e descobrir onde ele está. Com o que parece ser milhares de pessoas-pássaros zumbis por toda Nova York, ele é apenas uma pessoa. Uma pessoa com superpoderes de aranha. Mas eu também tenho isso.

E sei que não conseguiria enfrentar tudo isso sozinho.

Essas coisas, essas pessoas, devem estar vindo de algum lugar, e sei, sem sombra de dúvida — a ponto de apostar meu toca-discos, a coisa mais valiosa que posso apostar —, que o Abutre está por trás disso. E sua neta.

Dobro a esquina antes de chegar à Times Square e tenho uma visão completa da carnificina. Suspiro, sem acreditar no que vejo a princípio. Vejo mais pássaros abutres negros — mais penas, mais garras afiadas e bicos agressivos — do que pessoas de verdade, todos amontoados tão perto um do outro que mal consigo diferenciá-los. Ao passar por eles, disparo minha teia no bico de uma das criaturas pássaro, calando-a antes que ela possa atacar uma senhora idosa através do parabrisa.

— Miles? — finalmente vem a voz do Peter pelo meu celular. — Você está bem?

Tudo bem, entendo que ele queira se certificar de que estou bem, e que é meu mentor e tudo mais, e que toda a cidade está sob o controle hostil dos servos zumbis do Abutre, mas ele realmente precisa perguntar se estou bem antes de perguntar como posso ajudar? Se eu quiser crescer como o Homem-Aranha e me tornar o que ele é, vou precisar de alguma independência aqui. Não quero ser "o garoto que é preciso saber se está bem" para sempre.

— Sim — digo —, claro que estou bem. Você está bem?

— Muito bem — ele responde, ofegante.

— Parece que sim — digo. — Agora estou em Manhattan. Onde você está?

Mas, no meio da minha pergunta, eu o vejo — um pequeno ponto vermelho balançando ao redor da esquina de um enorme painel de TV, anunciando ovos frescos entregues à sua porta todas as manhãs. Pergunto-me se depois de hoje ainda vou querer ver qualquer coisa relacionada a pássaros, penas ou ovos.

O que me leva a um pensamento horrível. Se esses nanorrobôs estão alterando o DNA dessas pessoas... Agora elas também podem botar ovos?

Estremeço e desço no próximo balanço.

— Estou te vendo — digo, assim que um enorme pássaro negro mergulha e se prende na teia do Peter, puxando-o para trás no ar. Suspiro. Espero que os ombros dele estejam bem.

Mas, de repente, ele tem problemas maiores com que se preocupar.

Ele está rolando direto em direção ao pássaro, e eles colidem no ar e ambos caem em queda livre. Entro em pânico e mergulho em direção a eles, lançando uma teia debaixo deles, enganchando no prédio em frente a mim, e lançando outra teia até o topo de um segundo prédio.

Enquanto Peter e o pássaro pousam na rede da minha primeira teia, sou arremessado para cima no espaço entre os dois, ainda conectado a eles e ao telhado, mas girando como uma rosquinha em uma corda. Fecho os olhos e espero até parar de girar e o mundo parar de girar, e olho para baixo para ver Peter se catapultando em minha direção. Ele aterrissa no canto do prédio em que estou pendurado, empoleirado ali como um sapo na beira.

— Oi — ele diz alegremente, apesar do Armagedom aviário ao nosso redor. Eu sorrio.

— E aí?

— Quer dizer — ele pondera, apontando para a carnificina no chão abaixo — claramente, o Abutre tem estado ocupado.

— Algum sinal dele?

— Não. — ele retruca, balançando a cabeça. — Algum sinal da Pomba?

Ambos ouvimos um grito acima de todo o barulho abaixo: uma voz aguda, mas leve, que conheço bem. Ela está gritando: — Então encontre ele!

Eu a vejo — a garota de metal vermelho, penas e tudo, do outro lado da rua. Dois pássaros-pessoas — um com enormes asas pretas e outro com asas cinzentas quase esqueléticas — voam para longe dela em direções opostas pela multidão.

Só posso presumir que ela está se referindo a mim quando diz "ele".

— Talvez — diz Peter — seja melhor se você... Sabe... Lutar aqui? Enquanto eu cuido da Pomba? Ou... Como você quer fazer isso?

Meus olhos estão fixos na garota vermelha enquanto meus pensamentos correm. Se ela olhar para cima aqui e me vir, virá atrás de mim, sei disso. Lembro de todos os erros que cometi na S.H.I.E.L.D. Lembro de como seus olhos se estreitaram com amargura ao me olhar. A confiança neles. Ela sabia que venceria naquele dia. Ela sabia o que veio fazer, sabia como conseguir, e sabia que sairia impune.

Homem-Aranha ou não.

Olho para o número cada vez menor de civis humanos restantes, para o medo em seus olhos enquanto gritam em terror. Há tão pouca roupa de verdade restante. Essas pessoas estão tão cobertas de penas que estão praticamente vestidas em sua nova forma, mas o tecido jaz em farrapos por toda a rua. Vejo uma garotinha sendo arrancada dos braços de seu pai pela perna e observo o rosto dela mudar de um medo petrificante para um propósito, determinação e raiva. E enquanto ela brota suas próprias asas e se transforma em uma daquelas feras cinzentas emplumadas, atacando o homem que a protegia apenas momentos atrás, algo em meu estômago se revolta, e a raiva me enche onde antes havia incerteza.

— Não, Peter — eu digo, virando para olhá-lo — eu lido com a Pomba.

Ele me encara por um momento antes de assentir.

— Tudo bem — concorda ele. — Se você tem certeza.

As palavras do Peter indicam que estou liberado, mas seu tom é o de um irmão mais velho preocupado, observando enquanto me preparo para realizar uma acrobacia arriscada de BMX em meio ao tráfego. Olho para baixo, para a Pomba, que patrulha as ruas como um tanque vermelho enfurecido. Ela para em frente a uma banca de jornais, avalia-a, recua a mão e dá um tapa, reduzindo-a a pedaços de papel de revista. Tanto Peter quanto eu recuamos com sua força.

Ela é forte, sim, mas sou mais rápido.

— Pete, não precisa ficar de olho em mim. Vou ficar bem. Prometo.

— Então te deixo com isso — ele diz, fazendo uma saudação com dois dedos na testa. — Vou ver se consigo rastrear o Abutre nessa confusão. Esses pássaros devem estar vindo de uma fonte central. Garanto que se eu encontrar essa fonte, encontro o Abutre.

Peter salta do lado do prédio e balança pelo vão entre os prédios, enquanto me chama:

— Estou a apenas uma ligação de distância!

Volto minha atenção para a Pomba, mas já é tarde demais.

Sua próxima vítima, sobre a qual ela se agacha como um leão prestes a saltar sobre sua presa, é alguém que reconheço.

Bem...

Seu cabelo escuro preso em um coque apertado. Seu cardigã azul-marinho. Seus olhos brilhantes, agora sem traço de medo enquanto ela se encolhe ao redor de uma criança pequena que nunca vi antes, encarando a Pomba ameaçadoramente.

— Mãe? — sussurro para mim mesmo. Entro em ação, mergulhando pelo ar e balançando através da rua o mais rápido que a gravidade me permite.

Bem que eu queria que a gravidade tivesse um botão de acelerador. — Deixe-a em paz! — grito. Estou chocado com o rompimento em minha própria voz quando a Pomba me vê e se abaixa. Mas lanço a teia na lateral do prédio e me impulsiono, catapultando de volta para ela e a derrubando na rua. Rolamos um por cima do outro, levantando poeira e pedaços de pavimento, e acabo por cima, montado em seu estômago, desferindo socos em seu rosto, mas ela está lá, pronta para defender-se contra todos eles com seus antebraços revestidos de metal, em rápida sucessão.

Bloqueio!
Bloqueio!
Bloqueio!
Bloqueio!
Bloqueio!
Como ela consegue ser tão rápida?!

— Saia daqui! — grito para a minha mãe, mas ela parece não me ouvir. Ela está tão focada nas necessidades do menininho, suas lágrimas, o ursinho de pelúcia que ele segura, onde podem estar seus pais e como trazê-lo de volta em segurança para os braços deles.

A Pomba encontra uma brecha entre meus golpes, o que lhe dá uma fração de segundo de tempo. Isso é tudo que ela precisa, aparentemente. Ela coloca um pé contra o meu peito, e sou arremessado para longe dela, caindo de costas no pavimento implacável. Quando finalmente me recupero do choque de tudo isso, consigo distinguir a silhueta da Pomba, se aproximando mais da minha mãe.

— Rio! — grito, o nome verdadeiro da minha mãe soando estranho em minha boca, mas sei que não posso chamá-la do que ela é para mim, "*mãe*", enquanto estou vestido como Homem-Aranha. — Corra!

Mas, em vez disso, ela se agarra ao menininho, que a Pomba está segurando pela cintura, arrancando-o das mãos da minha mãe. O grito que ouço escapar do peito dela é tão aterrorizante que faz minha pele se arrepiar. Ela está gritando como se a

Pomba estivesse me arrancando dela quando eu era bebê. Ela nem conhece esse garoto e sente a urgência de protegê-lo tanto assim. Conheço esse sentimento. Estou aqui sendo arremessado ao chão por várias milhares de pessoas que não conheço. Eu e minha mãe não somos tão diferentes. Percebo que, por muito tempo, tenho me perguntado que tipo de Homem-Aranha serei. Perguntando-me se o meu melhor é suficiente. E percebo que, seja ou não "suficiente", é tudo o que tenho.

Há pessoas olhando por mim. Minha mãe é uma delas.

Sei que ela gostaria que eu lutasse contra essas criaturas com tudo o que tenho, suficiente ou não.

Posso ainda não ter certeza de quem estou me tornando, mas sei quem sou agora, neste momento. Sou Miles Morales. Homem-Aranha. Fazendo o meu melhor. Levantando-me do chão e fazendo alguma coisa.

Então, para meu horror, a Pomba segura o menino pela gola da camisa, sobre a multidão de monstros-humanos-pássaros.

— Não! — grito, em uníssono com minha mãe. — Não!

— Ele não vai morrer — ela insiste. — Mas enquanto ele se transforma, deixe-o servir como um lembrete de que a Terraheal está cheia de monstros que atacam os fracos e desamparados. Eles fizeram isso com ele.

— Não, espere! — gritamos eu e minha mãe juntos.

O menino, com olhos azuis arregalados e boca aberta em um grito, é jogado nos braços de uma criatura pássaro, e um mar deles se amontoa, cada um clamando por uma chance de mordê-lo e transformá-lo em um deles. E aparentemente um deles consegue, porque segundos depois, ele emerge acima do mar de penas, bicos e garras negras, com um bico próprio, se lançando ao ar como se tivesse sido criado por pterodáctilos a vida toda.

A raiva me atravessa, mas não antes de atravessar minha mãe. Ela se levanta com um grito de guerra como nunca ouvi antes e pula nas costas da Pomba. O que é um grande erro. Porque com uma expansão das asas da Pomba, minha mãe é jogada para fora. Ela cai, mas me lanço para a frente e a seguro. Olho para o rosto dela, que mostra igual parte surpresa por ver o Homem-Aranha e gratidão por eu estar ali para pegá-la.

Mas temos de sair daqui.

Sei que se deixar minha mãe aqui, ela continuará atacando a Pomba. Ela não ficará quieta ou fugirá, não importa quantas vezes eu diga. Agora entendo como o Peter se sentiu quando me conheceu pela primeira vez — quando eu estava naquela ruela atacando aqueles dois idiotas que estavam espancando aquele outro cara. Não é que eu não queira que ela ajude, ou não ache que ela pode. É que só quero que ela esteja segura.

Mantenho contato visual com a Pomba, que está avançando, passando por várias pessoas-pássaros, para chegar até nós, e lanço a teia no topo do prédio à minha esquerda.

E saio dali.

Sinto minha mãe tensa em meu braço direito e me agarro em seus ombros com tanta força que tenho medo de machucá-la. Limpo minha garganta e disfarço minha voz.

— Você está bem, senhora? — pergunto.

— Eu... Eu... Não. Não, aqui em cima sem chão eu não estou. Só... Me coloque em algum lugar, por favor?

— Claro — minha voz dói de falar tão baixo. — Assim que eu encontrar um lugar seguro para deixá-la.

Essa é uma ótima pergunta — onde eu a coloco?

Se eu deixá-la em cima de qualquer um desses prédios, corro o risco de ela tentar encontrar um caminho para descer, seja por uma escada de incêndio ou um método mais arriscado, ou até mesmo usar as escadas se o prédio estiver aberto, o que significa que ela ficará no meio do perigo novamente. Não posso prendê-la em algum lugar, como um contêiner de lixo ou um banheiro público, porque isso... Isso é simplesmente errado.

Humm...

Mas não tenho tempo para pensar.

Uma mão com luvas vermelhas se fecha em torno do meu pescoço por trás, mais rápido do que posso reagir, solto minha teia e arranho seus dedos, tão distraído por ter meu fluxo de ar cortado subitamente que não consigo me defender ao ser virado de costas. Sinto-me caindo e ouço minha mãe gritando, e mesmo que eu esteja sentindo que estou perdendo o ar, me coloco ao redor dela e absorvo todo o impacto.

BUMM!

E rolamos, pedaços de pavimento voando por todo lugar.

A Pomba está avançando em direção à minha mãe antes que eu possa dizer ou fazer qualquer coisa, prendendo seus ombros no chão.

— Sai de cima dela! — grito, mas já é tarde demais.

A Pomba assobia entre os dedos dela, enviando um grito agudo até o fim da rua. Milhares de pássaros ficam em silêncio, milhares de bicos viram em nossa direção, milhares de bestas gananciosas de penas pretas se voltam para minha mãe, que está tremendo dos pés à cabeça. Seus olhos estão cheios de lágrimas quando ela olha para eles. Mas a Pomba me olha com um sorriso.

— Não se atreva — eu digo. — Pomba!

Mas ela empurra minha mãe para frente, e três dos pássaros agarram seus pulsos e o suéter, seus tornozelos e o rabo de cavalo, e começam a sugá-la para o meio deles. Ela grita enquanto me aproximo correndo e seguro seu pulso livre antes que ela seja completamente absorvida. Mal consigo ver o rosto dela através da nuvem de lágrimas nos meus olhos, mas vejo sua boca gritando e seus olhos olhando para mim, enormes e aterrorizados, assim como eles ficam vidrados e se tornam vazios e cinzentos.

— Não — eu sussurro. — Não, por favor!

Não a minha mãe.
Eu não posso perdê-la.
Eu não posso perdê-la também.

Mas seus lábios ficam moles. Seu rosto empalidece. Seu aperto em volta do meu pulso relaxa. Penas brotam de sua testa e têmporas, e seu nariz e boca se fundem em uma concha dura, abrindo-se amplamente enquanto presas surgem de seu bico. Ela vem para cima de mim, o que me assusta e leva para trás, perdendo o aperto nela. E então, eu a perco. No meio da multidão de outras criaturas-pássaro. Não consigo distingui-la dos outros. Seu cardigã laranja queimado jaz em farrapos na rua, pego um dos pedaços e seguro-o perto de mim.

Seja lá o que eu tiver de fazer, por qualquer meio que seja, vou derrubar o Abutre e também sua neta. Vou trazer minha mãe de volta. Tenho de conseguir. De repente, sinto um chute nas minhas costelas que me joga de lado, e quando olho para cima, a Pomba está parada sobre mim, olhando para baixo enquanto o pôr do sol brilha atrás de sua cabeça, suas tranças afro aparecendo sob o capuz. Seu sorriso é afiado, sombrio e estranhamente encantador, enquanto ela desliza sua mão enluvada de vermelho em volta do meu pescoço. — Antes de eu te derrotar, Homem-Aranha — ela diz suavemente, apertando sua garra em volta da minha traqueia enquanto me contorço, — diga meu nome.

Ah, sim, agora é uma ótima hora para falar sobre nomes, enquanto estou deitado no chão sufocando até a morte. Felizmente, como se pudesse ouvir meus pensamentos, ela solta meu pescoço, eu respiro ofegante e rolo para o lado, meu corpo sendo sacudido por tosses enquanto ela continua falando tão calma como se estivéssemos fazendo um passeio pelo Zoológico do Brooklyn, e não no meio de uma guerra entre humanos e pássaros-zumbis no meio da Times Square.

— Starling — murmuro com dificuldade.

— Correto — ela diz triunfantemente, como se apenas dizer isso tenha tirado um pouco da minha dignidade. Tudo bem, ela pode ficar com isso. — Meu avô me avisou que você seria astuto. Encantador, até. Ainda não vi nada disso.

— Ei — digo entre tosses enquanto me levanto, com as pernas trêmulas. Não consigo sentir meus dedos dos pés, provavelmente por causa da falta de oxigênio, mas ainda consigo olhar com raiva para Starling e dizer roucamente: — Sou encantador o suficiente. Mas só com pessoas que não tentam transformar Nova York inteira em monstros meio-pássaro-meio-pessoas.

Incluindo minha própria mãe.

— Monstros? — ela exclama. — Nem de perto. Todas as coisas com asas são lindas. Me diga que você nunca acordou de um sonho em que estava voando, desejando poder voar de verdade. E agora, essas pessoas podem.

— Você está falando sério? — pergunto. — Olhe ao redor, Starling. Essas pessoas não sabem quem são. Não sabem quem ou onde estão suas famílias. Olhe nos olhos delas. Tudo o que sabem é matar, matar, matar. Você se convenceu de que estão felizes?

Minha mãe nunca concordaria em ter seu corpo usado como um veículo de dor. Nunca.

— Estou fazendo tudo isso por ele — ela diz. — Não que eu deva te dar uma explicação, mas você sabe que meu avô tem câncer. Seu último desejo foi ser livre.

— Você está disposta a dar isso a ele em troca da liberdade de milhares de outros? — pergunto.

Parte do gelo em seus olhos derrete um pouco. Algo muda e aparece em seu lugar — uma suavidade que não vi antes. Vejo minha chance de quebrar mais desse gelo.

— Só porque você o tirou da prisão e o ajudou a criar tudo isso, não significa que você precise continuar. Se ser livre foi o último desejo dele antes de morrer, ele o teve — continuo, esperando estar chegando até ela, quebrando um pouco da sua determinação. — Por que você não parou por aí?

— Você não sabe o que é isso! — ela grita para mim, quase estridente, avançando. — Como você poderia saber como é ser deixado sozinho, rejeitado pela sociedade, trancado em uma cela de prisão? Ele foi o único pai que já tive. E o mundo o jogou fora como se ele não fosse nada. Não vou ficar parada e não fazer nada.

Isso dói.

Porque é exatamente o que fiz naquele dia.

No dia em que perdi o único pai que já tive. Não fiz nada.

Fico parado ali por muito tempo, perdido em meus próprios pensamentos, e então Starling levanta o braço em direção à boca, se aproxima e diz suavemente, mas com um comando afiado em sua voz: — Corvos. Ele está aqui. — Vários gritos ecoam de algum lugar acima de mim e ressoam no céu, reverberando nos prédios e em qualquer outra coisa ao redor. Olho para cima e ao redor, esperando ver todo um bando de corvos surgindo como se estivesse em uma sequência de Os Pássaros, o filme de Hitchcock.

Mas não. Apenas dois.

Dois já são demais.

As asas de Starling se esticam para o comprimento total, e ela salta para o céu, enviando uma rajada de ar frio em todas as direções, me jogando para trás e dando aos dois... Corvos, ela os chamou, tempo para se chocarem no chão, um de cada lado de mim, enviando um terremoto retumbante em todas as direções, abalando minha mente até o âmago. Olho para cima para os dois rostos me encarando. Um eu não reconheço — alguém ligeiramente mais claro que meu tom de pele, com cabelos curtos amarelo neon e uma máscara preta que cobre a metade superior do rosto, terminando em uma ponta afiada pendurada na ponta do nariz.

— Shadow. — Ele diz em uma voz rouca, estendendo as asas para os lados. Vejo que suas penas são uma mistura de preto e cinza, algumas rasgadas, outras faltando completamente, mas todas quase iridescentes sob a luz do sol. — Prazer em conhecê-lo.

Assim como Starling, eles têm garras longas saindo dos dedos, mas estas são pretas como azeviche, não vermelhas. A outra pessoa tem olhos familiares da cor de mel queimado e pele no mesmo tom que o meu, com garras longas na cor de osso, e asas da mesma cor. Cada um tem uma estrutura esquelética com penas pretas revestindo a metade inferior.

— Hollowclaw. — Ele diz, e essa voz o entrega imediatamente, apesar da máscara na cor de osso que cobre sua testa e olhos até as maçãs do rosto.

Steven, penso comigo mesmo.

Aquele garoto que conheci na F.E.A.S.T. que disse que sua mãe morreu sob os cuidados da Terraheal, aquele que me disse que a única pessoa cuidando de mim sou eu mesmo. Aquele que invadiu a loja de conveniência perto da minha casa, roubou aquela pobre mulher e depois me culpou por isso.

E então ele a transformou em um pássaro-zumbi! Eles seguram cada um dos meus ombros e me levantam. Steven recua e me dá um soco forte no rosto. Caio de volta ao chão. Minha máscara de repente fica pegajosa sob o meu queixo, e me pergunto se meu nariz está sangrando. Certamente sinto o cheiro de sangue, de qualquer maneira.

— Por que vocês estão fazendo isso com as pessoas? — pergunto.

Enquanto acharem que não posso lutar contra eles, talvez eu possa argumentar?

Eles se olham e depois jogam a cabeça para trás rindo.

— Ele quer saber por que estamos fazendo isso com as pessoas — zomba o de cabelo amarelo, ajoelhando-se sobre mim nas botas de combate preto e prata e batendo as asas. — Ah, o Homem-Aranha ficou molenga, foi?

Steven se ajoelha sobre mim e explica.

— Essa é a questão, Homem-Aranha... — ele diz. — Esses nanorrobôs têm o logotipo da Terraheal em cada um deles. Nós já vazamos os projetos na internet. Assim que a notícia se espalhar de que essa tecnologia veio deles, estarão acabados. A Terraheal precisa pagar pelo que fez. Parece que todo mundo sabe disso, menos você. Então, você tem de ir embora. Nada contra você, acredite ou não. Você é apenas... Um incômodo que precisava ser resolvido. Não leve para o lado pessoal.

— Aquele soco na cara pareceu bastante pessoal, cara — digo, esfregando a dor da minha mandíbula. Steven não faz ideia do quão pessoal essa luta é. A loja. O incidente na F.E.A.S.T. Sei mais sobre ele do que ele pensa. Além disso, minha mãe agora é uma pássaro-humana assassina.

Tem isso.

— Não sei muito sobre nenhum de vocês — minto. Uso o tempo que estão me dando para me levantar novamente. — Mas sei o suficiente para saber que isso não é o que suas famílias querem para vocês.

— Como você sabe sobre minha família? — grita Shadow, seu cabelo amarelo varrendo seus ombros enquanto rosna. Steven, agora Hollowclaw, coloca a mão em seu peito e se posiciona na frente.

— Ele não sabe — diz para mim. — Está tentando mexer com a nossa cabeça.

— Sei que a Terraheal te prejudicou — afirmo, montando as peças eu mesmo. — É por isso que Starling pediu a ajuda de vocês dois. Ela está usando o tratamento de câncer desonesto da Terraheal como uma arma biológica no público para afundar a empresa de vez. Mas veja quem está realmente sofrendo. Olhe ao seu redor.

Os olhos faiscantes de Steven se desviam de mim para logo atrás do meu ombro, e Shadow olha ao redor por um momento para o caos que são civis sendo atacados por pássaros zumbis de dois metros, enviando penas pretas voando pelo ar e roupas rasgadas por toda parte nas ruas.

— Olhem para quem está realmente sofrendo por causa de suas ações — digo.

Esses dois sequer sabem onde estão suas famílias?

E se estão entre essas pessoas? E se seus amigos também se transformaram em pássaros zumbis?

— Hollowclaw — indago, nivelando meu olhar em Steven. — Você sabe ao menos onde está seu pai?

Há um longo momento em que Hollowclaw, que sei na verdade ser Steven — o Steven que conheci consumido por tanta raiva que estava prestes a devorá-lo por dentro —, não diz nada. Ele apenas me encara em um silêncio contemplativo.

Sei por que ele está aqui, trabalhando com Starling. Ele odiava se sentir impotente depois de uma perda tão grande. Eu me senti da mesma maneira, em pé ao lado do túmulo enquanto abaixavam o caixão do meu pai no chão. Fiquei lá, revivendo todas as coisas que poderia ter feito de maneira diferente no dia em que ele morreu. Perguntando-me se poderia ter sentado mais longe para poder ter permanecido consciente tempo suficiente para salvá-lo. Perguntando-me se deveria ter sentado mais perto para poder ver qualquer jogada suja antes que acontecesse e mergulhado para salvá-lo.

Tantos "poderia ter", tantos "deveria ter", tantos "e se" e nenhuma maneira de mudar o passado.

Lembro-me das palavras do Peter na outra noite, enquanto estávamos sentados juntos no telhado. "Com todo o tempo que você gasta cuidando dos outros, lembre-se de reservar um tempo para respirar". Ainda não me recuperei da perda do meu pai. Neste momento, não parece que algum dia vou me recuperar. Mamãe diz que vai acontecer. A Abuela diz que vai acontecer. Parece que já aconteceu com o Peter, pelo menos o suficiente para ele ser meu mentor e me dar conselhos.

Ainda estou lutando com o passado, me culpando pelo que poderia ter feito de diferente. Sei o que o Peter quis dizer quando disse para eu *me lembrar de respirar*.

Ele queria dizer que preciso me dar tempo para curar.

E o Steven também precisa.

Só que ele não fez isso.

Ele ainda está se curando e, até que o faça, alguém como a Starling, que pode oferecer o que parece ser uma voz e dar-lhe uma forma de sentir que está fazendo a diferença — neste caso, vingando sua mãe —, deve parecer muito tentador.

Tenho sorte de não ter acabado na mesma situação. Eu poderia agora tomar esse mesmo rumo, tendo possivelmente acabado de perder minha própria mãe. Ela está em algum lugar nessa multidão, provavelmente destruindo algo, e se eu não conseguir deter esses dois, a Starling e o Abutre, ela pode ficar assim para sempre.

Meu sangue percorre meu corpo com esse pensamento. — Holl — grita o Shadow —, volte ao normal. Vamos. Temos um trabalho a fazer.

O Shadow estende a mão e bate no ombro de Steven.

Não demora muito para Steven voltar a ser Hollowclaw, com aquele olhar enfurecido no rosto, e sacar suas próprias asas.

— Vamos fazer o upload daquelas fotos que conversamos. Em breve, todos saberão o que a Terraheal realmente é.

Ele se agacha e voa direto para o céu com o Shadow logo atrás dele. Eles decolam pela interseção e ao redor da esquina, e o primeiro instinto do meu coração acelerado é segui-los.

Mas não faço isso.

Fico firme.

Deixo-os ir.

Alguma coisa no olhar dele antes de partir parece estar me tentando a segui-los. Quase me provocando.

Mas por quê?

Não demora muito para obter minha resposta.

De repente, uma enorme confusão de metal verde, fogo de jetpack e spandex vermelho voa da esquerda, bem acima de todos nós. Peter está lutando contra o Abutre, e ele se afasta, balança e se agarra a um prédio próximo, prendendo o Abutre com a teia de sua outra mão. Meu primeiro instinto é ir até lá e ajudá-lo. De qualquer forma, estou perdendo meu tempo tentando falar com Hollowclaw e Shadow aqui embaixo. Mas antes que eu possa subir com minha teia, avisto Starling, rastejando no canto do prédio atrás deles e mirando um gancho diretamente em ambos, enquanto eles arranham e golpeiam um ao outro.

O pânico se instala em meu peito, frio e indesejado, e me impulsiono para o céu antes mesmo de pensar.

Ela vai atirar no Peter.

— Ei — grito, fazendo com que todos os três se virem para mim enquanto me lanço contra o Abutre e rolamos pelo ar. Isso dá tempo suficiente para que Peter aviste o gancho vermelho de Starling e se esquive antes que o acerte. Eu o vejo agarrá-la e puxá-la para fora do prédio. Ela grita quando cai, mas rapidamente encontra suas asas, se levantando no ar novamente.

Agora, somos os quatro em um círculo silencioso. Peter e eu estamos empoleirados no lado do prédio na esquina, e o Abutre e Starling pairam no meio do ar, batendo suas asas vermelhas e verdes e olhando para nós dois.

Eles trocam olhares confusos e surpresos, antes de olhar de volta para Peter e eu, exclamando:

— Tem dois deles?!

Por que isso soou como várias vozes?

Olho para Peter antes de perceber que várias pessoas estão se inclinando para fora de suas janelas no prédio em que estamos empoleirados, olhando para nós e assistindo à luta. Todos têm rostos de confusão. Acho que várias pessoas comentaram com surpresa que há dois... Pássaros vilões? Homens-Aranha? Provavelmente ambos? Acho que nem Peter nem o Abutre anunciaram suas "versões 2.0".

Ah, bem. A notícia agora é pública.

Troco olhares com Peter, e tenho certeza de que ele está sorrindo sob sua máscara.

— Surpresa — anunciamos juntos, antes de entrar em ação.

Não precisamos nem discutir o plano. O plano é o mesmo que antes. Enfrento Starling, ele enfrenta o Abutre. Lidaremos com Hollowclaw e Shadow se eles aparecerem novamente. Starling desvia do meu primeiro ataque, mergulhando para que eu passe por ela, mas prendo minha teia em seu torso e a puxo para trás, fazendo-a rolar.

Peter de alguma forma construiu um aparato de estilingue com sua teia e está lançando o Abutre pelo ar como um pião giratório antes de soltá-lo no ar. O pobre homem idoso, tonto, sai voando e parece não conseguir se estabilizar. Sua parte de trás colide com o prédio do outro lado da rua, e ele solta um profundo gemido antes de cair.

Starling geme de algum lugar abaixo de mim.

— Vovô?! — ela grita, mergulhando em direção a ele. Ela o pega no ar e eu olho para Peter, sem saber o que fazer em seguida. Ela pousa no telhado e coloca o Abutre de pé como uma criança cambaleante que não consegue encontrar o equilíbrio sozinha. Ela sussurra algo para ele enquanto Peter e eu vamos até o telhado para encontrá-los.

— Qual é o seu jogo aqui, Abutre? — diz Peter, se aproximando. — Aterrorizar todas essas pessoas assim, sem motivo? Tirar suas vidas? Sua humanidade, só porque você pode?

— Você acha que meu avô é algum tipo de monstro, não é? — diz Starling, avançando e ficando diante dele para protegê-lo. — Bem, ele não é. Ele me deu tudo o que já tive e foi mais pai para mim do que você jamais se importou em descobrir. Mas você, Homem-Aranha... — ela começa — *Garotos*-Aranha... Vocês iam deixá-lo definhar no Rykers pelo resto da vida, não é? Vocês simplesmente o deixaram morrer sem nem mesmo ter a chance de realizar seu último desejo. Vocês são os monstros...

— Ele transformou metade da cidade em pássaros zumbis! — exclamo.

Peter olha para mim e depois volta o olhar para Starling.

— Parece bem monstruoso para mim — diz ele, cruzando os braços sobre o peito. — Se você pensa que vamos ficar parados enquanto ele aterroriza toda Nova York, você está com a cabeça nas nuvens de tão errada.

Ele lança outro olhar para mim e diz:

— Entendeu? Cabeça nas nuvens? — Eu resisto à vontade de bater a mão na testa enquanto Peter abaixa a voz e movimenta suas mãos suavemente perto dos ombros — Porque eles são... Eles são pássaros.

— Boa sacada — digo, dando algum crédito a ele por isso. Deixo para o Peter a tarefa de manter qualquer situação cheia de trocadilhos. Estendo a mão e dou-lhe um tapinha, mas Starling não está rindo, e nem Abutre.

Starling rosna.

— Você acha que ele pretendia transformar toda a cidade em pássaros? Terraheal é o verdadeiro inimigo aqui, transformando seu sangue em um hotel de nanorrobôs, transformando-o em uma arma biológica ambulante. Meu avô é uma vítima! Eles são os vilões que vocês deveriam perseguir...

O homem idoso e careca se vira para Starling e segura carinhosamente a mão dela com a sua enluvada e verde.

— Obrigado, querida — ele diz —, mas vou assumir daqui. — Em seguida, ele se vira para Peter e eu e gesticula calmamente para a paisagem do horizonte da cidade de Nova York, onde há um pôr do sol laranja brilhante se transformando em uma mistura de roxo e vermelho no céu. — Olhe ao redor, Homem-Aranha — ele diz com uma voz estranhamente calorosa e calma. — O que está vendo é o resultado de um projeto financiado por empresas que deu errado, os tristes resultados de um erro de cálculo por parte de uma empresa que afirma querer "curar o mundo". Terraheal. Que piada. Fui cobaia deles para que pudessem lucrar milhões com um tratamento contra o câncer e não me pagaram nada. Eles me mantiveram preso em uma gaiola como um animal.

— Mas te curaram — diz Peter. — Sem a Terraheal, talvez você não estivesse aqui para falar conosco hoje.

Ele nos olha, estreitando os olhos, fervendo de raiva. — Você acha que esses tratamentos foram fáceis? — pergunta. — Sofri lá dentro! E então eles fizeram parecer que eu tinha escolha no assunto. Bem, agora estão pagando pelo que fizeram comigo. Agora vão perceber o erro que cometeram ao forçar uma coisa dessas em um detento indefeso. Se não quisessem essa publicidade ruim, deveriam ter me libertado enquanto tiveram a chance. Essas pessoas? Esses cidadãos? Suas mortes são um gasto necessário.

O Abutre está agitando o punho para nós, com o outro punho cerrado atrás dele, mas o rosto de Starling, recentemente determinado, está lentamente se transformando em um de confusão e... Algo mais que posso perceber... Dor?

— Vô? — ela pergunta, sua voz delicada ao vento e um pouco instável. — O que você está falando?

Sua expressão se transforma em uma de arrependimento enquanto ele se vira e volta para ela.

— Starling, minha querida — ele diz, acariciando a mão em seu rosto. — Você não vê? Tudo isso está a nosso favor. Com tantos civis agora infectados com nanorrobôs, o Homem-Aranha não tem mais ninguém para defender! Qual é o propósito de um Homem-Aranha, ou até dois Homens-Aranha, se ele não tem ninguém para proteger?

Para minha surpresa — pelo olhar em seu rosto — e a de Peter, Starling não parece tão confiante.

— Eles... — ela diz. — Eles realmente vão morrer?

Sinto que posso desmaiar enquanto penso na minha mãe lá fora, infectada e agora... Morrendo.

— Os nanorrobôs — começa o Abutre, olhando de Peter e de mim para sua neta — os manterão vivos pelo tempo que forem necessários.

Starling e eu ficamos em choque.

— Querida? — pergunta o Abutre.

Starling balança a cabeça incerta. Na verdade, ela dá um passo para trás quando ele estende a mão para segurar a dela. Starling olha do Abutre para Peter e, finalmente, para mim. E eu não sei por que — talvez porque me sinta um pouco perdido em relação ao que está acontecendo, talvez porque eu seja desajeitado para caramba, ou talvez porque, lá no fundo, espero poder alcançá-la. Vi isso em seus olhos antes. Há um coração em algum lugar dentro daquela armadura de metal vermelho. Por mais que ela tenha sido cúmplice no plano dele o tempo todo, ainda há esperança de uma segunda chance para ela. Dou um passo à frente e estendo minha mão, como se quisesse dizer:

Espera.

Mas eu não sei exatamente o que quero dizer agora.

Espera, não vá?

Espera, não entre em pânico?

Espera, não tenha um colapso nervoso?

Mas parece que ela está prestes a ter todas essas reações, então o Abutre continua a tranquilizá-la.

— Starling, nenhuma dessas pessoas se importa conosco — ele diz a ela. — Todas essas pessoas estão do lado deles. Nenhuma delas te acolheria, nenhuma delas te alimentaria ou te vestiria se estivesse com fome. Nenhuma delas sequer te resgataria se estivesse sangrando em um beco. O que acontece com elas é... Um efeito colateral infeliz do nosso plano. Não esqueça... Em tudo isso, quem está ao seu lado.

Starling se afasta dele com um grunhido de raiva, corre até a beirada do prédio e salta.

Eu já vi essa cena antes. Estou dentro do prédio da S.H.I.E.L.D. assistindo Starling saltar pela janela segurando aquela maleta, pelo que eu sabia, para nunca mais ser vista. Deixei-a escapar naquela época. Por quê? Porque sabia que ela era mais rápida do que eu. Porque sabia que nunca conseguiria alcançá-la. Porque supus que talvez pudesse encontrá-la novamente... Eventualmente.

Agora?

Não vou arriscar.

Sou apenas um cara que não desiste.

Decido que é isso que serei: o Homem-Aranha que não desiste. Ouço Peter gritar atrás de mim.

— Miles?

Mas não tenho tempo para responder.

Quando ouço sua voz, estou em um mergulho no ar. O mundo parece congelar por um segundo enquanto caio, observando o enxame de pássaros pretos que antes eram pessoas, batendo suas asas, bicando civis, caçando aqueles que escaparam, enchendo as ruas abaixo de suas penas. Todos os prédios estão de cabeça para baixo enquanto mergulho e giro no ar, sentindo o vento em meu rosto e o frio da noite se espalhando pela cidade, mas meus olhos estão fixos nas asas vermelhas de Starling se abrindo e a elevando de volta ao céu.

Mas estou preparado desta vez. Desta vez, estou bem atrás dela.

Ela contorna os prédios tão rápido que temo por um momento não conseguir acompanhá-la, especialmente porque o sol está se pondo cada vez mais no horizonte. Qualquer vestígio de laranja está desaparecendo do céu, e qualquer vestígio de luz com ele.

Os postes de luz abaixo de nós começam a se acender, e me pergunto por que está ficando tão escuro.

Nova York nunca fica tão escura.

E então, ao lançar-me em outro balanço, encolher as pernas e lançar-me no próximo, percebo o que está faltando e o horror substitui a confusão.

Não há faróis.

Há poucas luzes nos apartamentos.

Porque não há ninguém em casa.

E ninguém está dirigindo em lugar nenhum.

Todo mundo foi transformado em pássaros. Criaturas contaminadas por nanorrobôs, mal humanas, aladas e desvairadas. Vejo um deles abaixo de mim saltar do topo de uma lixeira para o teto de um táxi e rasgar os pneus sem motivo. Máquinas sem rumo com uma única missão agora: destruir.

Starling faz algo que me deixa perplexo. Ela sobe rapidamente em direção ao céu, torce-se em espiral antes de mergulhar de volta em queda livre, direto ao chão.

Ela está tentando me despistar.

Mas não vai funcionar.

Não se eu a perder primeiro.

Eu me agarro a uma varanda próxima e me puxo para cima, grudando na parede e espiando ao redor da esquina enquanto ela voa em direção ao horizonte. Estreito os olhos olhando para ela e bato meus dedos contra a grade da varanda enquanto a vejo diminuir cada vez mais contra o céu. E então ouço um pigarro nítido e claro bem perto de mim.

Dou um salto e me viro para ver um rosto familiar atrás de mim. Um velho homem relaxando em uma cadeira de jardim, vestindo uma blusa de manga comprida e segurando uma taça alta de vinho tinto, olhando para mim com uma expressão vazia debaixo de seu gorro de lã. Percebo de onde o reconheço. É o velho do quintal de mais cedo.

— Oh, olá, senhor — digo, esfregando a parte de trás do meu pescoço nervosamente, esperando que ele não esteja mais irritado por causa daquilo. — Desculpe pelo seu, ah... Quintal mais cedo.

Espio ao virar da esquina novamente e encontro o pequeno ponto preto contra as nuvens que é Starling.

— Não pense nisso, garoto — diz, acendendo um cigarro e tomando um generoso gole de sua taça de vinho. — Arrancaram o resto do jardim esta manhã.

— Ah, os pássaros?

— Não, o circo que está na cidade. Claro que foram os pássaros.

Congelo e sinto um aperto de culpa me atingir em cheio na garganta.

— Eu... Eu sinto muito... Por tudo que está acontecendo. — Estou arrependido por muitas coisas agora.

Sinto muito por não ter feito mais desde o começo. Sinto muito por não ter conseguido deter a Starling quando tive a chance no topo do prédio da S.H.I.E.L.D.

— Vou consertar — digo.

— Você não precisa consertar — ele diz balançando a cabeça. — Não é sua responsabilidade. Você só precisa tornar as coisas melhores. Não desista. Você pode fazer isso. Todos estamos contando com você.

Não é minha responsabilidade.

Alguma coisa encaixa em minha cabeça.

Lembro do que o Peter me disse na outra noite.

Admiro isso em você, Miles. Sua noção de propriedade. De responsabilidade. Só... Você sabe... Tenha cuidado para não estar no lugar errado na hora errada.

E eu percebo algo.

O que fiz no outro dia foi responsável — interferir quando vi algo errado. Salvar a dona da loja do assalto, não importa como fui tratado depois. Posso ser tão "responsável" quanto qualquer outra pessoa e ainda ser visto como um vilão no momento em que tiro essa máscara.

Mas se puder me concentrar menos em consertar e mais em apenas melhorar as coisas, talvez possa ajudar as pessoas e ainda me cuidar.

Talvez eu ainda consiga respirar.

Com as expectativas dos outros sobre meus ombros, ou não, sinto um alívio no peito como se pudesse voar. Aceno com determinação e presto continência antes de mergulhar para trás da sacada e balançar pelas ruas mais rápido do que nunca. Sigo o contorno de Starling por toda a cidade enquanto o sol se põe completamente no horizonte. À medida que o céu vai do brilhante laranja para um cinza escuro e crescente, passo por East Harlem e atravesso a baía, até o arranha-céu na extremidade da cidade que está desocupado há sabe-se lá quanto tempo. Ouvi dizer que costumava ser um luxuoso complexo de apartamentos que caiu em desordem, e a cidade pretendia demoli-lo e substituí-lo por algo novo. Mas aqui está Starling, voando em direção a um dos lados com a lua atrás de sua silhueta alada, se agarrando a uma das janelas e entrando. — Te peguei! — sussurro enquanto vou até o prédio.

Neste momento, ouço um bipe-beep-beep-boop-boop-boop vindo do meu bolso e, no meio do balanço, me assusto, desejando poder desacelerar e mudar de direção. Felizmente, chuto meus pés o suficiente para virar e me agarrar a um prédio menor ao lado, aterrissando suavemente no terraço e me escondendo atrás de um ar-condicionado, onde posso atender a ligação à distância.

— Ei, Ganke, o que está acontecendo? Você está bem? — Não posso mentir, é ótimo ouvir a voz dele. Bom saber que de alguma forma ele escapou de ser transformado em um zumbi pássaro. Mas ele precisa me ligar logo agora? Neste momento, enquanto eu estou seguindo a pista de Starling até o possível esconderijo dela?

— Sim, Miles, estou bem! Escuta, aquele cara-pássaro que você prendeu com a teia, no East Harlem?

O Sr. O'Flanigan?

— Sim? — Não preciso dizer a Ganke quem ele realmente era, o cara que tentou nos bicar até a morte. Ganke nunca olharia para o nosso professor de biologia da mesma forma se soubesse que ele tentou nos matar.

— Ele melhorou! Por um breve instante, juro! — Meus olhos se movem rapidamente enquanto tento entender o que exatamente ele está tentando me dizer.

— Como assim "melhorou"? Você tem certeza? — pergunto.

— Quero dizer, as asas dele começaram a encolher, só isso. Não consegui ver o rosto dele porque ele estava de bruços no chão quando caiu. Outra pessoa, outro pássaro, o mordeu muito rápido e ele foi reinfectado. Vi com meus próprios olhos depois que corri. Não corri muito longe, mesmo que você tenha dito para correr. Desculpe. Eu tinha de filmar tudo! Mas antes de ser mordido novamente, ele começou a soltar penas logo depois de você prendê-lo com a teia no rosto, virando de um lado para o outro no beco enquanto suas asas encolhiam até sumirem e serem sugadas de volta para dentro de suas costas. Mas não consegui ver o rosto dele.

— Onde ele está agora? — pergunto.

— Bem — ele diz —, na verdade, não sei. Ele... Fomos atacados novamente por algumas outras aves, e... Ele se transformou em um pássaro novamente.

Eu suspiro. Bem, isso poderia ter sido uma grande revelação.

— Mas — ele continua — acho que isso significa que sua teia pode ter algum... Potencial extra, se você me entende! Algumas teias de aranha têm poderes antissépticos, sabe? Como as aranhas reais. Por que não a sua? Tente envolver as pessoas e veja se consegue reverter um pouco desse dano! Não custa tentar, certo?

Espere... Como isso faz sentido? Minha teia pode simplesmente... O quê? Desativar nanotecnologia então?

— Ganke, obrigado, mas não acredito nisso. Poderes antissépticos? Essa situação das aves é devido aos nanorrobôs. O que o antisséptico faria com pequenos robôs?

— Bem... A teia parecia não fazer nada... Por si só. Mas com seu sangue nela...

Eu suspiro

— Houve algo especial em como você obteve seus poderes? Alguma coisa dando um impulso extra no seu DNA.

Relembro a aranha que me mordeu em meu quarto. Parecia apenas uma aranha comum. Nada de especial nela.

— Você tem certeza que não era uma aranha robô? Aranha alienígena? Aranha geneticamente modificada? Aranha demoníaca?

— Espera. Ela era uma aranha geneticamente modificada!

A primeira coisa que o Peter fez depois de eu pular no teto e perguntar o que diabos estava acontecendo comigo, e ele ter saltado lá em cima comigo para me assegurar que o que eu estava passando não era algo para ter medo, foi me levar para a instalação da S.H.I.E.L.D. para analisar meu DNA, e eles disseram que eu provavelmente fui picado por uma aranha que não era... Normal. Usaram as palavras "geneticamente modificada", que eu havia esquecido até agora.

— Talvez haja algo em seu DNA que os nanorrobôs não gostem.

Penso por um minuto e me pergunto se devo voltar e testar essa teoria. Talvez... Talvez pudesse envolver essas pessoas-passáros e transformá-las de volta?

Mas... Sou apenas um cara...

— Ganke, não há como eu conseguir enfrentar todas essas criaturas-pássaro sozinho, especialmente se isso significa que tenho de sangrar no meu lançador de teia a cada cinco minutos.

Mas e se houvesse uma maneira de amplificar isso...?

Olho ao redor da unidade de ar-condicionado antes de pedir a Ganke o maior favor que já pedi.

— Você pode pesquisar se há uma maneira de aumentar o que está na teia que faz os nanorrobôs perderem força?

— Já estou bem à frente de você. — ele diz.

Como sempre. Sorrio.

— Levei uma amostra da teia comigo quando saí, e parece ser feita de um material parecido com nylon? Polímeros de cadeia longa entrelaçados como correntes de aminoácidos, claramente sintetizados rapidamente, provavelmente por oxidação. É... É líquida antes de ser lançada, certo?

— Sim — confirmo. — Pelo menos a última parte, sim.

Para ser honesto, ele estava falando tão rápido que mal consegui entender o que ele disse anteriormente.

— Então — pergunto, puxando o joelho contra o peito — podemos torná-la mais resistente? Quimicamente, quero dizer?

— Devemos conseguir. — diz ele, com um pouco de hesitação na voz. — Estou no Harlem hispano agora, escondido em um banheiro químico em um canteiro de obras. Eles são impressionantemente seguros, os que estão presos no chão, de qualquer maneira. Ninguém me incomoda há um tempo...

— Ganke, fico feliz em saber que você está seguro, mas o que isso tem a ver com...?

— O ponto é que estou no Harlem hispano. Encontre-me na sua nova casa em vinte minutos e vamos descobrir o que fazer com a sua teia. Eu teria de dar uma olhada mais de perto, mas acho que podemos melhorar os poderes antissépticos com algumas coisas que você tem na casa da sua Abuela. Ahhhh...!

— Ganke?! — grito, apertando o celular com mais força. Um alto estrondo soa pelo alto-falante, e suas palavras vêm rapidamente, juntas com respiração pesada.

— Estou bem! — ele diz. — Mas banheiros químicos? Em uma cidade tomada por pássaros? Má ideia!

— Ganke...

Sou interrompido por mais um bip no telefone e olho para ver um emoji de aranha na tela. É Peter, e ele pode estar em perigo.

— Ganke, espera, tá? Tenho de ir. Vá para algum lugar seguro!

— Estou tentando!

Espero que ele esteja mesmo, e atendo a ligação.

— Oi, Pete? — pergunto.

— Miles, você está... — Desta vez, Peter se interrompe antes de começar sua pergunta novamente. — Miles, o Abutre está controlado aqui e estou prendendo os pássaros o mais rápido que posso, mas sem um antídoto para... Seja lá o que for isso... Eles estão ganhando terreno, infectando as pessoas mais rápido do que consigo capturá-las. Alguma sorte com Starling?

Bom, isso já esclarece algo. A teia do Peter aparentemente não tem os mesmos efeitos que a minha. Eu estaria completamente sozinho lá fora, prendendo pessoas o mais rápido que posso, o que sei que não será suficientemente rápido. Eles me devorariam — ou uns aos outros — enquanto eu os curaria. Ouço Peter empurrando algo muito pesado em algum lugar, e um estrondo explosivo soa pelo telefone.

— Sim — digo, olhando para a janela onde Starling entrou no prédio abandonado. De repente, uma grande rajada de vento me cerca, me assusto, e quando olho novamente, vejo um grande pássaro preto com a cabeça amarela, e um pássaro ainda maior com asas cor de osso. — Acho que encontrei o esconderijo deles. Starling, Shadow e Hollowclaw estão todos aqui.

— Sério? — Peter pergunta. — Ok, me diga onde. Estou a caminho.

Meu peito aperta com essa sugestão.

— Não é que eu não ache que você possa enfrentar os três sozinho — ele continua, para meu alívio. — Apenas acho que eu poderia ajudar. Não precisa tornar as coisas difíceis para você desnecessariamente, sabe?

Sorrio com a sensibilidade dele, grato por ele ter percebido minha necessidade de independência, por mais bobo que possa parecer. Toda a cidade está sendo atacada por terroristas-aves com nanorrobôs, mas, por favor, não faça nada a respeito, Homem-Aranha, porque Miles Morales precisa de sua independência.

Mas, ao mesmo tempo, é tão estranho assim pedir isso? Eu já enfrentei Starling sozinho e perdi. Duas vezes. Já enfrentei

Shadow e Hollowclaw sozinho e perdi. Também duas vezes, se você contar aquela conversa com Steven no F.E.A.S.T.

Três vezes, se você contar a vez em que ele me algemou e quase me incriminou por roubo.

Eu devo ser aquele que os enfrenta.

— Peter, escuta — digo. — Acho que tenho um plano aqui, mas vou precisar de ajuda.

— Qualquer coisa — ele diz, e sei que fala sério

Eu me levanto, dou uma última olhada no esconderijo e corro para a beira do prédio, dando um salto e me balançando sobre a cidade.

— Preciso voltar para o Harlem por um minuto. Acho que algo na minha teia pode neutralizar esses robôs. Ganke está me ajudando, e confio nele. Só preciso que você segure alguns desses pássaros na região central e evite o máximo de danos possível. Você se importa?

— Subjugar os vilões por um tempo? Como se não fosse meu trabalho ou algo assim.

Percebo o sorriso em sua voz, e sorrio de volta. — Obrigado, Pete.

Não sei exatamente como vamos fazer isso ainda. E sei que as chances não estão a meu favor.

Mas sei uma coisa.

Não importa o que aconteça hoje à noite, não vou desistir. Podem me derrubar, podem me jogar pela janela por onde Starling acabou de entrar, mas não vou parar essa luta até que esta cidade — minha cidade — esteja segura.

E humana novamente.

CAPÍTULO 15

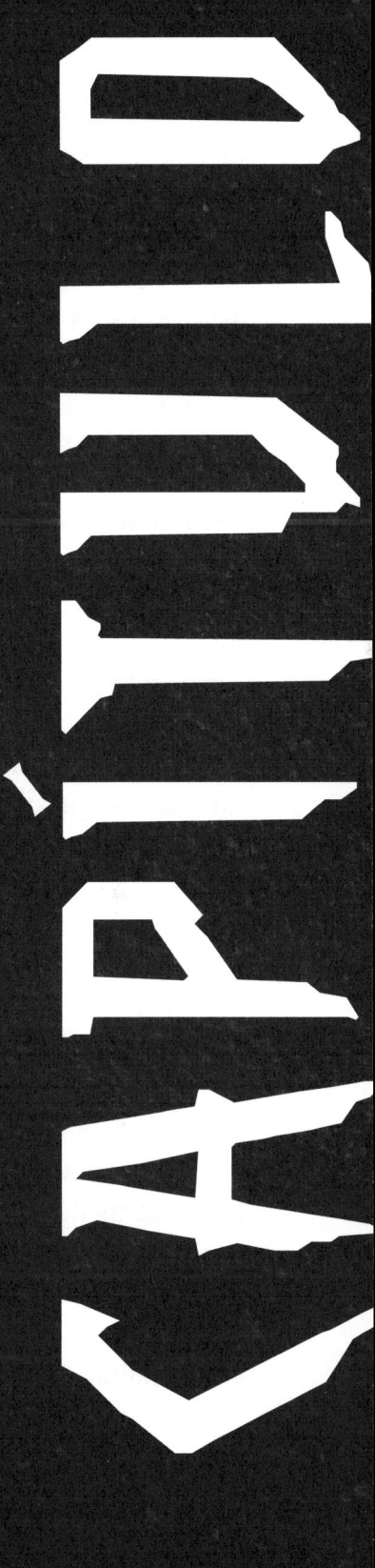

Aqui vou eu, balançando de volta por toda a cidade de Nova York, entre prédios e sobre árvores, carros acidentados e vítimas emplumadas do plano de vingança do Abutre e Starling. Mas meu sangue está correndo em minhas veias com a urgência de consertar isso — a necessidade de fazer alguma coisa. Lanço minha teia até o topo de um poste de energia e ao redor de uma esquina, chegando à borda do East Harlem, esperando que minha Abuela esteja segura onde quer que esteja. Talvez ela tenha escolhido hoje para uma de suas excursões para Jersey em busca do rum especial que só é encontrado lá. Ou talvez ela esteja presa em um trem do metrô que não está funcionando, perdida nos túneis do MTA. Sei que ela ficaria assustada lá embaixo, e talvez até um pouco irritada com a ideia de ter que esperar por horas em vez de chegar em casa com suas pantufas e a TV, mas, pelo menos, estaria fora de perigo.

Sinceramente, gostaria de ter mantido minha mãe em um lugar seguro assim.

Lembro-me de seus olhos quando ela mudou — lembro-me de assistir à vida escapando deles, como se alguém tivesse apagado uma luz dentro dela. Não posso simplesmente deixá-la assim, lá fora em algum lugar de Nova York, possivelmente atacando outras pessoas, tentando transformá-las na mesma coisa que ela lutou para não se tornar.

Com uma nova determinação, passo sobre carros estacionados por ruas praticamente vazias, iluminadas pelas luzes que brilham e iluminam o caminho. Depois do que parece ser um pouco mais de meia hora, avisto o apartamento da minha Abuelita e sigo para a rua ao lado, onde posso tirar meu traje sob a proteção da escuridão. Se ainda há humanos nesta rua, não quero que eles olhem pela janela e vejam o Homem-Aranha passar voando pela janela do vizinho, percebendo que o vizinho é do mesmo tamanho e tem o mesmo corpo. Enquanto visto meu capuz na cabeça, coloco a mochila no ombro e viro a esquina em direção à escada que leva à porta da minha Abuelita, vejo Ganke sentado no corredor. Ele está de pernas cruzadas, contra a parede, com os fones de ouvido, o nariz a poucos centímetros da tela do celular enquanto rola por algo aparentemente muito interessante.

— Oi — digo. Ele olha para mim, sorri e abaixa os fones de ouvido. — Sério? Fones de ouvido? Com literalmente um apocalipse de pássaros acontecendo lá fora? E se um deles passasse pela janela atrás de você e arrancasse sua cabeça?

Ganke olha para a janela, como se nem soubesse que ela estava lá, e depois se levanta e sorri para mim.

— Tenho quase certeza de que eles estão mais interessados em espalhar os nanorrobôs para novos hospedeiros do que em realmente matar pessoas — diz, estendendo o telefone para mim. — Tenho investigado algumas coisas. Leia isso.

Ele tira uma chave do bolso e destranca a porta da frente do apartamento da minha Abuela. Ele já tinha essa chave desde quando nos ajudou com a mudança ontem? Ele deve sentir que estou olhando, porque olha para cima para mim antes mesmo de abrir a porta.

— O que foi? — pergunta dando de ombros. — Eu ia devolver em breve.

Reviro os olhos. Esse cara é mesmo o irmão que nunca tive. Sempre bem-vindo na casa da minha mãe e agora da minha avó, o suficiente para ser confiável o suficiente para guardar uma chave por, pelo menos, alguns dias. Eu não ficaria surpreso se minha mãe fizesse uma chave permanente para ele.

— Nada, cara — dou risada enquanto ele abre a porta e entramos no apartamento. O cheiro é exatamente como me lembro, levemente de móveis antigos e memórias. Acendo o interruptor e as lembranças de carregar todas aquelas caixas escada acima do caminhão de mudança voltam, ajudando minha mãe a desempacotar o equipamento mais pesado da cozinha dela.

— Abuelita? — chamo, esperando encontrá-la aqui, em segurança. Mas nenhuma resposta.

Parece que foi há tanto tempo, embora tenha sido literalmente no outro dia. Tantas coisas podem acontecer em questão de dias. Incluindo a tomada de controle da cidade por aves de rapina.

Ganke deve sentir minha decepção, pois coloca a mão em meu ombro e diz: — Sinto muito, cara. Tenho certeza de que, onde quer que ela esteja, ela está segura. Você sabe que sua mãe faria de tudo para proteger a própria mãe. A primeira coisa que ela fez foi entrar em contato com você, certo? Então tenho certeza de que a Abuela está segura também.

— Sim — concordo, embora esteja dizendo isso mais para mim mesmo do que para qualquer pessoa.

Ela provavelmente está bem, onde quer que esteja. Talvez minha mãe a tenha tirado da cidade antes que algo pudesse acontecer. Só posso esperar...

— Então — começa Ganke, depois de colocar sua mochila na mesa da cozinha, sentar-se em uma cadeira e esfregar as mãos como um cientista louco — pegue uma cadeira, jovem estudante. O mestre está pronto para transmitir o que sabe.

— Tudo bem, o que você descobriu, Poindexter? — digo, puxando uma cadeira e sentando ao lado dele. Não leva muito tempo para ele abrir uma página em seu celular e me entregar. Olho para baixo e vejo um artigo de uma revista científica revisada por pares chamada "As aranhas mais mortais do mundo e o que há em suas teias".

— Então, como demoraria cerca de três anos para ler este artigo, permita-me resumir — diz Ganke, ajustando seu assento na cadeira como se estivesse se preparando para uma conversa longa. — É exatamente como o Sr. O'Flanigan disse na aula outro dia. Algumas espécies de aranhas têm veneno com propriedades antissépticas. O suficiente para que, em algumas partes do mundo, a seda de aranha seja usada para tratar feridas.

— Que nojo — estremeço. Já é ruim ser enviado ao hospital com uma ferida aberta, imagina tê-la preenchida com seda de aranha. Eca. — Então, o que tudo isso significa para nós? Minha teia fez algo com a pessoa-pássaro, mas... Ela foi reinfectada por outro zumbi pássaro segundos depois. A teia é apenas uma fórmula química...

— Uma fórmula química que contém traços de etanol! Quando fomos atacados mais cedo, você estava com sangue escorrendo da mão. Acho que um pouco deve ter caído no lançador da teia. Não foi apenas a teia que reverteu a transformação, foi o seu DNA também!

Observo o conhecido sorriso se espalhando pelo rosto de Ganke enquanto as engrenagens em sua cabeça começam a girar mais rápido, e ele pega o celular de volta, passando para o próximo artigo antes de me devolvê-lo. Olho para baixo e vejo um novo título que diz "Nanorrobôs e antissépticos: reações, aversões e relações".

— Outro artigo que é longo demais para lermos antes que toda essa cidade se transforme em um zoológico infernal, então, novamente, vou resumir — diz Ganke. — Basicamente, embora existam milhares de tipos diferentes de nanorrobôs por aí, a maioria deles exibe algum tipo de reação a antissépticos à base de etanol e mesmo peróxido de hidrogênio. Aparentemente, esses nanorrobôs não são diferentes. Como mencionei, peguei uma amostra da sua teia. Aqui está.

Ganke tira um pequeno frasco plástico transparente do bolso, onde vejo algumas tiras de teia branca.

— Sabe, você não precisava arriscar sua vida coletando isso, certo? Poderia simplesmente me pedir um pouco.

— Escute — diz Ganke revirando os olhos. — Por que fazer as coisas do jeito fácil quando pode fazer as coisas do jeito divertido? Além disso, dessa forma tive tempo para olhar para esse material sob um microscópio. Parece conter, agora vaporizadas, gotículas de solução antisséptica. O problema é que o etanol na teia por si só não era potente o suficiente para desativar os nanorrobôs por tempo suficiente para desfazer os efeitos de pássaro. Os nanorrobôs consequentemente têm tempo suficiente para reinfectar antes que qualquer dano real possa ser feito.

Faz sentido para mim. Cruzo os braços sobre o peito e concordo com aprovação.

— Legal, cara! Bom trabalho. Mas... E agora? Precisamos deixar o antisséptico na teia mais forte?

— Bem, sim e não. Estou pensando em duas opções aqui. Podemos adquirir etanol o suficiente para pulverizar todas essas pessoas-pássaros e eliminar os nanorrobôs em massa, mas isso não garante que hospedeiros não infectados voltem a infectar os hospedeiros recuperados antes que possamos levá-los em segurança.

— Boa observação — digo, acompanhando-o. — Ou...? Qual é a segunda opção?

— Podemos misturar o fluido da sua teia com sua saliva.

— Eca! Você quer que eu espirre minha saliva em toda Nova York?

— Já vi pessoas tentando fazer isso — ele considera — Só é seguir a pessoa certa por um ou dois quarteirões perto do Yankee Stadium e você verá também.

— Ponto válido — concordo. — Então você acha que foi a combinação do meu DNA com o fluido da teia que tornou o antisséptico forte o suficiente para reverter o efeito das pessoas-passáros?

— Bem, eu estava esperando colocar as mãos em alguns nanorrobôs para testar a teoria, mas, bem... Os hospedeiros não ficaram muito entusiasmados em me deixar chegar muito perto. Tentei analisar algumas penas deles, mas nenhum dos nanorrobôs chegou às células. Apenas às raízes, suponho, dizendo ao corpo para produzi-las. Mas suspeito que, como você foi picado por uma aranha geneticamente alterada, algo em seu DNA tem propriedades antissépticas que o Homem-Aranha 1.0 não tem. Você disse que a teia dele não funciona contra eles, certo?

Eu me lembro de ver Peter envolvendo pessoa-pássaro após pessoa-pássaro, apenas para vê-las lutando de volta com a mesma força, rasgando as teias tão rápido quanto ele podia lançá-las.

— Sim, foi só a minha que funcionou depois que me cortei — digo.

— Então, embora os nanorrobôs sejam mecânicos, há algo na composição química do seu corpo, como as propriedades antissépticas do veneno de aranha mencionado pelo artigo, que está interferindo neles. Sabemos que o etanol pode destruir os nanorrobôs e desativá-los, assim como funciona com um desinfetante. Quando sua teia se misturou com seu sangue, as duas propriedades antissépticas trabalhando juntas foram capazes de reverter o efeito de ave naquele homem.

— Ok — pondero, ainda não totalmente convencido. Essa teoria toda me parece um tanto forçada. — Então, e agora? Cuspo na minha teia e vou enfrentar as pessoas-passáros como tenho feito?

— Bem, sim — ele insiste. — Mas terá de derrubá-las com uma estratégia diferente. Você não pode enfrentá-las uma por uma, como tem tentado fazer. Você nunca vai conseguir acompanhar o ritmo de aprendizado dos nanorrobôs.

Suspiro quando uma ideia me atinge.

— Espera, Ganke! É isso!

— O que? — ele pergunta, seus olhos se abrindo de animação ao perceber que tenho novas informações para ele.

— Antes de você me ligar, eu estava em uma missão para descobrir onde Starling e sua equipe estavam escondidos, e...

— Espera, Starling é aquele cara enorme e vermelho que estava escalando a sede da S.H.I.E.L.D. outro dia?

— Garota.

— Oh. Oh, legal!

— Não foi legal quando ela estava tentando me jogar do prédio, mas tudo bem — sorrio. — Enfim, eu estava em uma missão para rastrear Starling e descobrir a fonte de tudo isso, e tenho a sensação de que estava prestes a infiltrar o quartel-general deles. Com algo assim, aumentando o poder antisséptico do meu lançador de teias, se houver uma fonte para toda essa confusão, eu poderia rastreá-la e desativar todos os nanorrobôs de uma vez!

— Isso aí! — exclama Ganke, se levantando. — Agora, onde está o seu lançador de teias? Temos de colocar todo o seu DNA nele.

— Isso ainda é nojento — insisto, inclinando-me e abrindo minha mochila. É tão estranho fazer isso na frente de qualquer pessoa além do Peter. Tiro minhas luvas com os lançadores de teias acoplados. Ganke não consegue conter sua empolgação. Sei que ele está aqui tentando parecer todo profissional e composto, mas seus olhos estão brilhando como luzes de Natal vendo tudo isso acontecer. — Aqui vamos nós — digo, desconectando o lançador de teias. Abro o frasco com o líquido e olho para ele. — Devo cuspir nisso, ou...

— Eu provavelmente deveria coletar uma amostra limpa primeiro. É por isso que te pedi para vir até aqui fazer isso. Caso contrário, eu teria te ligado e dito "Ei, Miles, talvez você devesse cuspir no seu lançador de teias da comodidade de qualquer prédio que esteja empoleirado".

— Bom ponto — concordo.

Depois de ir ao banheiro da minha Abuelita, escovar meus dentes e cuspir na placa de Petri ultralimpa de Ganke, que ele carrega consigo, como qualquer pessoa normal faria, ele cuidadosamente despeja o conteúdo no meu frasco de fluido de teia, e eu o fecho.

— Tudo bem, Homem-Aranha — ele diz. E então grita: — Ooh, nunca vou cansar de dizer isso! Hora de testar essa maravilha.

E, como previsto, assim que estou do lado de fora, entrando e saindo do beco, de volta ao meu traje, encontro uma única criatura-pássaro se arrastando pelas ruas escuras do East Harlem. Rastejo ao longo do lado do prédio, me posiciono e a derrubo com minha teia.

Ela cai, mas não sem lutar. Ela grita e arranha a teia, com seus olhos selvagens e cinzentos como os dos outros, mas logo fica quieta. Suas asas começam a encolher. Seus cabelos voltam a brotar da cabeça, pretos como a noite e molhados, e sua pele cinza desaparece, revelando um saudável tom castanho. Felizmente para mim, ele está deitado de lado, pois está completamente nu e, assim, eu não preciso ver nada além do necessário.

Mas ele é humano novamente. Quem quer que seja.

E está consciente.

E está de pé.

E está andando.

E está consciente o suficiente para pegar um jornal próximo para se cobrir, antes de se esgueirar pela noite, espero que para encontrar sua casa.

Com uma renovada esperança pulsando em meu peito, salto do muro e me dirijo rapidamente de volta ao prédio onde Starling e sua turma acham que estão seguros.

CAPÍTULO 16

Okay, Miles, penso comigo mesmo. Primeiro, se infiltrar no esconderijo secreto. Você consegue fazer isso. Assim como o Peter faz. Entrar. Destruir a fonte do poder deles. Sair. Sem brincadeiras.

Lanço-me para cima do prédio em questão e me agarro na janela esquerda quebrada.

Bem, acho que se eu for me infiltrar nesse lugar como o Peter, tem de haver algumas brincadeiras envolvidas. Olho para cima do lado do prédio e começo minha escalada. Agora, sei que se simplesmente entrar lá como um colega de quarto que esqueceu a comida na geladeira ao sair, eles vão me atacar, o que significa morte certa ou sequestro — não consigo decidir o pior — ou eles vão fugir, o que só prolonga essa perseguição, e a cada segundo que passo, mais civis se transformam em pássaros zumbis.

Ser sequestrado significaria revelar minha identidade secreta para o mundo. Tenho quase certeza de que é um destino pior que a morte, então vamos evitar esse resultado. Mas qual é o sentido de ter uma identidade secreta, ou até mesmo esses poderes — na verdade, qual é o sentido de viver em Nova York —, se as pessoas não estão aqui?

Se não resta ninguém para proteger? Se já falhei com todos eles?

Isso deixa uma opção: Entrar. Cumprir a missão. Sair.

Meu coração está acelerado, e respirar fundo não ajuda em nada, porque enquanto escalava o lado desse prédio, não fazia ideia do que estava indo em direção. Eu poderia encontrar aqueles três encolhidos ao redor de um barril de metal com um fogo tremeluzente queimando dentro, e nada roubado da S.H.I.E.L.D., nenhum equipamento de alta tecnologia, nada de valor que eu pudesse destruir para retardá-los ou detê-los completamente. Ou eu poderia estar subindo em direção ao esconderijo secreto do Abutre, onde ele esteve escondido desde os anos 1980, com todos os seus planos mais intrincados rabiscados nas paredes.

Tenho de estar preparado para qualquer uma das situações.

Como o Peter consegue simplesmente entrar nessas coisas, preparado para o que vier?!

Então, eu ouço algo.

Um som de movimento, como se estivessem embaralhando papéis ou calçados ou algo do tipo, e a sombra negra de um vulto aparece na janela à minha frente, logo antes que eu conseguisse me desviar, colar minhas costas na parede e segurar a respiração.

Mas estou quase certo de que me viram.

Então, contorno o canto do prédio e sigo o mesmo plano.

Colo-me à parede.

Prendo a respiração.

Ouço alguém na janela onde eu estava antes e fecho os olhos, esperando que a pessoa se afaste. Rápido. Mas sinto que não tenho tempo para esperar para descobrir, então penso... E se eu tentar subir pela parede... De costas?

Levanto um pé, depois o outro, e então minhas mãos. Parece quase como um rastejo invertido, e subo pela parede dessa forma até alcançar a janela quebrada acima de mim. Após dar uma olhada para dentro, entro rastejando e piso no chão que não consigo ver. O local está muito escuro, com apenas a luz da lua criando quadrados de luz azul no chão pelas janelas. Nestes quadrados de luz, consigo ver camadas e camadas de poeira e vidro quebrado, jornais rasgados espalhados por todo lugar, e uma única pena negra como azeviche com as pontas tremulando ligeiramente na brisa.

— Ótimo — sussurro para mim mesmo. — Justamente o que gosto de ver assim que me infiltro em um esconderijo secreto. Uma pena sombria.

Deslizo pelo cômodo, mantendo-me o mais próximo do chão possível. Meus pés quase não fazem ruído ao tocar o chão, apesar de todos os destroços, e escuto atentamente qualquer coisa que possa me guiar para onde estão escondidos neste lugar.

Um grasnado?

O bater de asas?

O som de ovos?

Miles, acorda, me incentivo, *eles são humanos com tecnologia de aves, não aves de verdade.*

Certo, tenho de me concentrar, tenho de me concentrar. Está tudo bem. Só não estou pensando claramente porque estou nervoso. Só preciso de um minuto para respirar, talvez relaxar um pouco. Aproveito esse momento para me balançar de um lado para o outro como um boxeador, mantendo os pés no chão enquanto respiro profundamente e sacudo as mãos.

E assim que me sinto muito solto, relaxado e um pouco mais pronto para seguir o rastro dessas pessoas, um estrondo!

De repente, estou caindo, pedaços de gesso, poeira e vidro ao meu redor, caindo no chão. Abro os olhos com dificuldade e percebo que estou deitado de costas, com poeira flutuando ao redor do meu rosto, e um brilho alaranjado em algum lugar próximo. Forço-me a sentar e descanso minha mão na minha testa latejante, e quando meus olhos se ajustam ao foco, percebo o que está acontecendo e me afasto contra a parede.

De pé bem na minha frente, com olhos frios fixos em mim, estão Shadow, Hollowclaw e Starling. Um rápido olhar entre eles e Shadow e Hollowclaw soltam suas garras dos dedos e se aproximam de mim.

— E aí, pessoal — digo, pulando em pé apesar da tontura e agindo como se estivesse cem por cento pronto para enfrentá-los. Spoiler: não estou. Na verdade, minha maior arma agora são minhas palavras, e meu maior medo é que eles possam já saber disso. — Starling — digo —, você não precisa fazer isso. Não precisa seguir o plano dele. Você tem uma escolha.

— Eu já fiz minha escolha — ela diz antes de estender suas asas e pular até a beirada da janela. Ela se vira para seus dois parceiros e diz — Corvos... Peguem ele.

Ela salta da beirada e algo no meu coração se quebra. Ela escapou novamente. E nada nesta sala parece ter algum valor que eu possa destruir ou derrubar. Eu estava certo com meu primeiro palpite — apenas um barril de lixo queimando em uma sala cheia de poeira.

— Corvos, é? — pergunto. — Nada muito original, não é?

— Já ouvi o suficiente de você, Homem-Aranha — rosna Shadow. — Hora de calá-lo de vez. — E então Shadow se lança contra mim. As garras deslizam, uma mão após a outra, e eu esquivo, esquivo, esquivo antes de avistar um pilar de sustentação atrás de mim no qual posso me segurar e girar os pés para me encaixar perfeitamente no peito dele. Ele voa e cai no cruel piso de cimento com um *"ugh!"* profundo e gutural!

— Mas já sentiu o suficiente dos meus pés? — pergunto.

Hollowclaw nem me dá tempo para fazer a piada antes de saltar contra mim. Seus punhos voam. Rápido. Um deles acerta em cheio minha mandíbula e eu caio para trás, meu rosto explodindo de dor, meus olhos arregalados.

— Puxa, cara, você faz kickboxing ou algo assim? — pergunto.

— Muay thai — responde antes de lançar um soco direito em mim.

— Hum... — assinto, antes de bloqueá-lo e acertar um soco esquerdo em seu torso. Quando ele se dobra, estou pronto para agarrar sua cabeça e apresentá-la ao meu joelho, antes de sentir dois braços em volta do meu pescoço, apertando minha traqueia.

Instintivamente, arranho o rosto de quem está acima de mim, antes de lembrar que conheço esses dois, e conheço suas táticas. Eles trabalham em equipe. Precisam um do outro. Então, se eu derrotar apenas um, o outro estará lá para atacar.

Tenho de derrotá-los ao mesmo tempo.

Levanto os pés acima da minha cabeça e caio no chão atrás deles. Disparo uma teia diretamente em cada um, grudando-os na parede de concreto dos dois lados do barril laranja brilhante. E continuo disparando teias até que se transformem em dois enormes casulos brancos presos à parede. — Agora... — respiro, fazendo o possível para recuperar o fôlego. — Agora que vocês dois estão de castigo, talvez possamos conversar como adultos.

— Você nunca vai arrancar uma palavra de mim — grita Shadow.

Aponto em sua direção e lanço a menor teia que consigo, colando sua boca como um Band-Aid gigante.

— Vamos ver — digo, me aproximando de Hollowclaw e encarando-o nos olhos. A raiva que vejo borbulhando lá dentro arde ainda mais no brilho laranja das chamas do barril, respiro fundo antes de fazer minha pergunta.

— De onde vêm os nanorrobôs? — exijo, esperando que minha voz soe mais certeira do que realmente estou. Mesmo sob o Band-Aid na boca do Shadow, consigo perceber que estão rindo.

Com um movimento rápido de minha teia, eu a arranco, levando o sorriso deles junto.

— Ai! — ele grita.

— Chame de uma depilação labial grátis — digo, me aproximando deles. — Agora, querem me dizer por que minha pergunta foi tão engraçada?

— Porque você nunca vai encontrar — dizem com um sorriso astuto. — Os nanorrobôs pertencem à Terraheal. Acha que eles vão simplesmente divulgar onde os estão mantendo? Acha que pode apenas pesquisar algo assim no Google?

— Não — retruco —, mas você acabou de me dizer que eles estão em um local centralizado.

E não apenas isso, é um local que pode ser encontrado.

O rosto anteriormente afiado e redondo do Shadow, com olhos brilhantes, se derrete em algo suave, perdido e um pouco surpreso.

— Não, eu não quis dizer isso...

Zip! Outro movimento rápido do meu pulso e outra teia cobre a boca dele. Alguém deveria dizer ao Peter para usar essa estratégia, se ele já não a usa. É incrivelmente conveniente.

— E você, Hollowclaw? — Pergunto, me aproximando dele. Não vou mentir, é muito bom estar no controle agora. Foi muito mais fácil do que pensei que seria. — Pode facilitar as coisas para você?

Agora estou falando com esses dois como se estivesse planejando torturá-los, o que não estou, mas não posso deixá-los saber disso.

E então acontece.

Antes que eu tenha tempo de piscar.

Uma rajada de ar passa pelo local.

Um flash vermelho.

O som de algo fino e longo sendo varrido pelo ar!

Eu olho para cima, e Starling está de pé na minha frente novamente, Hollowclaw e Shadow estão atrás dela, e as teias com que os envolvi cuidadosamente caem em pedaços no chão.

— Ops, hora de ir embora! — digo, concluindo que se a origem dos nanorrobôs não está aqui nesta sala, é melhor correr. Literalmente.

Já estou pela janela, me balançando em teias ao redor da lateral do prédio mais rápido do que posso ouvir Starling ordenar, "Peguem ele!".

Estou correndo ao longo da lateral do prédio, segurando minha teia presa ao telhado, porque tenho um plano. Bem, mais ou menos. Pelo menos, deve funcionar na teoria. Eu corro, e corro, e corro, encurtando minha teia conforme avanço, então me lanço em uma espiral cada vez mais alta no céu, meu corpo paralelo ao chão. Enquanto corro, olho pelas janelas. O prédio é tão estreito que é fácil ver direto para o outro lado enquanto corro.

E, com os três em perseguição atrás de mim, nós circulamos completamente o prédio. Olho para baixo e posso ver o cabelo amarelo brilhante de Shadow logo abaixo de mim, e decido que este é o momento. Volto atrás, desviando-me para cima e sigo pelo caminho por onde vim, e depois mergulho em linha reta. Hollowclaw mergulha logo atrás de mim. Observo enquanto passo por Shadow, cara a cara com ele por um segundo, tempo suficiente para dar a ele um sorriso rápido, e então mergulho e ouço Hollowclaw e Shadow colidirem no ar acima de mim.

O som do metal amassando-se, torcendo e se enroscando... Parece um acidente de carro. E quando vejo a bagunça fumegante e faiscante que é Shadow e Hollowclaw caindo vários andares, seus gritos ecoando, atiro minha teia entre este prédio e o telhado do prédio adjacente, envolvendo-os em um grande casulo enroscado de asas fumegantes ainda presas às suas costas.

— Boa sorte se contorcendo nisso — digo antes de voltar minha atenção para Starling.

Agarro a janela mais próxima e me arrasto para dentro. Assim que meus pés tocam o chão, que é igualmente empoeirado e coberto de vidro neste andar, começo a me mover no meio do prédio, ouvindo atentamente.

Não ouço muito aqui em cima. É estranhamente silencioso. Mortalmente silencioso. Mas avisto uma escadaria no lado oposto da sala e entro nela. Se eu achava que estava escuro lá fora na sala principal, com todas as janelas deixando a luz da lua entrar, eu não tinha ideia do que me esperava. Este lugar é escuro. Tão escuro que não consigo ver minha própria mão na frente do meu rosto. Mas decido que se conseguir rastrear Starling neste lugar, talvez possa falar com ela sobre o que seu avô disse sobre o "plano" deles, e talvez até fazê-la ver a verdade.

Não literalmente. Pelas aparências do esconderijo do Abutre aqui em cima, parece que ele está mais interessado na escuridão... E talvez até em coisas mortas.

Estremeço e começo a subir a escadaria, que parece interminável quando olho para cima. Caminho, degrau por degrau, subindo cada andar, até ouvir um ruído próximo, o que me faz congelar onde estou. Passei tempo suficiente da minha vida em Nova York para saber como é o som de um rato rastejando pelas paredes. Exceto que este rato é mais alto do que eu e está equipado com duas asas de metal de um metro e meio de comprimento. E não parece rastejar pelas paredes, mas sim...

Apenas a uma parede de distância.

Pressiono os dedos na parede à minha esquerda e continuo subindo, ouvindo enquanto avanço. Chego à próxima porta e encosto a orelha nela, ouvindo o que parece ser um zumbido fraco do outro lado, como se a sala inteira fosse um micro-ondas. Respiro fundo, esperando que este lugar não tenha armadilhas ou algo assim. Mas quando abro a porta, rangendo como está, vejo um enorme recipiente verde no canto, brilhando, iluminando toda a sala com sua cor estranhamente radioativa. Papéis estão espalhados pelo chão. Planos forram as paredes, desenhados em papel de planta colado em todo o lugar. As janelas deste andar estão em sua maioria intactas. Sujas e impossíveis de ver através delas, com alguns buracos estilhaçados aqui e ali, mas ainda o suficiente para fornecer abrigo.

Vejo a enorme máquina com asas vermelhas caída no chão, penas colapsadas sobre si mesmas, como se a coisa tivesse sido jogada de lado descuidadamente.

E em frente ao recipiente brilhante, encolhida em uma pequena bola, joelhos no peito, queixo nos joelhos, duas tranças afro sobressaindo de um moletom escuro, está Starling. Ela não se mexeu desde que abri a porta, e me pergunto se ela sabe que estou aqui. Apenas para garantir, me aproximo um pouco e examino minhas opções. Eu poderia destruir completamente o recipiente, que parece ser uma fonte de energia de algum tipo. Essa seria a maneira mais rápida de acabar com isso. Ou eu poderia envolver Starling com teias por trás, como fiz com Hollowclaw e Shadow antes de ela chegar. Ou eu poderia...

— Sei que você está aí, Homem-Aranha — vem a voz dela, a mais suave que já ouvi. Ela se vira e trava os olhos em mim. — Você não precisa ficar se esgueirando por aí parecendo um mímico paranoico.

Olho para baixo e percebo que estou na posição de um joelho no ar, ambas as mãos erguidas como um velociraptor, ombros encolhidos e olhos arregalados, como... Bem, como um mímico paranoico. Rapidamente me endireito e limpo a garganta, mas antes que eu possa pensar no que dizer, ela volta sua atenção para o recipiente e continua.

— Também sei por que está aqui — ela diz. — Você está aqui para me contar sobre os planos do meu avô e por que eles estão errados, e me lembrar que ajudei a infectar milhares de pessoas com essa tecnologia só para me vingar de uma empresa farmacêutica que não tinha nada a ver comigo em primeiro lugar, e o quão sem sentido foi tudo isso, e como fui boba em acreditar nele.

Ok, eu estava preparado para muitas coisas quando entrei aqui — desviar de garras, desviar de ganchos, me balançar mais rápido do que ela pode voar. Mas não estava preparado para uma conversa franca.

— Eu... Na verdade, não estava preparado para lhe dizer nada disso — respondo.

— Bom — ela considera —, você pode poupar o seu fôlego. Não há nada que possa fazer de qualquer maneira. O que está feito, está feito. Estou aqui em cima porque não tenho para onde ir.

Ela se levanta e vira para me encarar.

— Sabe por que me envolvi nisso? — ela pergunta. — Agora que ganhamos, acho que posso te contar, pelo menos.

Coloco as mãos nos quadris e dou de ombros. — Claro, acho que sim — digo. — Porque você realmente acreditava na causa de seu avô, não é? — Sei que ela acreditava. Quem não acreditaria, sendo que o homem que a criou estava em apuros, com o corpo apodrecendo na prisão devido a um câncer agressivo e a alma sofrendo com um tratamento igualmente agressivo. Ele pediu sua ajuda, e ela disse sim. Porque o ama.

Eu me lembro do meu pai e o quanto o admirava. Nunca o ouvi levantar a voz para mim, minha mãe, ou qualquer pessoa, na verdade. Ele sempre tentou fazer o que era certo. Ele me ensinou a fazer minhas primeiras batidas no toca-discos. Costumava sentar comigo no Parque Prospect e jogar bola nas quadras perto da escola e da mercearia ao lado. Nos dias calmos de trabalho, me deixava sentar no banco da frente de sua viatura e, em raras ocasiões, quando estacionava no subsolo do distrito, onde o barulho não incomodaria ninguém, ele me deixava apertar o botão da sirene e ver as luzes iluminarem todo o estacionamento.

Não consigo imaginar crescer sob os cuidados dele e depois descobrir que ele tinha um plano secreto para infectar toda Nova York com nanorrobôs mapeadores de DNA de pássaros zumbis.

Tudo por vingança. Vingança mesquinha contra a empresa que o transformou em um experimento científico.

— Sinto muito — falo. O que mais posso dizer? — Eu... Eu não posso dizer que sei como é perder a fé em alguém que você admira — continuo, me aproximando até ficar ao lado dela. — Mas sei como é perder alguém que admirava. Dói. E pode te deixar se sentindo perdido.

Ela fica quieta por um momento, então continuo.

— Mas sabe de uma coisa? — pergunto. — Você só perde se desistir.

Ela não diz nada. Apenas suspira e continua olhando para o recipiente verde brilhante. Sigo seu olhar e examino a coisa, agora que estou mais perto. O líquido viscoso dentro dele se movimenta, borbulhando atrás do vidro lentamente.

— O que é essa coisa, aliás? — questiono.

— Rumídio — ela responde.

Um longo silêncio se instala entre nós. Tão longo que desisto de esperar que ela ofereça mais explicações por conta própria.

— Rumídio — enuncio. — O que é isso?

Um longo silêncio se passa entre nós. Tão longo que, quando ela se levanta e fala, isso me assusta.

— O que importa, né? — ela diz para mim. — Mesmo que eu quisesse voltar atrás no que fiz, ajudar ele a criar... — ela gesticula descontroladamente na direção do recipiente — Isso... Eu não poderia. Os nanorrobôs estão soltos. Estão se multiplicando. Estão dominando a cidade.

A voz de Starling fica suave novamente enquanto ela olha para o recipiente e enuncia: — Não podemos simplesmente tirá-los de onde estão.

Olho para ela enquanto ela observa os robôs nadarem. O brilho verde ilumina seu rosto e reflete em seus olhos.

— Então... Você está dizendo que vai me ajudar?
— Estou dizendo que não há como te ajudar. Você não entende, Homem-Aranha? Você está atrasado demais. E eu também estou.
— Não — interpelo. — Não acredito nisso. Tem de haver um jeito. Poderíamos começar destruindo isso aqui...
— Não! — ela grita, estendendo o braço na minha frente, mesmo que eu nem tenha recuado. — Não podemos fazer isso.
— Por quê? — pergunto, cruzando os braços no peito.
— Vê aquela estátua lá dentro? — ela pergunta, apontando para o recipiente.

Eu me abaixo e olho bem de perto, observando profundamente, e encontro um tênue contorno das familiares asas douradas sentadas em um pedestal no centro do fluido verde.— O museu achava que a estátua do Abraço de Thoth era feita de ouro sólido, mas por dentro é feita de rumídio sólido. Meu avô encontrou uma maneira de liquefazê-lo usando plasma dos projetos na instalação da S.H.I.E.L.D. O rumídio sólido é relativamente inofensivo, mas o rumídio líquido é altamente volátil. Até a menor perturbação poderia espalhar essa substância no ar, e quem sabe o que aconteceria.

— Como vocês construíram essa coisa se ela é tão sensível? — pergunto. — Você tem certeza de que ele não inventou isso para te impedir de tocá-la?

— Ele não mentiria para mim — ela rosna. — Meu avô é muitas coisas, mas não é mentiroso.

— Ok, ok — eu concordo. Viro-me e começo a andar de um lado para o outro na sala. — Mas por que você precisava disso?

— Isso faz os nanorrobôs entrarem em overdrive. Eles já agiram no DNA dele, combatendo o câncer e restaurando sua força, mas ele queria mais. Ao tornar os nanorrobôs mais voláteis, ele conseguiu introduzir filamentos de DNA de pássaros. Águias, falcões...

— Abutres? — Não consigo deixar de perguntar.

— Abutres — ela suspira. — E agora os nanorrobôs estão se espalhando e infectando todo mundo. Era para derrubar a Terraheal. Era para ser algo contido.

— Então você vai me ajudar? — pergunto.

— Pare de me perguntar isso — ela diz. — Eu não vou trair meu avô. — Então ela pausa e olha para o recipiente novamente. — Mas se você encontrar uma maneira de desfazer isso, eu... Não vou te impedir.

Uma chama de esperança se acende em meu peito e não posso deixar de sentir um sorriso se formar no canto da minha boca. Parece que há algo de bom em Starling afinal. O grande e malvado Pombo vermelho que me jogou do prédio da S.H.I.E.L.D. tem um coração, no fim das contas. Ou pelo menos a capacidade de se importar.

— Ok — digo, aceitando a complacência, se não a cooperação. — Então, se eu destruir a fonte...

— Tudo o que destruir esta coisa mataria o resto dos nanorrobôs que ainda estão dentro. Não faria nada pelos já infectados.

Pense, Miles, pense! Eu me incentivo. Deve haver algo que eu possa fazer.

Não podemos destruir o recipiente, é verdade. Não podemos extrair a estátua sem abrir o recipiente, o que também provavelmente não é uma boa ideia. Certamente, não posso sair por aí e ficar prendendo pessoas na velocidade necessária para curá-las. Sou apenas uma pessoa. Não posso estar em mais de um lugar ao mesmo tempo. Esse problema parece grande demais.

Tanto para ser a aranha que come pássaros...

... a menos que...

As palavras do Sr. O'Flanigan inundam minha mente.

Imagine que você é uma aranha enfrentando um inimigo enorme, como a aranha comedora de pássaros, por exemplo, imagine o quão difícil seria superar um inimigo desses sem primeiro aprisioná-lo em sua teia e depois derrotá-lo de dentro.

Minhas pupilas dilatam enquanto a ideia se completa e meu coração começa a bater acelerado no peito.

— Starling! — grito, segurando seus ombros.

— Ah, o que é isso?! — ela vocifera, recuando e levantando os punhos. — O que foi?!

— Nada! Só pensei em algo.

Ela desfere um soco firme no meu ombro esquerdo e aponta para mim com raiva.

— Nunca mais faça isso com os meus nervos — ela respira, colocando uma mão frustrada em sua testa. — No que você estava pensando?

Dou um passo à frente e estendo as mãos para ela.

— Meu DNA tem poderes antissépticos — digo.

Ela levanta uma sobrancelha cética para mim.

— E...? — ela pergunta.

— Quando eu o misturei com minha teia, pareceu afetar os nanorrobôs nas pessoas no chão enquanto eu estava lá embaixo. Emaranhei algumas pessoas e elas voltaram a ser humanas, Starling. Não pude salvar todas porque sou apenas uma pessoa... Mas, talvez, se os nanorrobôs pudessem aprender comigo e com o meu DNA, e depois os enviássemos pelo ar... Esses nanorrobôs comprometidos desfariam o dano causado. Todos os infectados poderiam voltar ao normal. Isso ainda será divulgado e se voltará contra a Terraheal. O estrago já está feito. Quem sabe se pudermos reverter isso agora, as pessoas não terão de sofrer e possivelmente morrer.

Seus olhos se arregalam enquanto ela acompanha o que estou dizendo e a ideia toda afunda lentamente. Ela balança a cabeça e franze os lábios, e eventualmente cruza os braços.

— De jeito nenhum que isso vai funcionar.

— Por quê? — Eu desafio. — Você tem um plano melhor?

— Bem, sim — ela diz. — Eu poderia sair daqui imediatamente, voltar para casa e esquecer que tudo isso aconteceu.

— E deixar a cidade inteira cheia de pessoas-pássaros?! — pergunto. — Como você sabe que isso vai ficar restrito a Nova York? Se esses nanorrobôs continuarem a se replicar e infectar todo mundo, seu avô pode ter mudado o destino da raça humana, Starling!

Aperto as mãos em punhos e sinto a raiva ferver. Minha mãe está lá fora aterrorizando a cidade, sem o controle do seu próprio corpo, ou talvez já tenha sido detida pela polícia agora. E quanto mais esperamos, mais chances há de que não haja reversão do dano causado pelos nanorrobôs

Nós temos de tentar.

Ela me deve isso.

Ela foi a responsável por infectar minha mãe.

Ela me deve isso.

— Vou fazer isso — digo, estendendo as mãos para a frente e mirando o recipiente.

— Espera! — ela grita, virando-se rapidamente e cobrindo a boca. — O que você está fazendo?

— Em três segundos, vou atirar no recipiente com a minha teia, o que deve conferir propriedades antissépticas ao rumídio. Espero que os nanorrobôs aprendam essas propriedades antes de se desintegrarem, e quando ele explodir e eles se espalharem pelo ar, cobrindo os afetados, eles vão curar a cidade.

— Está bem, mas você não pode simplesmente jogar sua teia no recipiente — ela intervém.

— Então me diga o que fazer!

Seus olhos tremulam com indecisão e ela olha entre mim e o recipiente.

— Por favor, não desista, Starling — eu digo. — Eu ainda não desisti.

A determinação se instala em seus olhos e ela os fecha, respirando fundo.

— Você consegue fazer uma bola de teia e me entregar?

— De que tamanho? — pergunto, tecendo minhas mãos uma após a outra, criando uma bola de teia entre as duas como uma bola de golfe, depois uma de softbol e, finalmente, uma de basquete.

— Já está grande o suficiente — ela interrompe, estendendo a mão para pegá-la. Eu a passo para ela como se fosse uma bola de basquete, sorrindo apesar de vê-la dar alguns passos hesitantes sob o peso dela.

— Por que esse negócio é tão pesado? — ela pergunta.

— A seda concentrada é bem pesada, na verdade — respondo, esticando estrategicamente meus braços acima da cabeça. — Carregando isso o dia todo? Como você acha que fiquei tão forte?

Ela sorri, revira os olhos e diz:

— Eu te avisei que meu avô me alertou sobre você, certo? — antes de virar as costas para mim e subir uma escada atrás do recipiente que eu não tinha notado até agora.

Sinto meu pescoço ficar quente sob a máscara e respiro fundo.

Aquilo não era para ser um flerte, o que eu fiz, mas... Acho que meio que foi?

Vamos lá, Miles, mantenha o foco.

Quando volto minha atenção para a situação novamente, percebo que Starling retirou a tampa do recipiente e está segurando a teia sobre a abertura.

— O que você está fazendo?! — sussurro.

— Não se importam com o barulho — ela diz dando de ombros. — Você quer tentar ou não?

Isso também não estava no manual de Como-ser-o-Homem--Aranha. Aqui estou, na frente do vilão, no esconderijo do vilão, com a fonte de poder do vilão em um recipiente gigante à minha frente, e acabando de dar ao vilão uma bola da minha teia, que pode ou não ter o poder de nos jogar para fora do topo deste prédio.

— Bem? — ela indaga.

— Pergunta — digo.

— Ah, agora ele tem perguntas — ela resmunga com uma mão na cintura.

— Se essa coisa vai explodir, não deveríamos levá-la mais perto do epicentro? Tipo, a Times Square? — pergunto.

As sobrancelhas dela se erguem.

— Ah, agora você quer transportar essa coisa? — ela questiona. — Você não ouviu quando eu disse que esse recipiente é volátil?

— Escuta — intervenho — Passei toda a minha vida em Nova York. É minha casa. É minha vida. E se eu não consertar o que aconteceu hoje, perderei tudo. Minha família está lá embaixo.

Algo em seu rosto muda quando eu digo isso.

Penso no outro dia, quando estava subindo aquela caixa de coisas escada acima para a minha nova casa, no apartamento da minha avó, desejando poder usar minha teia na porta para facilitar a mudança. Desejando que tudo passasse mais rápido.

Agora, desejo poder saborear aquele momento para sempre, apenas sentado no banco da minha Abuelita, comendo pizza do Alessandro enquanto minha mãe e Ganke se divertem discutindo sobre a importância de escrever seus nomes nas etiquetas de suas roupas.

Eu arriscaria minha vida por outra chance naquele momento.

— Mas preciso da sua ajuda — explico. — Não consigo mover essa coisa sozinho.

Ela revira os olhos, coloca a tampa de volta, descendo da escada.

— Tudo bem. Pensei que você era o Sr. Fortão-é-assim-que--eu-fiquei-desse-jeito, mas tanto faz...

— O quê?

— Eu disse para fazer uma rede de teia, assim teremos algo para colocar isso dentro.

CAPÍTULO 17

Já estou ensaiando em minha mente como vou contar a história para o Peter:

— E foi assim que acabei voando sobre Manhattan segurando um recipiente quimicamente instável de nanorrobôs líquidos se alimentando de uma estátua de ouro com núcleo de rumídio, no valor de 4,5 milhões de dólares, deixando a neta do Abutre, inimigo jurado do Homem-Aranha, me carregar o caminho inteiro.

E está tudo bem.

Penso no que faria se ela me soltasse agora. Eu tinha um medo leve e saudável de altura antes de assumir esse trabalho, como a maioria das pessoas, mas tive de superá-lo rapidinho depois da minha primeira aula de balançar com o Peter. Mas isso! Isso?! Disso tenho medo. Estou pendurado a 150m sobre a cidade de Nova York segurando um recipiente brilhante de líquido explosivo, e meu inimigo mortal pode me soltar a qualquer momento.

— Ei... — digo para a Starling — Acho que este é um local seguro para pousar.

— Tem certeza? — ela pergunta.

— Sim — respondo com um soluço —, tenho certeza.

Ela fica quieta, mas não diminui a velocidade.

— Você está com medo de que te solte — ela observa.

— Não, não — minto, — só acho que estamos bem aqui.

— Estamos sobre os cais — ela diz. — Admita, você está com medo.

— Não estou — insisto.

— Como quiser — ela consente. — Sou muitas coisas, Homem-Aranha, mas não sou uma assassina. Eu disse que te levaria para Manhattan. Vou te levar lá e depois vou levar meus Corvos, vou voltar para casa e esquecer que isso aconteceu.

Suspiro, sabendo que, por mais arriscado que seja ficar pendurado a centenas de metros sobre a cidade segurando isso, é a melhor chance que tenho de salvar a cidade. Temos de levá-lo para o coração da confusão, onde Nova York está principalmente cheia de pássaros. Penas se espalham pelo ar e pelos topos dos prédios, sopradas pelas fortes rajadas do vento de outono. Os carros na rua estão menos dispersos, mais concentrados, e os faróis começaram a se apagar depois de ficarem sem gasolina. Os danos que toda essa confusão causou fazem parecer que qualquer destruição causada por Peter ou por mim foi como duas crianças brincando em uma caixa de areia. Hidrantes jorram água. Bancas de jornais estão abertas e abandonadas.

Voamos sobre o lado sul de Manhattan, onde os pássaros estão todos se agitando abaixo de nós, mais silenciosos agora que parece que eles ficaram sem humanos para infectar.

Meu Deus, espero que isso funcione.

Fecho os olhos, respiro fundo e então percebo...

Estamos... Descendo?

— Ei, o que está acontecendo? — pergunto enquanto o frasco repousa suavemente no telhado abaixo. Meus pés me seguem, e finalmente, Starling pousa e retrai suas asas.

— Não posso te levar mais perto — ela diz, esfregando um braço com a outra mão. — Eu... Eu sei que meu avô ainda está por lá em algum lugar. Talvez se escondendo ou preparando uma armadilha para o outro Homem-Aranha? De qualquer forma, não posso deixá-lo me ver. Não posso olhar nos olhos dele e deixá-lo saber que eu fiz... Ou que ajudei a desfazer... O que ele fez. Simplesmente não posso.

Ela parece tão dividida aqui parada na minha frente. E eu entendo o que é estar entre duas decisões difíceis como essa.

— Starling, quando você disse que a única pessoa que cuida de você é você mesma — começo, cruzando os braços no peito — você estava falando por experiência própria, não estava?

Depois de uma breve pausa, enquanto ela chuta distraída os pés metálicos pelo telhado, ela olha para mim e pondera:

— Quando se cresce sozinha, pensando que foi um erro, você aprende a pensar assim. Quando as pessoas olham para você como se seus problemas fossem culpa sua, antes mesmo de te conhecerem? Quando você ainda é apenas uma criança? Sim, você aprende a pensar assim.

Eu me lembro do rosto da dona da loja — você sabe, antes dela se transformar em um pássaro zumbi humano —, o ódio em seus olhos quando olhou para mim. Ela me julgou antes mesmo de me conhecer. Mesmo que eu tivesse sido o responsável por roubar a loja, ela me atacou como se eu não fosse apenas um garoto precisando de uma mão amiga. Talvez desde que Steven e seu pai apareceram no dia seguinte em busca de ajuda no F.E.A.S.T., isso é exatamente o que eu era. Starling nunca saberá que o garoto que ela recrutou quase me incriminou por roubo, mas ela pode, pelo menos, saber que me identifico de alguma forma.

— Sei como é isso — respondo. — As pessoas esquecem que somos humanos por baixo dessas máscaras.

Ela olha para mim e acena com a cabeça.

— Eu tenho de ir — ela diz. — Cuide-se, Homem-Aranha. — E, com isso, ela lança a bola de teia sobre o ombro na minha direção e mergulha de cabeça no telhado. Eu me esforço para alcançá-la, mas quando finalmente consigo, ela se eleva de volta ao céu, a luz da lua brilhando em suas penas vermelhas. Eu me viro para olhar o recipiente.

— O que foi aquilo? — vem uma voz familiar atrás de mim.

Eu viro rapidamente, assustado ao ver uma figura esguia, cerca de meio metro mais alta que eu, parada nas sombras. Peter se aproxima em seu traje, entrando na luz, e eu sorrio.

— Ela não é tão má — observo, e depois me corrijo quando Peter levanta uma sobrancelha. — Q-Quero dizer, como vilões são. Ela parece apenas... Confusa.

— Você conseguiu que ela te ajudasse — ele pondera. — Isso é incrível!

Dou de ombros e rio timidamente.

— É, meio que peguei emprestado algumas coisas que você disse — replico.

— Ei, fico feliz em poder ajudar — ele rebate.

— A propósito — digo —, onde está o Abutre?

— Deixei ele pendurado para vir te encontrar — ele explica. — Foi bem fácil te encontrar. Carregar essa coisa te fez parecer um vaga-lume gigante.

— Você... Deixou ele pendurado? Você quer dizer literalmente, não é? — pergunto.

Ele acena com a cabeça.

— Sim — ele sorri. — Sim, foi isso que eu quis dizer. Agora, alguma ideia de como podemos resolver isso? — ele aponta para a rua, onde vejo três pássaros pretos enormes virando de lado um táxi pegando fogo antes que tudo exploda em chamas, para a alegria de seus grasnados e gritos.

— Eu até tenho meio que um plano? — hesito, embora acabe soando mais como uma pergunta. Eu me aproximo do recipiente e o examino de perto, tendo o cuidado de não o tocar. — Esses são os nanorrobôs que sobraram — explico. Peter fica do outro lado do recipiente, entre nós, e o avalia enquanto continuo explicando. — Mas não toque neles — digo. — São voláteis e podem explodir.

— Eles podem o quê? — ele pergunta, recuando tão rápido que quase tropeça. — E você colocou isso em cima de um prédio residencial?

Meus olhos se arregalam e eu olho para a borda do telhado para ver se consigo identificar onde estamos. Vejo uma placa na frente, agora quebrada ao meio, que diz *Casa de Repouso Prospect*.

Olho para Peter novamente e rio nervosamente. — Para ser justo, ela escolheu este lugar.

Ele dá de ombros e suspira.

— Tudo bem, de que tamanho de explosão estamos falando? — ele pergunta.

— Não tem como saber até tentarmos — respondo, olhando para ele. — Acho que minha teia tem poderes antissépticos.

— Uau! — diz Peter. — Então, tipo o quê? É inflamável?

— Não exatamente — eu rio. — Misturada com o meu DNA, ela parece desativar os robôs de alguma forma? Ganke apontou isso. Eu lancei minha teia na cara de um dos pássaros, e ele pareceu... começar a des-transformar?

— Então... Você está pensando — analisa Peter — que se pudermos descobrir como combinar sua teia com esses nanorrobôs, podemos liberá-los e tentar desfazer parte disso?

De repente, um flash branco, uma explosão de dor atravessa meu rosto. Saio voando para trás e o chão tira o ar de mim. O céu está girando, com estrelas. Estrelas! Que eu não via há muito tempo por causa da poluição. Consigo sentir cheiro de sangue.

— Você não desfará nenhuma parte da minha obra-prima! — ouço a voz familiar do Abutre. Eu me levanto do chão o suficiente para ver Peter pulando e o atacando.

— Pensei que tivesse deixado você onde você pertence — exclama Peter, enquanto o Abutre corta suas garras através de sua teia. Mas Peter está preparado com outro disparo enquanto voa pelo ar ao redor do Abutre.

Tudo em meu corpo está gritando para eu fechar os olhos, segurar minha cabeça, e esperar que essas estrelas que estou vendo desapareçam. Minha cabeça dói. Tudo dói. Para um velho, esse cara, o Abutre, tem um soco forte. Vejo flashes de spandex vermelho, metal verde e até algumas chamas amarelas do jet-pack. Quando finalmente foco minha visão no que está acontecendo, ouço Peter fazendo sons de sufocamento.

Meus olhos se arregalam ao perceber que o Abutre está segurando Peter pelo pescoço, sobre a beirada do prédio. Seus pés balançam e ele lança uma teia desesperada no Abutre, mas não antes que o vilão consiga agarrar seu pulso e direcionar a teia do Peter para o ar.

— Garoto — ele diz roucamente, enquanto arranha as mãos do Abutre em volta de seu pescoço. — O... Recip...

— Oh, você quer dizer *esse* recipiente! — exclama o Abutre, virando-se e apontando seu gancho para ele. Meu pulso acelera em minha garganta, mas me forço a levantar, apesar de todos os ossos do meu corpo pedirem descanso.

Um cara que não desiste.

— Chega, Abutre — vocifero, elevando-me à minha altura total e apontando o braço para ele, mirando diretamente nele. Estou preparado para pegar seu gancho com minha teia assim que ele o soltar.

— Não é irônico, Homem-Aranha? — pergunta o Abutre, jogando Peter pelo telhado. Ele pousa no chão ofegante, levantando poeira enquanto rola. — Você traz seu aprendiz para o primeiro teste dele — ele aponta seu segundo gancho na direção do Peter e vira seu rosto malicioso de volta para mim — e eu trago a minha. — Estreito os olhos e gostaria muito de poder dizer a ele exatamente o que sua "aprendiz" fez para me ajudar ao trazer o recipiente aqui. Mas se há uma coisa que eu sei que não posso fazer é denunciar a Starling. A ajuda que ela ofereceu foi possivelmente crucial para salvar a cidade. Como eu poderia puni-la por isso?

— Coincidência — observo.

— Hã? — pergunta o Abutre.

Olho do Abutre para Peter, e depois de volta para o Abutre, e me pergunto se o que eu disse foi... Bem... Ridículo.

— Eu... — limpo minha garganta e afirmo novamente com confiança. Essa é minha escolha de palavras, e vou mantê-la. — Eu disse que é... Coincidência. Não é ironia. Ironia é a expressão de significado usando terminologia oposta. Você quer dizer... Coincidência.

O Abutre me encara com uma expressão de alguém igualmente insultado e zombado, mas Peter ri. O Abutre direciona seu olhar furioso para Peter.

— O quê? — questiona Peter dando de ombros. — O garoto tem um ponto.

Sorrio apesar de mim mesmo. O Abutre pode estar irritado, mas pelo menos meu herói achou graça. Um som de clique vem do gancho do Abutre enquanto ele o aponta ameaçadoramente para mim, antes de mirá-lo de volta no recipiente.

— Calem a boca, os dois! — ele diz. — Vocês acham que isso é um jogo?! Passei minha vida lutando, tramando e me esforçando para a vitória, só para acabar como um experimento científico em um laboratório!

As palavras de Starling surgem em minha mente.

Vocês iam deixá-lo definhar no Rykers pelo resto da vida, não é? Vocês simplesmente o deixaram morrer sem nem mesmo ter a chance de realizar seu último desejo.

Ela disse que o último desejo dele era ser livre. Era o que ela pensava. Ela pensava que tudo o que seu avô queria era estar fora da prisão e livre para espalhar suas asas e voar como um velho aposentado normal. E ele poderia ter feito isso. Nós teríamos deixado se ele não tivesse uma sentença a cumprir. Mas não, ele teve de escapar antes do tempo, roubar plantas da S.H.I.E.L.D. e uma estátua da Galeria de Fotojornalismo, e depois transformar metade da cidade em pássaros zumbis.

E por quê?

Vingança contra uma única empresa?

Se estivermos falando estritamente de eficiência aqui, teria sido mais rápido atacar diretamente a sede deles. Mas ele arrastou sua neta e seus recrutas Corvos para isso, mentindo para ela, fazendo-a pensar que ele era um velho indefeso que precisava de sua ajuda para consertar as coisas.

— Desista, Abutre! — grito. — Deixe essas pessoas inocentes em paz!

— Essas pessoas inocentes? — ele desafia, empurrando o peito para fora em provocação. — Essas "pessoas inocentes" continuaram com suas vidas diárias enquanto eu fervia vivo no Rykers! Todos os dias eu sentava perto da janela, todo o meu corpo gritando por alívio, querendo paz. Eu só queria paz!

— É essa a paz que você estava esperando? — indago. Agora, estou furioso. Esse cara não vai se fazer de vítima aqui quando tudo isso é culpa dele.

— É o que eles merecem — ele responde, estreitando os olhos para mim. Ele olha de mim para o recipiente e de volta para mim mais uma vez. Ouço um clique, e tudo acontece em câmera lenta. Seu gancho voa pelo ar e eu tenho um instante para decidir o que fazer.

Lanço minha bola de teia, esperando que ela chegue ao recipiente primeiro, mas não consigo ter certeza. Tudo que vejo é verde. Tudo que sinto é a gravidade me puxando pelo ar. Tudo é uma neblina, e quando finalmente abro meus olhos e vejo a mim mesmo caindo, e Peter caindo alguns metros de distância de cabeça para baixo, o instinto entra em ação.

Estico a mão e o agarro pela cintura com um braço e lanço a teia com o outro, prendendo-nos na grade mais próxima do terraço do prédio e nos lançando para cima no prédio mais próximo. Caio de joelhos e desabo onde quer que tenhamos pousado.

— Miles? — vem a voz do Peter de algum lugar na neblina. — Miles, você conseguiu! Olha!

Forço um dos meus olhos a se abrir e tento focar alguma coisa — qualquer coisa — que eu possa identificar.

Tudo é um brilho nebuloso na escuridão, um leve alaranjado espalhado por todos os lugares e uma imponente planta verde-limão brotando do topo de um prédio do outro lado, suas folhas crescendo para baixo, para baixo, para baixo. E então percebo — aquilo não é uma planta. Aquilo é... Uma nuvem?

— Olhe! — insiste Peter novamente, apontando para baixo. Desta vez, sigo o dedo dele até o chão, onde vejo o contorno fraco de milhares de criaturas negras e com penas balançando seus rostos bicudos para o céu, à medida que a fumaça verde se instala sobre eles, aos poucos.

Eles levantam suas asas.

Eles perdem suas penas

O cinza desaparece de suas mãos, rostos, costas e cabeças agora expostas, e se funde novamente na sinfonia de tons de pele que faz de Nova York... Bem... Nova York. Sinto uma ou duas gotas de chuva em minha pele e, alarmado, olho para baixo e percebo que partes da minha roupa estão rasgadas. Minha pele é levemente visível através de rasgos nas luvas que cobrem minhas mãos... E no capuz bem na frente do meu peito.

— Oh, não — exclamo.

— Não se preocupe com isso. Vamos te deixar como novo em pouco tempo — diz Peter. Eu olho para cima, para ele. Sua máscara está rasgada um pouco, logo abaixo do queixo. Nós dois passamos por tanta coisa hoje. Estou cansado.

Não desisti, pai, penso, lembrando como ele estava quando subiu aqueles degraus. Como estava certo de que estava onde deveria estar, fazendo o que estava destinado a fazer. Por mais difícil que fosse aquele trabalho, por mais que doesse...

Às vezes, literalmente...

Isso. Isso? É o que eu estava destinado a fazer.

Respiro fundo e sinto meus olhos se encherem de lágrimas. Jogo meus braços em volta da cintura do Peter e apoio minha cabeça em seu peito. Sinto seus braços me abraçando de volta, firmemente, e ele descansa o queixo no topo da minha cabeça.

— Ei, cara... — digo, sentindo a chuva aumentar e nos castigar enquanto estamos sentados juntos aqui neste telhado. — Obrigado!

Sinto ele concordar.

Abro os olhos e olho para todos lá embaixo. Eles se apressam para encontrar pedaços de roupas onde podem. Se envolvem em cobertores e passam as roupas que não podem usar uns para os outros. Crianças correm pelas ruas procurando freneticamente por seus pais. Um homem está vagando pela rua de shorts, apertando o que parece ser a chave eletrônica de um carro em busca de seu veículo. Outro homem está recolhendo papéis do chão e enfiando o máximo que pode de volta em sua banca de jornais. Uma menina grita de alegria quando seu cachorro sai correndo de trás de um arbusto em um quintal e pula em seus braços, finalmente reunidos. Um homem na rua, com um cobertor amarrado em volta da cintura, coloca as mãos em concha sobre a boca e grita: "David? David, onde você está? David, sou eu! Estou bem!", antes que outro homem saia cambaleando de uma porta próxima de um prédio e quase caia nos degraus da frente antes de se jogar em seus braços, agradecido e aliviado. Sorrio ao reconhecê-los como o casal do início de toda essa confusão.

Um jovem se ajoelha e pega uma criança pequena nos braços, balançando-a de um lado para o outro e acariciando sua cabeça.

Eu me afasto e olho para cima, para Peter.

— Essas pessoas ainda precisam da nossa ajuda.

— É por isso que ainda estamos aqui — ele concorda com um sorriso e braços abertos.

— Imagino se o JJ ainda acha que devemos ser um "serviço sancionado pela cidade" — observo.

Peter joga a cabeça para trás e ri.

— Tenho certeza de que ele prefere a ajuda não sancionada — ele diz. — De onde quer que ele possa conseguir.

Eu rio, e enquanto Peter me ajuda a levantar, algo chama minha atenção ao longe. O contorno mais fraco de três figuras, que estão paradas tão imóveis no topo de um telhado próximo, a algumas quadras de distância, que a princípio penso serem estátuas.

Talvez estátuas de águias, mas bípedes. E então a do meio se move, vira-se, expande suas asas e mergulha, seguida pela próxima, e então pela terceira. E conforme elas decolam para as nuvens cinzentas e tempestuosas e desaparecem na noite, eu me pergunto se Starling algum dia confiará em seu avô novamente. Eu me pergunto se ela realmente vai voltar para casa, onde quer que seja seu lar. E eu me pergunto se, talvez um dia, ela possa usar sua força e tenacidade — sei em primeira mão do que ela é capaz — para o bem.

— Vamos lá — adverte Peter, batendo em meu ombro — Homem-Aranha.

— Como me saí? — pergunto. Ele olha para baixo para mim na chuva e aperta meu braço.

— Você salvou a cidade, Miles — ele diz. — Eu não poderia ter feito isso sem você. Você deu o seu melhor.

— Eu não desisti.

— Você não desistiu — ele repete, me puxando para um abraço apertado.

Meu celular toca no meu bolso com o toque da minha mãe e eu digo:

— Atender.

— Miles?! — vem a voz da minha mãe. — Miles, graças a Deus. Ele está aqui, Mama. Miles, onde você está?

Sorrio e respiro aliviado.

— Estou bem, mãe — respondo. — Estou voltando para casa.

CAPÍTULO 18

Saio da loja para o frescor do inverno, aproveitando os raros raios de sol que ainda temos antes do fim do ano, e vou para o canto da rua onde vou encontrar o Ganke. Respiro fundo e passo minhas mãos enluvadas pelos meus cabelos enrolados, que finalmente estão secos apesar do frio no ar. Minha respiração cria uma névoa diante de mim, e ela parece nítida mesmo por baixo do meu casaco de lã marrom.

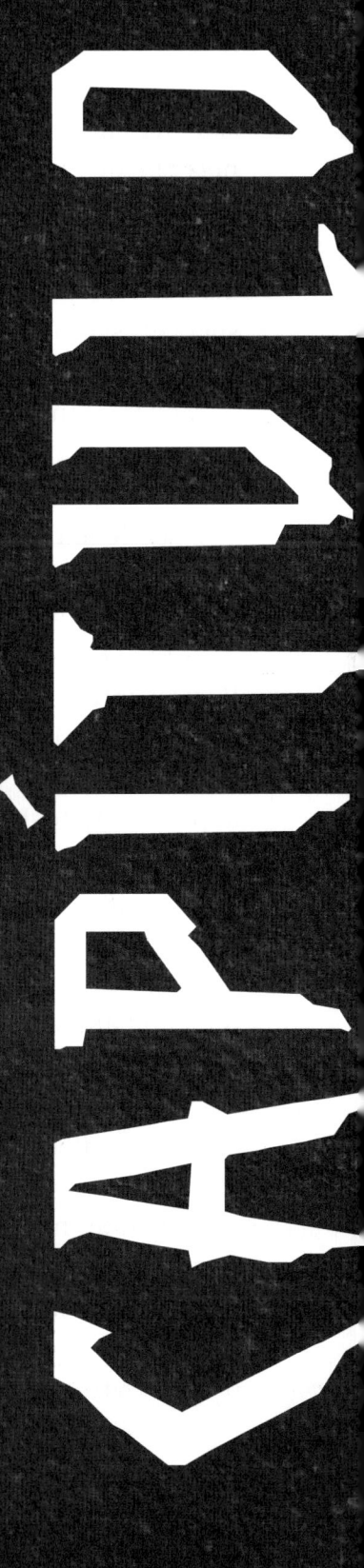

Aperto-o mais em volta de mim. Era do meu pai. Ainda tem o cheiro dele. É uma das poucas coisas dele que ainda tenho, e é estranho perceber que já me serve. A música tocando nos meus fones de ouvido é uma nova faixa que montei com uma linha de baixo explosiva que abafa todos os sons ao meu redor, mas posso vê-los e imaginar os sons deles. O som das pessoas varrendo as varandas da frente, agora que encontraram o caminho de casa e foram reunidas com suas famílias. Todas as crianças perdidas que foram espalhadas pela cidade enquanto todos estavam ocupados se transformando em pássaros-humanos estão de volta ao seu lugar.

A cidade inteira trabalhou para juntar o que o Abutre tentou despedaçar. Espero que onde quer que a Starling esteja, ela consiga ver isso. Pelas notícias, do céu, onde quer que seja.

Eu não desisti, pai, digo para mim mesmo. *Não vou desistir.*

Meu telefone apita no bolso com uma mensagem da minha mãe. Sorrio para mim mesmo e respondo a ela.

— Está bem, mãe — digito e acrescento: — Te amo.

Nada te lembra de dizer às pessoas próximas que você as ama como vê-las se transformando em pássaros mutantes zumbis diante dos seus olhos.

— Ei — diz uma voz familiar atrás de mim, cortando a música. Eu viro para ver o Ganke caminhando pela rua em minha direção, tentando equilibrar duas sacolas cheias de compras ao mesmo tempo que mexe no celular. Ele levanta a mão em saudação e depois tenta fechar seu casaco. Eu sorrio.

— Não está tão insuportável aqui fora ainda. Está agradável! É quase outono ainda — observo.

Ganke olha para a calçada ao meu lado, e eu sigo seu olhar para ver uma grande pena preta rolando entre as folhas marrons. A cidade ainda está se recuperando. Remanescentes como esse são poucos e distantes depois dos esforços que todos fizeram para limpar a cidade, mas mesmo agora, um cara com uma furadeira está colocando uma nova porta da frente em um prédio de apartamentos do outro lado da rua. A porta antiga está partida pela metade no chão, com a maçaneta arrancada. Ele olha para mim e me pega observando-o, mas, para minha surpresa, seu rosto se transforma em um sorriso, e ele até acena para mim!

Sorrio e aceno de volta em sua direção, mesmo que nunca o tenha visto antes. Ainda somos novos aqui e há muito a se acostumar. Ainda não é meu lar, como era o Brooklyn, mas coisas assim me fazem sentir que um dia pode ser.

— Ei, Miles — chama Ganke. Eu me viro e sorrio envergonhado para o meu amigo. Ele revira os olhos. — Você vai ficar aí parado acenando para as pessoas o dia todo ou vai me ajudar a levar essas compras para casa?

— Não posso, tenho de voltar para minha casa, desculpe! — digo.

— Você me arrasta até aqui... — Ganke suspira e dramaticamente coloca suas sacolas no chão. Isso me lembra do dia em que nos mudamos, parece que foi há uma eternidade. Me lembra de Ganke e eu trocando mochilas, e da minha Abuelita fazendo aqueles salgadinhos de bacon.

Mas eu sorrio, porque acabei de sair da loja ali na esquina, esse lugar que o Peter me mostrou, que tem Fizzies! Olho para a sacola de plástico que estou carregando e os dois frascos de Fizzies escondidos dentro dela. Pego uma barra de chocolate e ofereço para Ganke.

— Cara, está congelando aqui fora — ele comenta. — Como você consegue comer agora?!

Eu dou de ombros.

— Não foi isso que disse sobre uma certa bebida que você pode tomar em qualquer época do ano.

— Fizzies são diferentes — ele diz. — Fizzies são para qualquer hora — Ele pega a barra de chocolate e sorri para mim.

Eu olho do rosto dele para a sacola aos meus pés e levanto as sobrancelhas para ele.

— Por que essa cara assustada? — ele pergunta, seguindo meus olhos para a sacola, onde finalmente ele fixa os olhos nos frascos laranja e roxo debaixo do plástico branco. Ele quase engasga com o chocolate e tosse, afastando-se da rua em direção ao beco mais próximo, suas respirações criando pequenas nuvens no ar.

— Onde você encontrou Fizzies? — ele ofega. — Meu fornecedor acabou com o estoque na loja dele. Ele está sem há semanas!

Estou silenciosamente grato por Peter me mostrar essa nova loja no Harlem.

— Conheço um cara — retruco, dando outra mordida na minha barra.

Ganke revira os olhos.

— Você esperou semanas para me dizer isso, não é?

Dou novamente aquela mexidinha de sobrancelha.

— Okay, não sei onde você pegou esse hábito, mas está me deixando louco.

Nós dois rimos disso, e eu levo uma das garrafas na direção dele. Ganke pega o celular e faz uma intensa rolagem antes de me entregar.

— Olha só. Descobriram quem está por trás disso tudo. É a empresa Terraheal.

Pego o telefone nas mãos e vejo um rosto que reconheço, enquanto o homem responde a mais perguntas. Mas desta vez, o porta-voz da Terraheal parece mais desgrenhado, com o cabelo menos fixado nas laterais. Seus olhos têm as mais discretas olheiras e seu sorriso perdeu um pouco do brilho.

Ao longo da parte inferior da tela, corre uma faixa vermelha gigante que diz "Terraheal sob investigação após descoberta de soro de combate ao câncer na raiz da epidemia de pássaros".

— Nossa — eu me espanto. Uma série de emoções percorre meu corpo com essa notícia. Pergunto-me onde Steven está agora e se ele ficou sabendo que a Terraheal está com problemas, e se isso será suficiente para ele seguir em frente.

Pergunto-me se vou vê-lo de novo na F.E.A.S.T.

— Verdade — observa Ganke, pegando o celular novamente. — Acho que eles têm um problemão nas mãos. Bom, eu tenho meu chocolate — ele diz, limpando o chocolate do canto da boca antes de dar outra mordida — eu tenho meu Fizzies — ele joga a garrafa brilhante no ar, fazendo-a borbulhar — e tenho os dedos dos pés muito dormentes. Já tirei meu dinheiro aqui. Agora, se você me disser o nome dessa loja...

— Quando você terminar o seu aplicativo da Vizinhança Amigável, vai encontrá-la em um instante. Me certifiquei de dar à loja uma avaliação de cinco estrelas!

O rosto de Ganke se ilumina. Sei que isso vai deixá-lo animado pelas próximas horas.

— Ei, Miles — ele interpela, virando-se para sair, — sua mãe me pediu para criar panfletos para a campanha dela, e eu tenho algumas impressões para te mostrar quando eu chegar à sua casa mais tarde.

— Certo — digo, acenando para ele enquanto ele se afasta. — Obrigado por ajudá-la!

Observo-o lutar com suas sacolas e celular pela rua, um sorriso se espalhando pelo meu rosto. Parto em direção à estação de metrô. Apesar do que eu disse sobre o clima estar agradável aqui fora, fico grato por estar quente enquanto o metrô me leva de volta para a East 125 e para a casa da minha Abuelita, mas então meu celular apita.

> PETER: Ei, Miles, queria dizer que estou realmente, realmente orgulhoso de como você lidou com o Abutre.

Um sentimento caloroso se instala em meu peito e o sorriso fica mais amplo.

> EU: Você fala sério?
> PETER: Falo sério o suficiente para dizer que talvez eu pudesse deixar a cidade em suas mãos por um tempo e ficar totalmente relaxado.

Uma onda de pânico me atinge.

> EU: Você está dizendo que está... Se aposentando?
> PETER: Não, ainda não. Apenas sonhando com umas férias. Estar lá na Galeria de Fotojornalismo com a MJ, nós dois bem-vestidos, me fez perceber quanto tempo faz desde que ela e eu saímos para um encontro de verdade. Talvez algum tempo juntos fosse bom.

Respiro aliviado por ele não estar se aposentando. Claro, desfiz o que o Abutre tentou fazer, mas quem sabe se eu poderia ter conseguido sem a ajuda dele.

Um minuto depois, meu telefone apita novamente.

> MÃE: Estou presa no centro de operações da campanha.
> MÃE: Você pode comprar algumas coisas para o jantar? Vou mandar uma lista por mensagem.
> MILES: Claro, mãe.
> MÃE: Obrigado!
> MILES: Vlw!

E então outra mensagem:

> PETER: De qualquer forma, antes de falarmos sobre férias, temos mais treinamento a fazer.

Agora sim. Mexo minha mochila enquanto me aproximo da estação de metrô, sinto o peso familiar do meu traje lá dentro, e tenho aquele sentimento de saber quem sou. De ser o Homem-Aranha.

> EU: Hora do show.

SOBRE A AUTORA

BRITTNEY MORRIS é autora do livro *SLAY*. Ela é bacharel em economia pela Universidade de Boston, porque antes queria ser uma analista financeira. (Agora agradece por isso não ter acontecido.) Passa seu tempo livre lendo, jogando videogames independentes e apreciando a chuva de sua casa na Filadélfia. Ela mora com seu marido, Steven, que prefere apreciar a chuva em um acampamento na floresta porque ainda não jogou video games de terror o suficiente.

Você pode encontrá-la online em AuthorBrittneyMorris.com e no Twitter ou Instagram @BrittneyMMorris.